Nada que perder

Crimen y Misterio

Biografía

Susana Fortes (Pontevedra) es escritora y articulista de prensa. Durante años ha impartido clases de Historia del Arte en Valencia. En la actualidad colabora en cursos y talleres de escritura creativa en diversas universidades. Autora, entre otras novelas, de *Querido Corto Maltés*, premio Nuevos Narradores 1994; *Las cenizas de la Bounty* (Espasa, 1998); *Fronteras de arena*, finalista del Premio Primavera 2001, y *El amante albanés*, finalista del Premio Planeta 2003, también ha publicado el cuaderno de cine *Adiós, muñeca* (Espasa, 2002) o *El azar de Laura Ulloa* (Planeta, 2006), galardonada con el Premio de la Crítica en la Comunidad Valenciana. Su primer gran éxito internacional lo consigue con la novela histórica *Quattrocento* (Planeta, 2007) y sobre todo con *Esperando a Robert Capa*, premio Fernando Lara de Novela 2009 (traducida a más de 15 idiomas). Su última obra publicada es *Septiembre puede esperar* (Planeta, 2017) y el libro de recuerdos Tal como éramos (Ézaro, 2021).

Susana Fortes

Nada que perder

Planeta

Avda. Diagonal, 662-664, 08034 Barcelona (España)
www.planetadelibros.com

Adaptación de la cubierta: Booket / Área Editorial Grupo Planeta
Fotografía de la cubierta: ©Westend61 / Getty Images
Primera edición en Colección Booket: enero de 2024

Depósito legal: B. 19.261-2023
ISBN: 978-84-08-28296-9
Impresión y encuadernación: Liberdúplex, S. L.
Printed in Spain - Impreso en España

A Alfons Cervera, por Algo personal

Debajo de las alas del dragón hay un niño.

Federico García Lorca

1

Fue el verano en el que sucedió todo. Según el expediente de la Guardia Costera, la tarde del sábado 12 de agosto de 1979, festividad del Castro, tres niños, de entre ocho y doce años, Nicolás y Hugo Cadavid Freire, hermanos y vecinos de la localidad de As Covas, y María Blanca Suances Díaz, que pasaba las vacaciones con sus abuelos, fueron vistos jugando en los alrededores de la ribera por numerosos testigos. Era una tarde despejada y festiva. Sobre las 15:30 salieron del cobertizo donde guardaban las bicicletas y saludaron a la señora Amelia Cortizo, mariscadora, que estaba apilando unos capazos de esparto en la parte trasera de su casa. Ella recuerda que les dijo que fueran por la sombra si no querían coger una insolación, porque el sol caía a plomo. Sobre las 16:15 el señor Andrés de Lourido los vio saltar la cerca que daba a su huerto de nísperos y los amenazó.

—¡Si cojo una vara...! —No le gustaba que los chiquillos rondaran por sus propiedades.

Dos vecinos que estaban reparando la junta de un carro de bueyes confirmaron haberlos visto pasar por delante de la arboleda hacia los bajíos alrededor de las cinco de la tarde. Según su testimonio, los dos chicos iban delante corriendo sudorosos y la niña, con cola de caballo y un peto vaquero, iba detrás pidiendo a gritos que la esperasen.

A las siete, cuando sonó el primer cohete que marcaba el inicio de la romería y la gente comenzaba ya a agruparse para subir en procesión a la ermita, ninguno de los niños había regresado todavía. Los abuelos de Blanca Suances fueron los primeros en dar la voz de alarma. Aunque aún no había oscurecido, estaban preocupados porque su nieta no conocía la zona y temían que se hubiera perdido. Los padres de los chicos no se mostraron demasiado inquietos al principio porque al parecer sus hijos en verano desaparecían a menudo y no les veían el pelo hasta la hora de cenar. Pero cuando faltaban diez minutos para las nueve, la madre salió a la puerta de su casa y empezó a llamarlos a voces. Media hora después, cuando comenzaba a oscurecer, unos y otros empezaron a considerar seriamente la posibilidad de que a los niños les hubiese pasado algo. Fue Manuel Cadavid, el padre de los chicos, quien cogió el teléfono y llamó al puesto de la Guardia Civil.

La búsqueda se inició alrededor de la arboleda, la zona en que habían sido vistos por última vez. La madre temía que sus hijos se hubieran escapado para evitar una reprimenda por haber estropeado el motor del tractor mientras lo manipulaban sin permiso; sin embargo, en el registro del domicilio no se observó ningún indicio de que se hubieran marchado voluntariamente. No faltaba ropa ni objetos personales, y las huchas donde guardaban todos sus ahorros, 75 y 127 pesetas, respectivamente, estaban intactas.

Se organizaron batidas. Numerosos vecinos regresaron de la romería para rastrear los ribazos. A las 23:20 apareció la ropa de los niños bien doblada junto a un muro y una cantimplora con correa de cuero, pero no la mochila que llevaba el pequeño, según todos los testigos.

A las 07:20 de la mañana del domingo, un agente con linterna del Servicio de Vigilancia Aduanera del país vecino encontró a Blanca Suances en una zona de zarzas y maleza cercana a la localidad portuguesa de Caminha. Estaba metida en un capazo de mimbre, como Moisés salvado de las aguas, llevaba sólo un bañador y una cadena de oro con la medalla de la Virgen del Carmen, patrona de los pueblos del mar. Tenía las uñas despellejadas, las piernas cubiertas de zarpazos y una herida con sangre coagulada en la ceja izquierda. No respondía a estímulos, pero estaba viva. Fue trasladada de inmediato al hospital General de Vigo en una ambulancia. El informe médico de ingreso detallaba además que la niña llevaba la frente tiznada con una marca de barro o ceniza en forma de «y» invertida, aunque bien podría ser una mancha resultado casual del trasiego del cuerpo al ser arrastrado por la corriente. También determinaba que la niña no había sido objeto de abuso sexual.

A partir de ese momento se reforzó el dispositivo de búsqueda de los otros dos niños a ambos lados del río con varios equipos especializados de buzos y perros adiestrados en rescate. Grupos de voluntarios peinaron la ribera y los campos próximos, exploraron pozos, sumideros, cuevas, arenales, sin encontrar rastro. Un grupo de submarinistas de la Escuela Naval se sumergió en las aguas profundas del océano a varios kilómetros de la desembocadura sin resultado alguno.

Once meses después unos obreros que trabajaban en

el asfaltado de una pista forestal que atravesaba un bosque de eucaliptos encontraron la mochila de Scooby-Doo. La madre de los niños, Rosalía Freire, la identificó como perteneciente a su hijo pequeño y ésas fueron sus últimas palabras, porque a partir de ese instante la mujer se encerró con tranca dentro de sí misma y perdió por completo la facultad de articular sonidos.

A pesar de la intensa campaña de movilización llevada a cabo por las familias, la Policía y los medios de comunicación, nunca encontraron los cuerpos de los hermanos Nicolás y Hugo Cadavid Freire.

Sus nombres se unieron a una larga lista de niños perdidos en la ribera. Darío Otero en 1959, Lucas González Vilas en 1962, María Luisa Núñez en 1968, Xurxo Doade y Ernesto Barcia en 1973, María de los Ángeles Malvar en septiembre de 1974, Jorge Touriño y Blas Andrade en 1976, Rocío Aller en 1977. Todos menores de quince años. Ninguno de ellos consiguió llegar al otro lado de la frontera donde los esperaba el mundo adulto y complicado. Se quedaron para siempre en un verano roto.

Los llamaron «los niños de Trasaugas».

2

Siempre estuvo ahí. En el mismo sitio. El peligro existía, pero no era inevitable ni permanente. Solamente una posibilidad que, como la mayoría de las cosas en la vida, unas veces se cumple y otras no.

Los tres íbamos descalzos. Era agosto. Por todas partes revoloteaban esas bolas redonditas de pelusa que nacen de unas flores secas como espinos. Habíamos dejado las sandalias alineadas al pie del muro con la ropa, como hacíamos siempre, porque una cosa era desobedecer las órdenes y otra distinta, atenerse a las consecuencias.

En los pueblos de la ribera, o llegabas a casa entero y en perfecto estado de revista o más valía no llegar. Nadar y guardar la ropa era lo primero que tenía que aprender cualquier niño si no quería verse en problemas.

Había un punto exacto donde las aguas dulces del río se mezclaban con las aguas espumosas y bravas del océano, como hay un punto en el que se acaba la infancia y empieza otra cosa más complicada. Al otro lado estaba Portugal. El río era la frontera, pero para el caso que nos ocupa igual podía haber estado en Dinamarca o en Brasil. La inclinación del sol a las cinco de la tarde habría sido diferente en cada lugar, por descontado; las artes de pesca o las costumbres locales habrían variado quizá, pero los hechos habrían sido igualmente irreversibles, porque las gentes de la costa saben que todos los ríos son el mismo río, diga lo que diga Heráclito.

Algunas cosas tienen que ver con el lugar. Otras no. La familia por supuesto importa. Nico y Hugo eran hermanos. Diez y doce años. Conocían bien el terreno. Yo no. Era una niña de ciudad, acostumbrada a caminar por las aceras y cruzar por los semáforos, como Dios manda. Nico me caía bien, tenía unas orejitas muy graciosas, pequeñas y coloradas, era canijo, pecoso, con rizos y se atrancaba un poco al hablar, porque llevaba un aparato de ortodoncia. Le encantaban las galletas Príncipe, pero aceptaba compartirlas. Hugo, en cambio, tenía otra naturaleza, se movía por los maizales con un andar largo y deshuesado. Yo creía que un día se iba a convertir en ciervo o algo así.

Vivían muy cerca de la granja de mis abuelos, en el cruce del lavadero. Aquel verano me habían mandado a pasar las vacaciones con ellos porque en mi casa había una guerra. La clase de guerra que puede estallar en cualquier familia en el momento menos pensado. Da lo mismo qué guerra. Una guerra.

—Será mejor que la niña vaya a pasar unos días al pueblo —dijo mi padre.

Entonces metieron mis cosas en una maleta pequeña de nailon. El tío Fran, que es el hermano menor de mi padre, vino a recogerme en el Land Rover amarillo y me llevó por la autopista y luego por una carretera secundaria llena de baches con amapolas que crecían silvestres a ambos lados del arcén, rumbo al oeste.

—Te gustará, Blanquita —me dijo.

Y me gustó, claro. ¿Cómo no iba a gustarme?

Para una niña coruñesa de ocho años y medio aquello era el paraíso y estaba lejos, en un lugar perdido de la ría de Vigo donde el viento unas veces era salado y otras no. Me acuerdo de los colores del arcoíris brillando en una mancha de aceite que flotaba en la superficie del río, junto al embarcadero, y de no cansarme nunca de mirar los barcos. Había barcos de recreo con banderines de colores, remolcadores que dejaban una estela de olas verdes, *gamelas* con la proa plana, pequeñas barcas de pesca con sus canastos y su malla de redes, y lanchas rápidas que perseguían su propio negocio. A todos los guiaba la corriente.

Me acuerdo de cosas aisladas que no tienen ninguna relación con lo que pasó. De lo mucho que pesaba el pan de maíz, por ejemplo, de las botellas de vino con velas por si se iba la luz, de una mujer llamada Dosinda que venía por las mañanas con una cántara de leche en la cabeza en equilibrio sin que se le cayera ni una gota, de aprender a silbar, del chirrido de los goznes de la cancela verde de hierro cuando Nico y Hugo venían a buscarme; ése era siempre un sonido emocionante pues auguraba una aventura.

Me acuerdo de algunas cosas. Sin embargo, de otras no he conseguido acordarme nunca pese a haberlo intentado al máximo. Al principio me esforzaba en contestar a las preguntas del teniente de la Guardia Civil que llevó la investigación, un hombre alto que se llamaba Venancio Ortega, con los ojos grises de tanta paciencia. Después, durante los largos meses que siguieron, me concentraba en responder al gabinete de psicólogos especializados en conducta infantil del hospital General de Vigo. Más tarde, cuando ya todos dejaron de hablar del asunto en mi presencia, como de un tema espinoso, seguí intentando recordar por mí misma, para continuar adelante. Pero había un obstáculo.

Yo era pequeña. No entendía qué había pasado. Ningún niño puede entender algo así. Intentaba bucear en la memoria y lo único que conseguía recuperar era la sensación de estar ciega. Igual que cuando después de pasar mucho rato al sol, entras de pronto en casa y hay unos instantes tambaleantes en los que ves todo como el negativo de una fotografía. Ésa es la imagen que más se ajusta a la verdad. La de un negativo. Yo no sabía qué significaba aquello. ¿Cómo iba a saberlo?

Había una fiesta en algún lugar. Se oían cohetes, que dejaban un rastro de humo blanco en el cielo, mezclados con un eco lejano de gaitas. Todos aquellos sonidos siguen ahí todavía.

Tres chiquillos sanos, bronceados, sonrientes..., el mayor, con una cantimplora colgada al hombro en bandolera, el pequeño con una mochila serigrafiada con la cara del perro Scooby-Doo. En la mochila llevaban la merienda, una linterna de pilas de la marca Júpiter y unos prismáticos de plástico. También llevaban cuerdas de distintos tamaños, una red pequeña de pescar anguilas y un paquete de galletas... Iban corriendo, saltando, por encima de las ramas, con briznas de hierba en el pelo, salpicándose agua de la orilla con las manos, levantando infinidad de gotas minúsculas, resplandecientes, riendo y peleándose a la vez, nadando por una orilla difusa hacia sus propios sueños o hacia sus propias pesadillas.

3

—¿Me lo dibujas? —había dicho el teniente Ortega. Era una de esas personas mayores sin hijos que están acostumbradas a comunicarse únicamente con adultos y, cuando tratan con niños, consideran necesario cambiar de voz. Me puso delante un folio en blanco y una caja de ceras Crayola que tenía los colores dorado, plata y bronce.

Yo elegí el bronce. Tracé lo mejor que pude un círculo con tres espirales en aspa unidas por el centro y lo decoré con una cenefa de ondas y puntos alrededor.

—¡Qué bonito! —dijo—. Parece una medalla o una moneda. ¿Y la encontraste tú?

—No. La encontró Hugo.

Estábamos en una habitación de paredes verdes con un retrato de los reyes Juan Carlos y Sofía. Tenía una ventana por donde empezaba a llegar la oscuridad con una lluvia muy fina en los cristales.

De Hugo yo siempre hablaba con respeto porque para eso era el jefe. Él sí que sabía dibujar. Conocía cada rincón de la ribera: las sendas que se abrían con la marea baja, los mejores sitios para pescar, las cuevas de los contrabandistas, el antiguo astillero, la roca vigía desde donde se divisaba una isla que había en la desembocadura del río con las crestas negras de una fortaleza portuguesa, llamada A Insua. Nuestro castillo-de-Irás-y-No-Volverás.

Aquel verano todo formaba parte de lo mismo: leer libros de los Cinco, nadar, ir en bici, jugar a los detectives, andar a la caza de tesoros. Las vacaciones eran una búsqueda incesante de algo, un camino hacia algún lado, no importaba mucho hacia dónde. Hugo se movía por los senderos con suma cautela, por si acaso. Cuando estaba muy concentrado en algo, tenía una manera especial de levantar el labio superior. Era muy distinto a Nico, le sacaba por lo menos dos cuartas, más espigado y resuelto, con flequillo liso y una curiosidad natural por todo. Era un niño que sabía cosas.

—¿Qué clase de cosas? —preguntó el teniente.

—No sé... —dije—. Cosas.

Fue el tiempo de los interrogatorios. Buscaban indicios.

Si crecí con un sentido de lo sobrenatural en mi interior, procedía del río. De eso estoy convencida. En las civilizaciones antiguas los ríos son siempre dioses, como el Nilo en Egipto, el Ganges en la India o el Tigris y el Éufrates en el Creciente Fértil. La humanidad viene de la penumbra de las aguas, del barro de la orilla. Todo lo que los seres humanos no podían comprender lo convirtieron en creencias. Eso es la mitología. Yo, a mi manera, también convertí a Hugo y a Nico en superhéroes radiantes de un mundo perdido.

Por supuesto, durante algunos años continué creyendo a pie juntillas que seguían vivos. Un domingo que estaba con mi padre comprando figuritas del Belén en el rastrillo de Navidad de la plaza de María Pita, de repente tuve el presentimiento de que, si me giraba, los vería. Me volví y, efectivamente, allí estaban, bajo la estrella iluminada del Ayuntamiento. Habría unos cien metros de distancia. Pero los vi claramente. Eran ellos. Nico haciendo el ganso, con aquella risa contagiosa que le achinaba los ojos, hasta que Hugo le dio un codazo, entonces los dos echaron a correr por los soportales y los perdí de vista.

Si iba a algún cumpleaños o a una excursión escolar y oía a mi alrededor una algarabía de voces, mi instinto reflejo era volverme y buscar sus caras entre la multitud. Aunque procuraba hacerlo disimuladamente, claro, sin que nadie se diese cuenta. No quería que me mirasen como a un bicho raro. En otras ocasiones soñaba con ellos o simplemente me acordaba de lo bien que lo pasábamos juntos. El día que cumplí once años, fuimos a ver *ET* al cine Avenida, y a la salida, allí estaban otra vez, con sus anoraks coreanos de capucha con el forro naranja, a menos de diez pasos. Pensé que Hugo se parecía un poco a Elliot, el niño de la película. Creo que ésa fue la vez que más cerca estuve de ellos. Debió de ser también la última vez que los vi en persona, si se puede decir así.

Los psicólogos de Vigo sostenían que se trataba de ilusiones ópticas normales en niños, e incluso en adultos, después de una experiencia traumática. El cerebro intenta codificar la información y dar una respuesta emocional en plena situación de caos. No sé..., ellos sabrán.

Me pasé casi tres meses en el hospital con un camisón estampado con diamantitos azules que se ataba por detrás y con sesiones de terapia por las tardes en una sala decorada con cartulinas infantiles. Mi rehabilitación consistía en caminar por una cinta. Era bastante aburrido. Desde que salí de allí, decidí no volver a hablar del tema. Mi madre decía que no tenía por qué hacerlo si no me apetecía, que había carta blanca. Lo de «carta blanca» era una expresión que usábamos mucho en casa y que venía del nombre que las dos compartíamos, aunque a mí todos me llamaban Blanquita y a ella todo el mundo la llamó siempre Blanch. A veces ella también tenía cosas de las que prefería no hablar. Era partidaria de cerrar el pico. Yo seguí su ejemplo.

Lo sabía toda la familia, desde luego, y algunos profesores. Supongo que Magnus consideró oportuno informarlos al cambiarme de colegio. En octavo de EGB se lo conté a mi compañera de pupitre, Adela Salgueiro, porque los secretos, para que sean verdaderos secretos, hay que contárselos a alguien especial. También se lo dije a Mar Sandoval, que se bajaba en la misma parada de autobús que yo y era la mejor en gimnasia rítmica. Pero a nadie más.

No quería que me señalaran con el dedo por la calle ni que me viesen como una víctima que había sufrido un trauma, como sostenía la doctora Navarro. Yo no sufrí ningún trauma. No más que cualquier crío a quien sus mejores amigos hubieran dejado atrás, que fue lo que sucedió en realidad. ¿Por qué Hugo y Nico no quisieron esperarme? Ah, ésa es una buena pregunta.

Lo que cada uno lleva en el corazón es cosa suya. Yo ya sospechaba que en mi vida había un ángel guardián o un hada que había hecho bien su trabajo y por eso seguía viva. Según la mitología céltica, los seres del río reciben distintos nombres. En Irlanda son las *banshee*, en el Baixo Miño la gente las llama *mouras*. El término no tiene nada que ver con los moros, como yo creía de pequeña cuando le oía contar historias a mi abuela, sino que viene de la mezcla del vocablo celta *mrvos* y del latín *mortuus*, referido a los antepasados. A veces van vestidas de riguroso luto. Su función es custodiar determinados lugares señalados: piedras, ruinas, desembocaduras... Normalmente anticipan la muerte, pero en algunas ocasiones también pueden intervenir para sortearla cuando alguien se adentra en una situación de la que es improbable salir vivo. Ignoraba si ese ángel, esa *moura* o esa *banshee* del río tenía orquestado algún plan para mí o no. Pero el hecho de que se hubiera tomado tantas molestias, lejos de convertirme en una privilegiada, hacía que me sintiera de algún modo culpable. No era un sentimiento con el que una niña pudiese lidiar fácilmente, por eso me cerré en banda. Creo que fue lo mejor para todos. Además, ya bastante tenía con lo de mi madre.

Al principio mi regreso significó una tregua en la guerra que teníamos en casa. Una especie de armisticio en el que mis padres, cada uno a su manera, intentaban poner su granito de arena. Magnus y Blanch eran dos estados rivales casi siempre enfrentados que algunas veces se aliaban por razones de causa mayor, como Atenas y Esparta. Durante algún tiempo se acabaron los silencios incómodos a la hora de comer, los portazos y aquellas conversaciones en voz baja con la luz de la habitación apagada en las que discutían de todo: de política, de viejos asuntos familiares, de la factura de la luz... Desde que volví del hospital, ella se esforzaba en que pareciésemos una familia normal. Andaba de puntillas por la casa ordenándolo todo. Se empeñó en cambiar las antiguas cortinas estampadas de mi habitación por unos estores blancos. Me ayudaba a hacer los deberes en la mesa de la cocina y venía de la calle siempre cargada de paquetes. Nadie abría los regalos con tanto entusiasmo como lo hacía ella, igual que un hada, deshaciendo los lazos con mucha ceremonia y una sonrisa que brillaba como una linterna dentro de una tienda de campaña. Blanch estaba convencida de que a mi edad estrenar algo traía ilusión y por eso me llenaba el armario de cosas innecesarias: unas katiuskas amarillas, «para saltar charcos», un gorro de lana de color turquesa, un jersey con un oso polar en relieve y montones de clips de colores para el pelo. Le gustaba cepillarme la melena delante de la ventana del baño cuando entraba el sol de la mañana y jugar a que atrapábamos chispas de luz. Se estaba esforzando. Pero la procesión iba por dentro.

Eran tiempos en los que se hacía tarde muy pronto. Creo que ocurrían demasiadas cosas a la vez, al menos ésa es la impresión que me daba: mítines, conferencias, huelgas en el astillero y protestas en las calles. Soplaba un viento racheado que entraba por los cantones como un ciclón, inundándolo todo, volteando los paraguas y mojando los carteles de las vallas con propaganda electoral. Rostros con patillas, gafas de pasta y corbatas anchas. Otros, sin corbata, con barba y pelo largo. Cada día surgían nuevos partidos políticos que recorrían España en furgoneta con grandes megáfonos anunciando la tierra prometida.

Mi padre trabajaba en un despacho de abogados laboralistas en el que no daba abasto. Hacía lo que podía, a su manera, pero a Blanch no le parecía suficiente. Jugaban en ligas diferentes, por así decirlo. Atenas y Esparta no acababan de entenderse. Magnus tenía una cabeza analítica de senador romano y los pies grandes. Era alto, galleguista, generoso y poco dado a las manifestaciones verbales de afecto. Blanch en cambio tenía los pies pequeños, pertenecía a la estirpe de los seres ingrávidos que eligen vivir a pleno pulmón, poseídos por una energía romántica y se mojan bajo la lluvia y compran flores y se equivocan. Era muy joven, ahora me doy cuenta, y le faltaba tiempo para salvarse. Tenía en su estudio muchas plantas y un póster del Frente Sandinista. Por alguna razón le importaba mucho Centroamérica, y en especial un país llamado Nicaragua, en el que acababa de estallar una revolución. Lo busqué en el mapa y me pareció más pequeño aún que la provincia de Pontevedra. Pero tenía su música propia y a mi madre le gustaba esa música, que sonaba por las tardes en el fondo de su cuarto. Aquella era entonces otra forma de hacer política. Guardaba los discos de vinilo en un cajón de madera junto al escritorio. Silvio Rodríguez, Violeta Parra, Caetano Veloso... Supongo que también quería escapar. Quiso escapar desde el principio.

La recuerdo con vaqueros gastados, la melena suelta y una bolsa de viaje colgada en bandolera.

—Si sales por esa puerta, no vuelves a entrar —le dijo mi padre un día como si fuese a cruzar una frontera minada.

Y la cruzó.

Las personas van y vienen. Están y desaparecen. No hay muchas alternativas a esos hechos.

Había otras niñas en el colegio cuyos padres también se habían separado. Fuimos la primera generación de náufragos, aunque yo era una náufraga distinta, claro, porque me había salvado de las aguas. Si salvarse era algo que estaba bien o estaba mal, eso ya era otro cantar. La gente que sabía lo sucedido decía que había tenido mucha suerte. Sin embargo, estaba esa expresión en sus caras. No es que me recriminasen nada ni mucho menos, pero la manera en que me miraban con una especie de lástima o duda se me quedaba doliendo en alguna parte del cuerpo y me hacía daño al caminar, como una piedra incrustada en el zapato.

Un día, después de estar toda la tarde trotando por los alrededores de la granja, Hugo se sentó en un muro, y con mucho secretismo se descalzó y se sacó del interior de uno de sus zapatos náuticos una moneda de bronce de dos mil años de antigüedad.

Intenté dibujarla en el papel con las ceras Crayola que me ofreció el teniente Ortega lo mejor que pude, remarcando los puntitos y ondas en torno al círculo que rodeaba las tres espirales en aspa.

—Cuando encontrabais algún tesoro, ¿os lo llevabais a casa o lo guardabais en algún lugar? —preguntó.

—Lo escondíamos en la cueva —dije.

Son retazos aislados de conversaciones que me vienen ahora a la cabeza. Cada vez que intento recordar lo que sucedió en el río, ocurre lo mismo. Es como tener algo en la punta de la lengua y, cuando creo estar acercándome, invariablemente se produce un destello que quema la imagen y me lleva de vuelta al punto de partida. La memoria de las personas mayores está llena de agujeros, de ángulos ciegos... Pero en los niños esas desconexiones son raras.

A los pocos meses de que Blanch se fuera a hacer la revolución, Magnus empezó a fumar y se quedó en los huesos. Cuando me levantaba de noche a beber un vaso de agua, lo veía a través de la puerta acristalada de la cocina, tan alto como era, leyendo en el sofá orejero en medio de una nube de humo. Me daba pena verlo vencido en aquel frío recién estrenado. Le compré una bufanda de lana granate con mis propios ahorros, pero la perdió. Se olvidaba las cosas en cualquier sitio: el paraguas, los libros, las gafas, una estilográfica que le había regalado Blanch por su cumpleaños... Siempre fue de perder cosas. Tenía demasiadas preocupaciones en la cabeza, como derribar el Gobierno y así. Cuando me cepillaba el pelo, me daba unos tirones tremendos. Los hombres de entonces no estaban habituados a ocuparse de los niños. Hacía lo que podía. Un día que no era mi cumpleaños ni nada me regaló una bola de cristal que tenía dentro un carrusel de caballitos. Si la agitabas, nevaba dentro. Creo que era una recompensa por algo. En el carrusel iba una niña rubia con un abriguito azul cielo que se parecía un poco a mí. Tenía unos zapatos también celestes, como de pitufo. Me gustaba ver caer la nieve, el baile de los copos. Si yo hubiera sido un chico, todo habría sido más fácil, Magnus me habría llevado a jugar al fútbol en el campo de la Torre y todo eso. Pero al ser una niña, supongo que no sabía muy bien qué hacer conmigo. Fue entonces cuando, después de muchas dudas, me matriculó en el colegio de la Compañía de María, que tenía fama de acoger reuniones de sindicalistas en el salón de actos y hacía colectas solidarias para los obreros de Astano. Al principio me agarré un berrinche de mucho cuidado, pero con el tiempo no me quedó más remedio que acostumbrarme. El segundo año ya estaba mimetizada con el paisaje como una más, con la falda escocesa y el jersey verde de pico del uniforme. Aprendí a sobrevivir. Soy bastante buena en eso.

El edificio tenía cierto aire victoriano con canchas deportivas bien cuidadas y con un gimnasio rodeado de barras y colchonetas donde cada jueves ensayábamos la coreografía de *Flashdance*. Todas queríamos ser como la protagonista de la película, Jennifer Beals, con una sudadera varias tallas más grande que le dejaba un hombro al aire, los vaqueros rotos, su perro, su bici y sus gafas de soldador metalúrgico. Aunque la que bordaba el número principal era Mar Sandoval. Cuando sonaba *What a feeling* se transformaba en una estrella supernova. Ahora es azafata de Iberia y vuela a todas partes, todavía conservamos el contacto. Apenas nos vemos, pero nos llamamos por teléfono de vez en cuando.

Éramos raras, veíamos cosas que sólo nosotras podíamos ver. Nos asomábamos a las ventanas del segundo piso y mirábamos lejos. A veces por el muro del patio del colegio, coronado con una cresta de cristales afilados, venía andando un gatito sin cortarse.

Éramos mentirosas, éramos tímidas en ocasiones, y en otras, todo lo contrario. Podíamos dejarnos la piel en una función escolar y al minuto siguiente pelearnos por una bolsa de ganchitos. Era algo normal en esas edades de la vida. Sobre todo queríamos ser mayores. Queríamos ser obreras metalúrgicas durante el día y bailarinas de noche. Eran los años ochenta.

La hermana de Blanch venía a casa algunos fines de semana y me llevaba a merendar cañas de crema en una pastelería de los cantones con sillas de mimbre. La tía Ángela tenía la frente alta, igual que mi madre, y las cejas finas, pero era muy distinta. Vestía de otra manera, con gabardina y medias de color carne. Las medias de color carne eran una cosa que me daba bastante que pensar.

A mi madre también le gustaba pensar. A veces se tumbaba en la cama con la luz apagada mirando al techo mucho rato. Era una artista del silencio. Algunas personas prefieren desaparecer a decepcionar, me lo dijo sor Teresa, la monja que nos daba clase de Sociales. Blanch utilizó su carta blanca para dejarnos y yo fui saliendo del río y volví a la civilización, a una ciudad con estatuas del siglo XIX, confiterías de toldos granates, edificios modernistas como tartas de nata y jardines con parterres pasados de moda.

Me adapté a la situación lo mejor que pude. Ni la ausencia de mi madre ni lo que pasó en el río —fuera lo que fuese— repercutieron gravemente en mi vida. No tuve pesadillas ni terrores nocturnos, no repetí curso, no me convertí en una niña introvertida o problemática, no desarrollé ninguna fobia al agua ni a ningún otro elemento natural. No volví a As Covas. A mis abuelos y a mi tío Fran los veía cuando venían a visitarnos a Coruña. Algunas veces podía incluso pasarme meses sin acordarme de lo ocurrido.

Sólo muy de vez en cuando, en el lugar más inesperado y sin venir a cuento, sentía un zumbido dentro de la cabeza y experimentaba una especie de cortocircuito, un tropiezo mental, como si no supiera exactamente dónde me encontraba, y entonces empezaba a temblar con el corazón latiéndome en la garganta como un pescado vivo. En esos momentos tenía la sensación física de que el aire no podía entrar en mis pulmones, pero era solamente una sensación, y en cualquier caso apenas duraba unos segundos.

Con el paso de los años, esas ausencias se fueron espaciando. Al fin y al cabo, tenía toda la vida por delante. Me esperaba aún la adolescencia con sus vuelcos repentinos y sus raptos de inocencia. Me esperaba el día en que mi compañera Adela llegó a clase con una cresta punki y una cazadora de cuero con remaches encima del uniforme escolar. Me esperaban los exámenes de Latín, con los valores del *ut* y del *cum* en las oraciones subordinadas, que eran un universo en sí mismas, los concursos de redacción de Coca-Cola, los cigarrillos a escondidas en el baño de techos altísimos, el primer *eyeliner* de Margaret Astor. Me esperaba la euforia y el olor a gasolina de las motocicletas en las cuestas, el primer corte de pelo a lo Jane Birkin, la idea loca de no tener nada que perder, los novios poetas que se paseaban por los jardines de Méndez Núñez con un libro de León Felipe en el bolsillo de la gabardina y las noches atlánticas vibrando fuera como un animal feroz. La vida fuera de control.

El río había quedado atrás. Era lo oscuro, lo trágico, lo que había que borrar. Para eso había nadado contracorriente con todas mis fuerzas, me había resistido a la implacable marea que había arrastrado a Nico y a Hugo. Y lo había conseguido. O al menos eso creyeron todos.

Acabé mis estudios universitarios con buenas notas,

me licencié en Literatura Escandinava por llevarle la contraria a Magnus, que era más partidario del Derecho Romano. Cogí aviones, me reencontré con mi madre en el campamento de una ONG al norte de Buyumbura, en Burundi. Me habitué a viajar como modo de vida, sin tener demasiado tiempo para pensar ni para adquirir rutinas ni echar raíces. Cualquiera que haya tenido una infancia sin mucho anclaje lo entenderá. Me concedieron una beca de posgrado en Copenhague. Siempre me han gustado las ciudades con «h» intercalada. Aprendí a cocinar y a pedalear en la nieve. Leí la obra completa de Karen Blixen, asistía a las proyecciones de Dreyer que organizaba la universidad, me enamoré equivocadamente un par de veces, jugué con fuego, salí a flote.

Estaba casi a punto de hacerme adulta y descubrir el verdadero sentido de la vida, como cualquier treintañera de tres al cuarto, cuando de repente sonó el teléfono en mi apartamento de Larsbjørnsstræde, donde trabajo desde hace algún tiempo como *freelance* para una agencia literaria. Eran las ocho de la mañana. Estaba todavía en pijama, había restos de nieve en el alféizar de la ventana. Cielo gris claro con una luminosidad extraña, la taza de café en una mano y el auricular en la otra. Fue entonces y en aquellas coordenadas precisas, 55° de latitud norte, 12° de longitud este, a casi tres mil kilómetros del lugar de los hechos, cuando comprendí, de golpe, pero de un modo real y definitivo, que no había escapatoria.

4

—¿Blanca Suances? —preguntó una voz masculina al otro lado de la línea.

—Soy yo.

—Perdone que la moleste tan temprano. Le llamo del *Faro de Vigo.* Soy periodista. Me gustaría hablar con usted sobre un asunto que quizá le interese. —El acento gallego era inconfundible. Vocales cerradas. Noté una ligera vibración en el tono, como notas sueltas de un pentagrama.

—Le escucho —respondí intrigada mientras alcanzaba del perchero una vieja chaqueta de Magnus que usaba para andar por casa.

—Preferiría tener esta conversación en persona —se excusó—. Es un asunto delicado. Sé que reside desde hace algún tiempo en el extranjero e imagino que nadie la ha puesto al corriente. —Hizo una pausa esperando, supuse, a que yo me manifestara en algún sentido. Pero no tenía ni la más remota idea de qué me estaba hablando—. No sé si sería posible para usted desplazarse a Galicia —continuó—. El periódico correría con los gastos, por supuesto.

Di un sorbo a la taza de café y la dejé apoyada en la

repisa de la ventana. No daba crédito. ¿Pero qué se creían los periodistas?

—¿Ir a Galicia? —repetí, y a punto estuve de echarme a reír—. Me pilla en mal momento... ¿Cómo ha dicho que se llama?

—Lois Lobo —dijo—. Pero no muerdo.

Si lo hubiera tenido delante, le habría lanzado una mirada asesina. Soy alérgica a los chistes fáciles. Tampoco me gustan los tipos que llaman a tu casa a las ocho de la mañana haciéndose los ingeniosos. No sabía si estaba tratando con un loco, con un bromista o con un paranoico. Desde los atentados del 11 de septiembre, las teorías conspirativas se habían instalado en ciertos sectores de la prensa como un milenarismo de nuevo cuño. Hacía apenas una semana, sin ir más lejos, había asistido en la cinemateca del 55 de Gothersgade a la proyección de un documental que cuestionaba la llegada del hombre a la Luna, presentándolo como un complot entre la CIA y los estudios de Hollywood. Entre el público había algunos frikis, como era de esperar, pero también numerosos estudiantes de Comunicación Audiovisual que dieron crédito a semejante teoría, alentados durante el coloquio por un conocido reportero local de Kobenhavns Naerradio. Me preguntaba si Lois Lobo no sería también uno de esos periodistas iluminados. Todas las redacciones tienen el suyo. Había algo en su actitud que me provocaba una profunda irritación.

—Lo siento —dije lacónica—. No concedo citas a ciegas.

—En ese caso, espero que esta vez haga una excepción. Estoy seguro de que no se arrepentirá.

Aquello ya me pareció el colmo.

—Mire —dije—. En otro momento no me importaría seguir con esta conversación, pero estoy preparando un informe que tenía que haber entregado antes de ayer y no tengo mucho tiempo para jugar a las adivinanzas.

Se produjo un silencio incómodo. A través del auricular sólo se oían unos chasquidos apenas perceptibles, como el roce de pisadas en una acera mojada, no sabía si se debían a algún problema en la conexión o a una respiración agitada. Y entonces lo soltó:

—Han encontrado los restos de dos niños desaparecidos en la desembocadura del Miño hace casi veinticinco años. Nicolás y Hugo Cadavid Freire. ¿Le suenan los nombres? Un caso complicado —añadió, y me pareció que lo decía con segundas—. Estoy trabajando en un reportaje. He pensado que le gustaría saberlo.

La noticia me pegó un latigazo en la frente como un cable de alta tensión suelto en mitad de una tormenta. Hubo otro silencio más largo. De repente la atmósfera de mi apartamento se convirtió en un campo magnético y vibraba con un zumbido de nevera averiada. La noticia tardó unos segundos en calarme. Miré hacia la calle despacio con una sensación parecida a la de bajar a tientas por una escalera. Un pequeño robot quitanieves amarillo estaba limpiando las aceras. Instintivamente eché el aliento sobre el cristal y de golpe me vino como un eco la voz de un niño desde un maizal jugando al escondite, la felicidad de ir en bicicleta por caminos flanqueados por muros de piedra, la visión repentina de un trozo de carne blanca con hilos rotos de venas muy tiernas y sonrosadas. Un capítulo de mi vida tan lejano como la prehistoria de la humanidad. La alegría y el terror. No me resultaba fácil distinguir entre los dos extremos.

A duras penas logré reaccionar.

—¿Y qué es exactamente lo que quiere de mí? —conseguí articular.

Tardó dos segundos más de lo necesario en contestar.

—Con franqueza, no lo sé —dijo—. Siento haberla molestado. Creí que tal vez le gustaría despedirse de sus amigos. Ya veo que no. Si cambia de opinión, puede localizarme en este teléfono.

Me quedé quieta como una cigüeña. El flexo encendido en pleno día sobre mi escritorio proyectaba una diagonal de luz muy tenue que separaba el espacio que utilizaba como oficina del resto de la casa. Una frontera imaginaria, como todas. Miré a mi alrededor buscando algo a lo que aferrarme. Siempre he pensado que son los objetos los que nos salvan: una foto enmarcada de Magnus y Blanch muy jóvenes caminando abrazados por los cantones, se parecían a Bob Dylan y Suze Rotolo en la funda del disco *Blowin´in the wind;* la bandeja del desayuno sobre la mesa con dos rebanadas gruesas de pan de centeno y un cuenco de mermelada de frambuesa del que sobresalía el mango plateado de una cucharilla; la manta de forro polar, abullonada sobre el sofá rosa pálido junto a un bloc de notas con un lápiz en medio. Olía al café jamaicano que había comprado en el Gourmet Market de Frederiksborggade. Todo contribuía a conformar un interior cálido y envolvente en el que no había nada que temer. Un lugar seguro. Un pequeño refugio de madera y libros en el que estaba a salvo. Dejé resbalar las mangas de la chaqueta hasta las yemas de los dedos y sostuve la taza con las dos manos, tratando de conservar el calor, como solía hacer Blanch, un gesto suyo para protegerse de la intemperie.

La intemperie era un zumbido en los oídos, la mordedura de un bicho desconocido que acababa de colarse sin previo aviso en mi madriguera. Algo acababa de morderme. Noté en lo alto del pecho una sensación espesa, acalorada, como si el veneno comenzara a hincharse en mi interior. No me llegaba el oxígeno. ¿Cómo podía ser después de tanto tiempo? Fui corriendo a la cocina a buscar una bolsa de papel para exhalar el aire dentro, tal como me enseñaron a hacer en la unidad neurológica del Nørrebro Terapy Centre, de Thorsgade. No sabía si el método tenía una base fisiológica sólida, pero en las crisis de ansiedad funciona. Tal vez debería retomar las sesiones. Hacía más de un año que no iba. Poco a poco, con la cabeza dentro de una bolsa del supermercado Wefood, fui recobrando el ritmo respiratorio.

Pensé en el olor crudo y salado que despedían los peces muertos y en las criaturas del río. Los seres del río guardaban secretos. Conocían historias antiguas y las narraban en la lengua de Alfonso X el Sabio, pescaban con redes de arrastre, enterraban bichos muertos o exvotos en las encrucijadas de los caminos. También tenían tratos con los difuntos que a veces regresaban de improviso para dar testimonio o para pedir cuentas.

Colgué el auricular y apuré el café de un trago. Ya estaba frío.

No tenía ni idea de quién habría podido darle mi número danés a un desconocido. No había muchas personas que lo tuvieran aparte de mi familia y de Anna Bosch, la encargada de gestiones internacionales en la agencia. Eché un vistazo a la pila de manuscritos con separadores adhesivos de colores fosforescentes encima de mi escritorio. No pensé en los informes de lectura que tenía pendientes. Encendí el portátil. Entré en Google y fui directa a la web del *Faro de Vigo*. «Fundado en 1853», rezaba la cabecera.

Era miércoles. Un día en mitad de la semana. Un miércoles cualquiera de enero con nieve en las ventanas. El periódico decano de la prensa española abría su portada con la fotografía fascinante de una nave espacial. El pie de foto informaba que la sonda europea Mars Express había detectado agua en la superficie de Marte. Me pareció una noticia espléndida, me emocionan las galaxias y sus probabilidades poéticas. A ras de tierra, sin embargo, las cosas no marchaban muy bien que digamos. El presidente de Estados Unidos, George Bush, anunciaba la creación de una comisión para investigar los fallos estratégicos de los servicios de espionaje en Irak. A buenas horas, pensé. Dieciséis inmigrantes muertos al zozobrar una patera en la costa de Fuerteventura. Michael Jackson se declaraba inocente de siete cargos de pederastia. En 2004 el mundo seguía siendo un lugar bíblico con sus quijadas de asno y sus plagas egipcias. Había también una fotografía del alcalde de Vigo con casco blanco dándole la mano al gerente de la planta de automóviles Citroën en las páginas de Local y un faldón publicitario anunciando las rebajas de El Corte Inglés. Moví el cursor y mis ojos captaron entonces un titular a cuatro columnas: «Hallados los esqueletos de dos niños en un yacimiento prehistórico».

Los huesos encontrados en las excavaciones arqueológicas del monte de Santa Tecla podrían pertenecer a dos niños desaparecidos hace veinticinco años en la aldea de As Covas. El primer análisis realizado por el Servicio de Criminalística de la Guardia Civil ha desvelado que se trata de dos varones de entre diez y doce años. Según fuentes próximas a la investigación, los primeros indicios parecen apuntar a que efectivamente podría tratarse de los hermanos Nicolás y Hugo Cadavid Freire, vecinos de la localidad de As Covas, desaparecidos el 12 de agosto de 1979 durante la celebración de la fiesta patronal, aunque la confirmación de este extremo queda pendiente de los resultados de los análisis de ADN por el Instituto Anatómico Forense, que tardarán unos días en conocerse.

Los restos fueron localizados en el yacimiento por un equipo de arqueólogos que trabaja en la zona con el patrocinio de la Xunta de Galicia, bajo la dirección del catedrático de la Universidad de Santiago Ignacio del Real. El poblado de Santa Tecla es uno de los yacimientos más emblemáticos de la cultura castreña. Tuvo una ocupación continuada durante la romanización desde el siglo I a. C. Aunque estuvo habitado desde mucho antes, como demuestran los grabados rupestres datados a comienzos de la Edad del Bronce.

«Dada la localización y posición de los huesos, en un primer momento se pensó en un enterramiento de tipo ritual —relata el profesor Del Real—. Los restos óseos aparecieron en el flanco septentrional del yacimiento, enterrados frente a frente, con los brazos y piernas flexionados en posición fetal, y rodeados de ofrendas funerarias y otros objetos votivos, siguiendo un patrón habitual en esta clase de necrópolis.»

Sin embargo, una inspección de la morfología de los huesos y, en especial, de un hueso coxal y de una mandíbula inferior con varias piezas dentales sujetas con *brackets* metálicos puso en evidencia que se trataba de restos recientes, por lo que se procedió a dar parte a la Guardia Civil y al juzgado provincial, que abrió la investigación judicial pertinente.

Tragué saliva y me levanté a abrir la ventana. Necesitaba aire. «Hueso coxal», «mandíbula inferior», «brackets», «necrópolis»... eran palabras que no circulaban con normalidad por mi sistema neuronal. Mis células cognitivas se atrancaban, tropezaban, no fluían. ¿Qué podía tener que ver aquello con la brisa de un verano con olor a galletas y a aventuras?

El timbre del teléfono volvió a sobresaltarme. Lo cogí enseguida pensando que sería de nuevo Lois Lobo. Pero no. Era Anna, desde la agencia. Quería saber cómo iban las gestiones sobre una autora venezolana que estábamos tratando de introducir en el mercado escandinavo.

—Tranquila, estoy encima —respondí—. Första Förlag no ha contestado todavía, pero están interesados. —Era una de las editoriales más sólidas de los países nórdicos, con la que ya habíamos contactado en otras ocasiones—. Creo que presentarán una oferta —aventuré con absoluta naturalidad, como si el mundo no acabara de desplomarse sobre mi cabeza. Desde niña estoy acostumbrada a pasar de un compartimento a otro de mi mente sin mayor problema, como si fueran cajones distintos de una cómoda. Los calcetines en un sitio, los jerséis en otro. Cada cosa en su lugar.

—Estupendo —dijo Anna—. ¿Y a ti qué te parece? ¿Crees que la historia puede funcionar ahí entre los lectores? Tú conoces mejor los gustos de esas latitudes árticas...

Me preguntó eso y de pronto sentí como si el contenido de uno de los cajones archivadores de mi cabeza se hubiera volcado en otro compartimento por efecto de un temblor de tierra u otro cataclismo. Jerséis y calcetines revueltos. Todo manga por hombro. Por alguna extraña asociación de ideas, me acordé de una tarde de 1979 sentada en las escaleras de piedra del porche, en casa de mis abuelos, mirando las ilustraciones del cuento de Andersen *La Reina de las Nieves*. Los personajes tenían narices puntiagudas como picos de pájaro. Hugo y Nico estaban de pie en el rellano jugando a piedra-papel-tijera y el aire olía a humo de leña de la cocina vieja, donde mi abuela estaba haciendo filloas. Entonces, allí, al pie de la higuera apareció el gallo de Hixinio Mayoral, con la cresta levantada, el pico afilado y los ojos redondos y rojos como brasas de un cigarrillo. Nico fue corriendo a esconderse detrás de la puerta. Yo también le tenía terror a aquel gallo colérico que atacaba a la gente y había picado en la cara a Román Santiso, el farmacéutico, pero no quería quedar como una niña miedica y aguanté en el sitio sin moverme. No me gustaban los gallos. Y aquel gallo, menos que ninguno. Alguien le echó un jarro de agua desde una ventana y el animal se fue con muchos aspavientos, enseñando los espolones. Recuerdo que Nico y Hugo tuvieron que marcharse antes de lo previsto. Su madre fue a buscarlos para que llevaran a reparar unas nasas al taller de María de Codesal. Lo hicieron a regañadientes. Nico preguntó si les daría tiempo a volver antes de la cena para probar las filloas. Mi abuela se asomó al porche limpiándose en el delantal las manos llenas de harina. Me acordé de esa escena y de repente caí en la cuenta de que había ocurrido apenas tres días antes de que sucediera todo.

«Os da tiempo de sobra», dijo.

A veces no llega una vida entera para descifrar esos mensajes que nos alcanzan de niños. Ese sentido de la premonición. Era la primera vez en mucho tiempo que intentaba rebobinar la película, como si yendo hacia atrás pudiera cambiar el curso de los acontecimientos. Acababa de pasar dos minutos largos con el auricular en una mano sentada en aquella escalera de piedra una tarde de agosto de 1979.

—Blanca... ¿Estás bien? ¿Sigues ahí? —preguntó Anna.

—Sí, sí... —la tranquilicé—. Perdona, es que se me ha ido el santo al cielo. —La parte práctica de mi mente me permitió cerrar rápidamente aquel cajón y continuar la conversación como si nada, dándole los detalles que quería saber. En eso consistía mi trabajo para la agencia. Pero cuando colgué el teléfono lo primero que pensé fue en echar a correr. Literalmente.

Correr es una de las pocas cosas en las que me reconozco en todas las etapas de mi vida. Me he pasado la vida corriendo. En el colegio, cuando no llovía, dábamos vueltas alrededor del patio hasta que tocaba el timbre. Intentábamos imitar la zancada voladora de Carl Lewis en una fotografía de los Juegos Olímpicos de Los Ángeles que Adela Salgueiro tenía pegada en el carpesano de Inglés. Queríamos llegar lejos, teníamos la certeza de que podíamos alcanzar la meta. ¿Qué meta? No lo sabíamos. Una meta.

No tardé ni dos minutos en ponerme el chándal y salir pitando como si ardiera la casa. Conecté el MP3 a los auriculares antes de enfilar hacia el oeste siguiendo la costumbre. Hay un circuito de seis kilómetros con pista de tierra batida alrededor de tres lagos: Sankt Jørgens, Peblinge y Sortedams, que es el mejor lugar para perseguir tus propios fantasmas. El frío se me clavaba en la cara como agujas de aguanieve. Notaba los músculos elásticos en cada movimiento, la sangre bombeando fuerte desde las sienes hasta las yemas de los dedos. El esfuerzo físico desarrolla en mí una energía salvaje llena de furia y radicalismo.

Mientras me cruzaba con otros corredores mañaneros que hacían el circuito en dirección contraria, pensaba que quizá aún estaba a tiempo. Escuchaba a The Clash. La vibración me hacía sentir en la cuerda floja: *Should I stay or should I go*. La voz de Mick Jones sonando como un oráculo en medio de un vendaval que ni siquiera sabía de dónde soplaba.

El humo de leña de la cocina vieja.
Piedra-papel-tijera.
Os da tiempo de sobra.

No pensaba en nada. Sólo corría como una autómata, iba por la orilla del segundo lago, a la altura de uno de los puentes que dan a la zona de Nørrebro. Ése es el barrio donde está situado el cementerio de Assistents, justo en la esquina de Nørrebrogade y Jagtvej. Allí se halla la tumba del escritor Hans Christian Andersen, autor del cuento titulado *La Reina de las Nieves,* que yo leía una tarde del verano de 1979 en las escaleras del porche de la casa de mis abuelos.

Hay un hilo de plata que une los recuerdos. Me paré en seco. Llevaba casi una hora corriendo. Estaba agotada, apoyé las manos en las rodillas y bajé la cabeza tratando de recuperar el aliento. Soplaba una brisa constante con cellisca y notaba la mordiente del aire frío alrededor de las aletas de la nariz. Correr entona los huesos, ayuda a ordenar las ideas, desarrolla el sentido del ritmo. Da cierta esperanza.

Había una voz dentro de mí que decía: ten cuidado, no te muevas, no te compliques la vida, quédate donde estás... Pero ésa era la voz a la que casi nunca hacía caso. En aquel momento ya sabía con absoluta certeza que me iba a lanzar de cabeza al río. No había nada que pudiera evitarlo. Era una idea que se había ido abriendo paso en mi interior a la carrera, igual que una liebre de las que, a veces, veíamos cruzar la carretera de noche a la luz de los faros cuando volvíamos del campo de fútbol de Chans. Algo en mi interior anhelaba la profundidad de las aguas, ahondar en el lodo de allá abajo.

Tocar fondo.

5

Algunas de las cosas más hermosas del mundo las he visto desde el aire. A través de la ventanilla de un avión. Los Alpes al amanecer, en un viaje sorpresa de París a Milán leyendo una novela de Julian Barnes en mi primer trabajo para la agencia. La nieve de la cordillera Rwenzori derritiéndose boca abajo a lo largo de kilómetros y kilómetros de jungla cuando fui a visitar a Blanch por su cumpleaños en el campamento de ACNUR a orillas del río Rwindi. El Golden Gate por la mañana, servido con el periódico y el café del desayuno en un vuelo de American Airlines. Todos los puentes tienen algo que me fascina, aunque no sabría explicar muy bien qué es. Como el puente de Rande, que une las dos orillas de la ría de Vigo. Lo miraba recostada en la butaca, con sus tirantes de acero en abanico y las bateas de los mejilloneros al fondo, mientras el avión iba perdiendo altura.

Pensaba que es fácil ver los principios de las cosas y no tan fácil ver los finales. Desde arriba una tiene una perspectiva de conjunto. Yo la tenía, o creía tenerla. Veía las riadas de coches que cruzaban por la autopista del Atlántico, cada uno con su cuentakilómetros marcando la distancia exacta de sus movimientos, la extensión inclinada de las casas bajas con pequeñas huertas de la península del Morrazo, los tejados de arcilla roja en el contraluz azul de la mañana de invierno.

La señal luminosa del cinturón de seguridad se activó para iniciar el aterrizaje y cerré los ojos. Hay que cerrar los ojos para volver atrás. No sabía si regresar era buena idea. Seguramente no. Aunque, con los motores en ralentí y el avión medio vacío perdiendo velocidad, ya era tarde para rectificar. A bordo iban pocos españoles, algún ejecutivo trajeado, una pareja de veinteañeros, una madre joven que se dirigió en danés a dos niños rubios, sentados en el asiento de al lado, para que apagasen los móviles. Obedecieron a la primera. Eran niños bien educados, que hablaban bajito, con calcetines a rayas de muchos colores. Qué distinta es la infancia de ahora a la nuestra, pensé. Nico y Hugo nunca habían viajado en avión. Se limitaban a señalar con el dedo la estela que los reactores dejaban en el aire, como el humo blanco de los cohetes de fiesta sobre el fondo radiante del cielo. Dos niños mirando hacia arriba, con la mano a modo de visera. En eso consiste la infancia. En mirar.

Mirábamos cosas en las que los adultos no reparaban: la luz intermitente de una linterna entre los pinos o el sombrero de paja de un mendigo *hippy* que llevaba una camiseta con un sol en el centro y tenía la piel curtida como los *cowboys* de las películas del Oeste. Flipp se llamaba, me acordé de golpe, no sé si su nombre venía de *Flipper* —la famosa serie del delfín de la reserva de Coral Key Park— o de «flipado», porque siempre andaba en las nubes, o si esa era la abreviatura en holandés de su verdadero nombre, Felipe. Atrapaba libélulas azules con el sombrero. Caballitos del diablo.

Así funcionan los recuerdos. Por destellos. Igual que los rayos de sol rebotando en la superficie metálica del fuselaje del avión. Un *flash*. Visto y no visto, como la lata de cerveza que un día salió disparada por el aire y fue a parar al matorral donde Nico, Hugo y yo estábamos agazapados, espiando a las parejas que iban a besarse a escondidas detrás del embarcadero. Joselito, Lucho de Sieiro, el Faneca, Adonis, Sandokán, el Badanas... eran los apodos de algunos chicos de la pandilla de los mayores que acostumbraban a ir por allí en moto con sus novias. A nosotros aquellos jadeos amorosos nos daban un poco de vergüenza. No éramos más que tres mocosos que aún no sabíamos de qué iba el juego. Nos tapábamos la boca con la mano para disimular las risas.

Otras cosas, sin embargo, no nos hacían gracia, como el cadáver de un gato amarillo frente al portón del colegio de los jesuitas, donde estuvo el campo de concentración durante la guerra. Lo del campo de concentración nos lo dijo el abuelo de Sindo, que pescaba pulpos.

«¿Qué es un campo de concentración?», preguntamos.

«Un matadero.»

El abuelo de Sindo llevaba siempre un pantalón de faena atado con un cordel y una gorra marinera.

«Más que una guerra, fue una cacería —decía mientras arrumbaba a un lado el aparejo—. Se llevaban a los hombres en un camión y los metían, ahí, en el colegio del Apóstol Santiago. La gente lo llamaba "la puerta del infierno".»

Sabía muchas cosas el abuelo de Sindo, historias antiguas y no tan antiguas. De lo que pasó y de lo que no pasó. Sabía por ejemplo que el primer trabajo que había tenido mi abuelo fue en una cantera de pizarra, excavando túneles a los diecisiete años, y que por eso mi padre se llamaba Magnus. Porque el ingeniero sueco de la compañía que lo apadrinó y le enseñó a leer se llamaba así. Yo conocía la historia, pero me encantaba oírsela contar una y otra vez con aquella voz cascada de marinero viejo. Sabía la vida de todo el pueblo. Su nieto lo ayudaba a vender los pulpos en la lonja. Tenía quince años y a veces por cinco duros también nos llevaba a dar una vuelta en barca hasta el Espolón del Portugués, un islote largo de roca marina cerca de las antiguas salinas romanas. El gato amarillo que recuerdo haber visto es seguramente una imagen encajada en un día en que los acontecimientos no giraban en torno al gato ni mucho menos. La infancia es casi siempre un lugar inventado. Pero fue precisamente el gato amarillo el que hizo que toda aquella tarde me desfilara por delante de los ojos. El abuelo con un cubo en la mano, el coche que pasó y las palabras que alguien gritó por la ventanilla abierta y que se llevó el viento de aquel verano que ya estaba muerto: «Arde el Xestal».

Recordaba esa frase concreta con la cabeza apoyada en el borde curvado de la ventanilla del avión ante un paisaje inclinado de pinos tras los que se adivinaba ya la pista gris de aterrizaje y el pequeño edificio acristalado del aeropuerto de Vigo-Peinador. Los niños rubios con calcetines de rayas aplaudieron entre risas cuando tocamos tierra con ese entusiasmo loco de una infancia aún por estrenar. Yo iba buscando la mía, perdida o interrumpida un día de fiesta que terminó mal. Un paisaje concreto con sonido lejano de gaitas y cohetes. Ese punto ciego, esa zona cero.

Del compartimento superior de la cabina saqué el abrigo y un bolso de cuero de estilo reportero que siempre llevo cuando viajo. Mientras esperábamos para desembarcar, repasé el bloc de notas donde apunto las ideas que se me ocurren a salto de mata, también las citas de trabajo y algunos teléfonos y direcciones. Allí, con trazos rápidos, había anotado el móvil de Lois Lobo, el teléfono de la centralita del periódico y la dirección del hotel NH de la avenida García Barbón, donde me había reservado una habitación. Mi anfitrión se había ofrecido a recogerme en el aeropuerto, pero me alegraba haber declinado la invitación. Soy partidaria de guardar las distancias con los desconocidos. Tú ahí, yo aquí.

Anotar las cosas en un bloc es una táctica que funciona bien para acordarse de comprar gel de ducha o de llevar el nórdico a la lavandería y esas cosas. También para rememorar algo que se nos ha cruzado por la cabeza, como por ejemplo: «Me acuerdo de una casa con todas las luces encendidas y nadie dentro». No tenía ni idea de qué estado de ánimo podía haber suscitado semejante frase, que estaba escrita en la página de inicio del cuaderno, pero revelaba cierta predilección por el misterio que me ha perseguido desde pequeña.

Mi primer cuaderno fue un bloc Centauro de espiral. Me lo compró Magnus en la papelería Colón para que apuntara en él mis pensamientos sobre las aves migratorias, supongo que con la secreta intención de que dejara de dar la brasa a cada rato preguntando el porqué de todo. Sin embargo, nunca fui capaz de escribir un diario. Me ha faltado constancia y sentido de la secuencia, o quizá la realidad tal cual era no me interesaba demasiado, comparada con las hormigas voladoras o las casas vacías con las luces encendidas.

Hugo, en cambio, sí registraba al milímetro los acontecimientos del día. Tenía un cuaderno de bolsillo de tapas azules, del modelo Minerva, que llevaba a todas partes. En él hacía dibujos y tomaba notas. Era un niño metódico y perspicaz, con un instinto temporal que yo nunca he tenido. Las personas que llevan un diario son de una especie diferente a las demás, como los notarios o los capitanes de barco, siempre se fijan en la disposición exacta de las cosas.

Antes de salir de la terminal, me miré de refilón en la cristalera del vestíbulo. Una silueta desdibujada: el pelo rubio cortado en diagonal por encima de los hombros, el abrigo gris, el bolso en bandolera y un *foulard* rojo de cachemir que había comprado a toda prisa en una *boutique* del aeropuerto antes de embarcar. Contemplarse a una misma es, cuando menos, un asunto incómodo, como cruzar una frontera con documentación falsa. ¿Sería yo aquélla? Casi no me reconocía en la niña que fui, la que se quedó atrás.

Una vez Hugo se enfadó conmigo y me dijo que cada vez me parecía más a «una niña» y que las niñas eran un incordio, siempre traían problemas porque estaban todo el rato imaginando e inventando cosas. Y que, si empezaba a portarme como una señoritinga remilgada y metomentodo, ya podía ir buscándome otros amigos.

Con «otros amigos» se refería a las gemelas Quintillán, claro. Dos hermanas que siempre iban vestidas igual con calcetines de perlé y rebecas de angorina y jugaban a la comba con movimientos sincronizados, como las nadadoras olímpicas. Eran sobrinas segundas de la condesa de Fenosa. Tendrían mi edad, más o menos, y todo el mundo las ponía siempre como modelo. Las gemelas Quintillán por aquí, las gemelas Quintillán por allá. A mí me daban un poco de miedo, la verdad. Me recordaban a las niñas videntes de Fátima. Cuando Hugo me dijo aquello, me entraron verdaderas ganas de llorar, pero conseguí frenar las lágrimas en seco al borde de las pestañas. Ese era un arte que se me daba bien. Estaba muy entrenada. Hice como si el comentario no me hubiera importado nada. Ni lo más mínimo.

Yo no quería parecerme a las gemelas Quintillán por nada de este mundo, así que me las apañaba como podía para marcar la diferencia, y para demostrarle al mundo que era capaz de silbar, de subir a lo alto del roble que había en la plaza y descolgarme por las ramas como Tarzán, y de volver a casa con los bolsillos llenos de piedras y con las rodilleras de los vaqueros manchadas de hierba, como cualquier chiquillo de los marjales. Eso me hacía sentir bien. Muy bien.

Por supuesto, estar a la altura de los chicos no siempre resultaba fácil. Alejarse por el río dentro de un neumático, por ejemplo, era de los retos más difíciles, yo lo asumía con cierto nerviosismo porque, en el fondo, era una niña bastante sugestionable y me daban miedo las hoyas profundas bajo el agua y las corrientes succionadoras de resaca y las fanecas bravas. Pero al oír la frasecita que me había soltado Hugo con su tono malvado de muchachito que no quiere perder el tiempo con las niñas pequeñas, no me quedaba otro remedio que cerrar el pico y seguirlos sin rechistar hasta el más remoto confín.

Todos los años morían niños incautos en la desembocadura del río, nosotros se lo oíamos contar a los mayores, lo leíamos en el periódico. Decían que habían metido el pie en una «hoya mala» o que se los había llevado una «mala corriente», recuerdo esas expresiones concretas, y cuando eso sucedía, aunque después dragaran la desembocadura del río, nunca aparecía ningún rastro. A todos nos aterraban las historias de niños ahogados que, según contaban los mayores, no morían del todo «porque aún no habían conocido la maldad». ¿Qué sería la maldad?

Los niños de Trasaugas. Una palabra difícil de pronunciar. «Trasaugas.»

Estaba despejado cuando salí al exterior del aeropuerto. Ese azul cristalino de enero que tienen algunas mañanas del oeste. Reconocí enseguida el olor a hierba y a mar, el acento cerrado de las voces en las conversaciones de la gente que arrastraba las maletas por la puerta giratoria. Esperé mi turno en la marquesina de los taxis.

—Al NH Collection —dije—. García Barbón, 17.

—Para allá vamos —dijo el taxista con ánimo emprendedor. Era un tipo fortachón y cordial que agarraba el volante como si fuera el timón de un barco—. ¿De vacaciones? —preguntó.

—No. Vuelvo a casa —respondí muy convencida, aunque no era cierto. No me gusta que me tomen por turista.

Me escrutó de soslayo a través del espejo retrovisor y,

después de unos segundos que me parecieron eternos, sonrió al fin.

—Bienvenida entonces.

Giró a la izquierda para tomar la AP-9, que discurría entre bosques de eucaliptos y casas dispersas por las laderas del monte. Abrí la ventanilla y me llegó un aroma a salitre aunque no se veía el mar. El mismo olor que recordaba de cuando iba a terapia una vez a la semana al pabellón infantil del hospital General de Vigo con la doctora Navarro. Me pasaba las tardes dibujando mientras oía las bocinas lejanas del tráfico arañando el asfalto como la respiración de un animal rugiente y fabuloso. Un dragón. Intentaba dibujar un mapa que debería conducirme a la isla del tesoro. Buscaba un pequeño detalle escondido en mi memoria, ese instante de oro que inclina la balanza hacia un lado o hacia otro y te salva o te condena. Finalmente, ese tesoro nunca apareció, perdido para siempre en un laberinto inextricable de líneas enmarañadas y dibujos guardados en una carpeta con mi historial médico. Olvidamos lo que queremos olvidar. Esa frase se quedó bailando como una peonza en el borde de la mesa, detenida al principio del abismo, a punto de caerse, pero sin caerse, a punto de romperse, pero sin romperse, girando sobre sí misma, dando vueltas y vueltas como la niña del abriguito azul cielo en el carrusel bajo la nieve.

Llegamos a nuestro destino en menos de quince minutos. Faltaban dos horas todavía para la cita con Lois Lobo en la cafetería del hotel.

El taxista aparcó delante de un edificio modernista de piedra con balcones de forja. Sacó mi maleta del portaequipaje y la cargó hasta la recepción.

—Que tenga suerte —dijo—. Siempre hace falta suerte para volver.

—Gracias —respondí sin entender muy bien.

Entonces yo no lo sabía y tardé aún algún tiempo en comprenderlo, pero tenía razón. Pocos jóvenes regresan a Galicia. La mayoría de los que vuelven son emigrantes jubilados, gente mayor que va para retirarse y cultivar un huerto en la casa familiar. Cualquier regreso acarrea riesgos, sin duda. De alguna forma, todo el que regresa busca algún tipo de reconciliación privada, pero ha de estar dispuesto a pagar el precio. ¿Estaba yo preparada para eso? No lo sabía.

Hay un episodio de la *Odisea* en el que Ulises regresa a Ítaca exhausto, vencido y cubierto de andrajos y se acuerda de sus amigos muertos. Está a punto de rendirse, sin fuerzas. Ocurre en el canto XX. Entonces, en un impulso de amor propio, aprieta los dientes y se pone en pie. Las palabras que pronuncia son sólo dos. Se las susurra al oído la diosa Atenea: «Aguanta, corazón». Y esas dos palabras lo salvan.

Si los dioses están de tu lado, todo es más fácil. En eso consiste tener suerte.

Yo la tuve una vez, supongo. Mis amigos no la tuvieron.

Una hoya mala.
Una mala corriente.

¿Cómo se podía explicar que dos chiquillos sanos con una linterna y una mochila de Scooby-Doo aparecieran al cabo de veinticinco años enterrados en un yacimiento prehistórico? No se podía. Era inexplicable.

Sin embargo, había algo dentro de mí, por remoto que fuera, una brizna de intuición o de algo que no sabía exactamente qué era, un instinto quizá, que consideraba que aquella ecuación en el fondo no resultaba tan extraña. Como si en mi cabeza tuviese cierta lógica, cierta claridad que no se apreciaba a simple vista, pero que era palpable. Como cuando a Hugo le temblaban las manos en el camino de vuelta a casa y se las metía en los bolsillos para que no nos diéramos cuenta. Pero yo sí me daba cuenta.

Desde la segunda planta del hotel no tenía una perspectiva de altura, pero casi podía alcanzar las ramas verdes de los camelios que flanqueaban la acera hasta el final de la avenida. Aproveché el momento para llamar a Magnus y decirle que pasaría a visitarlo el fin de semana. No había tenido ocasión de anunciarle mi viaje. Aunque sería más exacto decir que preferí no hacerlo.

Desde que se había retirado del bufete, Magnus vivía en un chalé en la playa de Santa Cristina, en Oleiros, a quince kilómetros de Coruña, con sus libros, su perro Méndez y su partida de dominó por las tardes.

—¡Qué milagro! —dijo al oír mi voz.

Una frase típica de él, que podía significar cualquier cosa. Por lo general, indicaba sorpresa, curiosidad, alegría. También cierto reproche encubierto. La parte buena es que no exigía una respuesta directa. Si Magnus sabía algo de la noticia publicada por la prensa sobre el hallazgo de los restos de los niños, no hizo la más mínima alusión. Era prácticamente imposible que no estuviera al tanto. En As Covas no debía de hablarse de otra cosa, y mi tío Fran seguía viviendo allí todo el año, en la vieja casa familiar. Pero los temas tabú seguían siendo intocables por más tiempo que hubiera pasado.

Tampoco yo mencioné el asunto. Ésos eran los códigos. Le conté que había vuelto un par de semanas por trabajo, sin más, y que seguramente el sábado estaría libre.

—Si me invitas, me apunto a un bacalao a la brasa.

Era su plato estrella. Cuando yo era niña, Magnus apenas cocinaba, pero con los años se había vuelto un *gourmet*.

—No sé si te lo mereces —bromeó—. Abriremos un albariño especial para celebrarlo. Para ti cerveza, ya lo sé, no se me olvida que eres de la Liga Hanseática —bromeó. Mi deserción de los vinos locales siempre había sido motivo de chanza—. Y le diré a Kate que traiga de postre esa empanada de manzana que tanto te gusta —añadió.

Kate era una vecina irlandesa, acuarelista, culta y seguidora del Dépor con la que Magnus mantenía desde hacía años una apacible luna de miel a cincuenta metros de distancia. El radio de seguridad de las parejas felices.

—¡Genial! —dije.

6

Los niños hacen promesas.

Una vez —creo que fue después de que Blanch cruzara el umbral de la puerta de casa— me prometí a mí misma que saldría adelante. «Salir adelante» era una frase propia de los adultos. Con ocho años y medio no tenía ni idea de qué significaba. De hecho, no tenía ni idea de cómo iba a salir adelante. Sin embargo, ésa y no otra fue la promesa que me hice y que me repetía cada noche antes de acostarme. Supongo que creía inocentemente que salir adelante tenía que ver con subir y bajar sola del autobús, con sacar buenas notas en el colegio, con prepararme el almuerzo, envolverlo cuidadosamente en celofán transparente y meterlo en una fiambrera rosa pequeñita. Salir adelante.

Lo intenté.

Veinticinco años después seguía intentándolo. Por eso estaba en la cafetería del NH Collection a la hora establecida. Las 16:30. Sentía un ligero hormigueo en el estómago. Quería anticiparme a la situación. Concentrarme en las preguntas que pensaba hacerle a Lois Lobo cuando apareciera, sin saber muy bien cómo ordenarlas de forma coherente. Había tenido la precaución de imprimir la nota de prensa del *Faro de Vigo* y la tenía delante de mí, sobre la barra, al lado de una tónica con hielo. La había subrayado con el mismo rotulador amarillo fosforescente que suelo utilizar para leer los manuscritos que me envía la agencia. Las palabras que había destacado eran las siguientes: «análisis de ADN», «necrópolis», «ofrendas». Por alguna razón elegí esas palabras entre las demás. Las repasé una a una mientras garabateaba de forma inconsciente un dibujo en una esquina de la fotocopia: torres afiladas, cúpulas orientales, círculos concéntricos, figuras asimétricas... —dibujar en los márgenes es una afición de la época del colegio que nunca he abandonado—. Me detuve intrigada a observar el dibujo resultante como si fuera el jeroglífico de la piedra Rosetta... Entonces alcé la vista y lo vi reflejado en el espejo que servía de fondo al estante de las bebidas. Estaba justo detrás de mí mirándome con una expresión entre sorprendida y curiosa, un poco encorvado hacia delante. La cabeza grande, de toro, el pelo muy corto y las manos en los bolsillos de un chaquetón naval. Más que un periodista, parecía un marinero del acorazado Potemkin.

—Eres tú, ¿verdad? —preguntó tuteándome, pero inseguro. Su voz me pareció todavía más tosca que por teléfono.

—Sí —dije—, soy yo. —Y le tendí la mano sin sonreír, con la misma distancia profesional que suelo emplear con los editores extranjeros en la primera cita.

Me llamó la atención el tacto recio y huesudo. Siempre me fijo en las manos de la gente. Hay manos para amasar pan, para tocar el piano, para llevar guantes blancos. También hay manos para descuartizar tigres. Las suyas, de momento, eran sólo unas manos grandes. Se sentó en el taburete que había a mi izquierda y pidió otra tónica.

No puede decirse que Lois Lobo fuera precisamente un hombre elocuente. Llevaba varios minutos hablando, tratando de ponerme al corriente de las novedades que se habían producido desde nuestra conversación telefónica. Se expresaba de un modo entrecortado, con palabras deshilvanadas, como esas hebras sueltas de lana que acaban enredándose y haciéndose un nudo. Hablaba tocándose de forma inconsciente el mentón, evitando los silencios que pudieran resultar incómodos, acompañando sus frases con gestos explicativos de las manos. Una de las cosas que aprendí en mi oficio es que las personas acostumbradas a comunicarse por escrito tienen más dificultades para expresarse de viva voz. Por eso la mayoría de los escritores son gente callada. Estaba inclinado hacia delante, apoyado en la barra, y se giró un poco para mirarme. No era una mirada apreciativa, sino analítica, como de entomólogo, y quizá un poco desconcertada, pero enseguida apartó los ojos y continuó. Luego se detuvo bruscamente para dar un sorbo a su consumición. Se pasó una mano por la cabeza, como si intentara despejarla, y volvió a repetir lo mismo que ya había dicho sin mucho convencimiento. Igual que un alumno que estuviera exponiendo en voz alta una lección difícil ante la maestra y no tuviera demasiada esperanza en superar la prueba. Sin embargo, había algo en su forma torpe de desenvolverse que no me desagradó del todo.

—Y eso es lo que hay —concluyó.

—Entiendo —dije mirándolo con la misma fijeza con la que había escuchado todo su relato de principio a fin sin interrumpirlo, tratando de sintetizar para mis adentros la información relevante, como hago siempre por deformación profesional.

En resumidas cuentas, lo que había dicho podía reducirse a tres premisas básicas:

La primera, que el contraste de ADN de los restos óseos encontrados con el perfil genético de los padres de los niños daba una coincidencia del 99,9 por ciento. Con lo cual quedaba confirmado, sin lugar a dudas, que el hallazgo correspondía a los restos mortales de Hugo y Nicolás Cadavid Freire.

La segunda era un poco más difícil de procesar. Al parecer, el análisis del Instituto Anatómico Forense concluía que el esqueleto del menor de los niños no presentaba ninguna alteración susceptible de interpretación criminal, ni otro detalle destacable aparte de los arreglos dentales que habían sido un elemento clave para la identificación de los restos. Sin embargo, el del mayor presentaba varias fracturas antiguas ya soldadas, que en principio no parecían tener nada que ver con el fallecimiento, y una incisión en la parte anterior de la cabeza, realizada con un objeto punzante, que sí podría haber sido la causa de la muerte. Con lo cual se estimaba implícitamente que ésta podría haberse producido de modo no accidental. A pesar de ello, el juzgado de primera instancia e instrucción de A Guarda encargado del caso no consideraba pertinente continuar las investigaciones judiciales, al considerar que, dado el tiempo transcurrido, cualquier delito que se hubiese podido cometer ya habría prescrito.

Y por último, estaba el asunto del entierro. El juez no había procedido todavía a entregar los restos a la familia para darles sepultura religiosa en el cementerio de As Covas, como habían solicitado los padres reiteradamente. Sin embargo, Lois Lobo pensaba que el acto fúnebre no se demoraría mucho. Tres o cuatro días a lo sumo, dijo.

Las palabras se quedaron flotando en el aire. Yo le di un sorbo a la tónica y me tragué un trocito de hielo.

Es lo que hay.

Mi mente había registrado y ordenado racionalmente toda la información. Pero se había quedado trabada en algún punto, como aquellas antiguas cintas de radiocasete mal rebobinadas que mis padres escuchaban en el coche y que siempre se atascaban.

Veía a Nico el día que volvió con su madre del dentista en el coche de línea. Bajó del autobús en la parada de la plaza con un suéter blanco de manga corta que tenía dos rayitas azul marino ribeteando el cuello y una corona de laurel bordada a la altura del corazón. Parecía la insignia de un almirante. Sin embargo, no se le veía muy orgulloso con su polo nuevo Fred Perry. Venía cabizbajo y dándoles patadas a las piedras. Le habían puesto un aparato de ortodoncia que le hacía hablar de un modo raro y gracioso, pronunciando las «eses» como «zetas». Se enfadaba con Hugo y conmigo cuando le pedíamos que pronunciara la palabra «Na-bu-co-do-no-sor» sólo para verlo en dificultades. Nos reíamos.

¿Por qué me acordaría de un detalle tan insignificante como la marca del suéter Fred Perry que llevaba puesto Nico aquel día? Todavía no tenía edad de fijarme en las marcas de moda con la presunción propia de los adolescentes. Recordamos las cosas menos pensadas. Prendas guardadas en el fondo del armario.

Supongo que pensar en un polo blanco y limpio de algodón era una forma de no pensar en otras cosas. La imaginación me iba a trompicones cruzando frases con imágenes en un mapa cosido con puntadas de ciego. Fracturas soldadas. Hugo sonriendo y apartándose el flequillo de la frente con un gesto como si fuera a meter un gol de cabeza. Perforación craneal...

—¿Cómo eran? —preguntó Lois Lobo.

—Eran niños normales y corrientes —dije.

Y era verdad. Nico y Hugo representaban la única idea que yo tenía de una infancia como salida de un libro de aventuras. Yo creía que para tener una infancia feliz bastaba con una linterna, una tableta de chocolate, una pequeña colección de cómics y un trozo de tanza para pescar.

Decir «infancia feliz» en aquel momento me parecía casi un delito.

Todo estaba bien cuando rebotábamos piedras en el agua delante del embarcadero la tarde del sábado 12 de agosto de 1979. Dos niños desaparecidos, probablemente asesinados. ¿Acaso habría imaginado alguien que nos hubiera visto mientras corríamos por los sembrados lo poco fiable que puede resultar una infancia feliz? Pregúntenle a la niña de ocho años, medio inconsciente y con hipotermia, que pasó una semana entera en la unidad de cuidados intensivos y que logró sobrevivir de milagro. A veces pensaba que yo no tenía nada que ver con aquella niña. La que tardó más de dos meses en caminar por sí misma y volver a hablar con normalidad. La que no tenía la menor idea de cómo había quedado internada en aquel limbo de cortinas estampadas con dibujos infantiles: el borboteo de los tubos de plástico, el traqueteo del carrito de las comidas, el camisón hospitalario de diamantitos azules atado por detrás, la ventana con una pequeña rendija abierta al aullido del tráfico que arañaba las cuestas de asfalto de la ciudad, las bocinas...

Hacía falta suerte.

—Hola, niños, ¿queréis ver una libélula azul? Las libélulas azules dan buena suerte.

Mi tío Fran tenía una caja de cartón en el armario llena de recortes de periódicos y revistas. Allí estaba todo. Allí estaban las historias de los niños que no morían del todo porque no conocían la maldad. Darío Otero, que se cayó en una hoya cuando volvía de la antigua escuela unitaria de Goián por un atajo que solía tomar bordeando la ribera. O María de los Ángeles Malvar, que fue vista por última vez junto al secadero de pescado del puerto de A Guarda un día de septiembre de 1974. O Jorge Touriño y Blas Andrade, que salieron a pescar a la playa de A Lamiña en el verano de 1976 y se los tragó una marea viva. O Rocío Aller, que volvía a su casa por el camino del arenal paralelo a la carretera de la costa, pero nunca llegó. Algunos recortes eran de papel de periódico amarillento, pero otros eran a todo color, de la revista *Pronto* o de *Diez Minutos,* donde se veía la foto de los niños sonrientes o vestidos de primera comunión.

Una vez llevé la caja con los recortes al cobertizo para enseñárselos a Hugo y a Nico. Teníamos que enterarnos de aquellos sucesos a escondidas, sin que nadie nos viera, porque los adultos creían que no teníamos edad para andar leyendo aquellas atrocidades. ¿Por qué coleccionaba mi tío Fran esas historias para no dormir? No lo sé. Cada cual conoce sus sombras.

De adultos perdemos el recuerdo de la gravedad de los terrores infantiles.

Los agujeros bajo el agua, las corrientes succionadoras con resaca, las fanecas bravas, las mareas vivas, los desconocidos que pasan al lado de la carretera, las serpientes de cascabel.

Una vez entramos a hurtadillas en el huerto de Andrés de Lourido sólo por plantarle cara al miedo. Hugo levantó el alambre para que Nico y yo pasáramos por debajo y luego yo sostuve el alambre en alto para que cruzase él. Cogimos unos cuantos nísperos y ya nos íbamos a ir cuando a Hugo se le ocurrió inspeccionar la caseta de herramientas que tenía el hombre en la parte de atrás del huerto. Andrés de Lourido no tenía buena reputación. Iba por los montes como una mula que hubiera andado todo el día contra su voluntad. Era un labrador taciturno y montaraz que tenía un diente de oro. Todo el mundo recordaba cómo había amenazado a su propio hermano con un cuchillo jamonero en un litigio por un linde de tierras. Había estado emigrado dos años en Brasil y la gente decía que había traído de allá una serpiente de cascabel amaestrada. Miramos por el ventanuco de atrás, pero sólo vimos algunos rastrillos de distintos tamaños, una radio grande vieja y una percha con sombreros.

—A lo mejor la tiene escondida en casa —dijo Hugo.

Por la forma en que lo dijo, ya sabía yo que la cosa no se iba a quedar ahí. Cuando vi a Nico subido a una escalera vieja de madera espiando el interior de la casa les rogué *in extremis* que regresáramos.

—Vámonos, por favor.

—¡Chissst! Cierra la boca, que nos va a oír.

Hugo sujetaba la escalera contra la pared haciendo palanca con el pie.

—¿Ves algo? —preguntó.

—Nada —dijo Nico—. Pero espera... Creo que hay una cosa que se mueve muy despacio, es como una lucecita blanca. Pero está lejos.

Entonces Nico bajó y dejó que Hugo subiera a ver la serpiente. Se quedó paralizado en el tercer peldaño. Yo no sé qué vería, pero miraba dentro como hipnotizado, sin pronunciar palabra, cuando de pronto una sombra se movió a nuestra espalda y no pude evitar pegar un chillido. Hugo saltó de la escalera y nos empujó a Nico y a mí hacia el seto que bordeaba la parte de atrás de la casa, pero a mitad de camino resbalé y me caí de bruces. Fue entonces cuando el estampido de una escopeta retumbó en todo el vecindario. Hugo y Nico se arrojaron al suelo, a mi lado, con las manos en la cabeza, como dos soldados de la Segunda Guerra Mundial.

—¡Nos ha disparado! —dije incrédula con un hilo de voz.

Corrimos con todas nuestras fuerzas y pasamos al otro lado de la alambrada en menos de un suspiro. A pesar de nuestras respiraciones agitadas y de los esfuerzos por dominar el miedo, hubo un momento, cuando estábamos tirados en el suelo, en el que yo juraría que había oído otro sonido, tan bajo que casi era imperceptible, pero estaba segura. Detrás, muy cerca, alguien silbaba bajito.

Una vez que estuvimos a salvo, Hugo señaló un rastro de humo en el cielo.

—Bah, sólo ha sido un cohete de la fiesta —dijo. Pero tenía la cara tan blanca como harina de otro costal.

Una hoya mala.
Una mala corriente.
Si cojo una vara.

Nunca llegué a ver ningún recorte de periódico sobre la desaparición de Nico y Hugo. Todos en la familia tuvieron mucho cuidado de no dejar a mi alcance nada de aquello. Podía decirse que la primera noticia de prensa sobre el asunto que había llegado a mis manos era la información del yacimiento arqueológico que había leído recientemente en el *Faro de Vigo*.

Una cosa que yo no acababa de entender era el interés que parecía tener Lois Lobo en un caso ocurrido hacía tanto tiempo, y sobre el que además, como él mismo había reconocido, el juzgado no consideraba pertinente abrir una investigación. Aun así, quería a toda costa que yo viese el lugar exacto en el que aparecieron enterrados los huesos de los niños, a poca profundidad, en el extremo septentrional del monte Santa Tecla. Yo no estaba nada convencida de que fuese una buena idea. Además, la zona ya había sido despejada y registrada palmo a palmo por el equipo forense de la Guardia Civil y estaba precintada. No debía de quedar nada allí de la escena original.

—Tienes que verlo —fue todo lo que dijo él con un tono sereno pero taxativo.

7

—Así que fue aquí donde sucedió —pensé en voz alta.

Habíamos dejado el coche en una explanada en la cumbre. En lo alto del monte había una antena, un pequeño restaurante y varias tiendas de *souvenirs* que no estaban cuando yo era niña. En los últimos años el lugar se había convertido en una ruta de senderismo complementaria del Camino de Santiago, aunque en invierno apenas había afluencia. Desde la cima, bajamos un tramo del monte a pie por un camino de tierra. La vista era mareante en un ángulo de 360º. Abajo, las aguas mansas del estuario del Miño se mezclaban con la rompiente salvaje del océano. La llaman «ría» porque no es río ni es mar. Hay días que se ve más verde, más azul, con agua salada, entonces manda el mar. Otros días se ve opaco, tirando a marrón, y ahí es más río. Se me ocurrió que lo que existía en la naturaleza, fuera lo que fuese, debía de contagiarse también a la gente. Todo reunido y concentrado en el mismo lugar. Una persona no podía vivir impunemente con toda aquella energía arremolinada a su alrededor. El viento, la luz... Esa mezcla de suerte y desgracia.

Un chico alto con chaleco amarillo y botas de explorador salió a recibirnos y saludó a Lois Lobo campechanamente con una palmada en la espalda.

—Creí que ya no vendríais —dijo—, estamos a punto de recoger.

Un grupo de estudiantes guardaba las rasquetas, palas y escobillas en una caseta prefabricada al lado de la carretera.

—Hola, yo soy Blanca —dije al ver que nadie iba a presentarme. En Galicia no se estilan mucho las presentaciones. Se consideran invasivas. Ya el tiempo se encarga de dilucidar quién es quién.

—Hola —respondió el chico sonriente sin decir su nombre—. Venid por aquí. Os daré una vuelta rápida por el yacimiento.

El recinto ocupa la ladera de la colina. Está rodeado por los restos de una muralla de cantería y se extiende a los dos lados de la carretera con las secciones de las típicas construcciones circulares de las cabañas formando un laberinto intrincado de calles. Pasamos delante de una especie de parque temático que recreaba las antiguas chozas con tejado cónico de paja, rodeadas de sus huertas y campos de cultivo. Dudaba que la reconstrucción tuviese mucha fidelidad histórica. La primera vez que había estado allí todo tenía un aspecto mucho más descuidado y silvestre. La idea que a cualquier crío se le viene a la cabeza al ver un lugar como aquél es la aldea gala de Astérix y Obélix tal como aparece en la guarda de los cómics de Albert Uderzo: una gran lupa sobre el mapa verde de Bretaña que destaca las chozas circulares con sus cubiertas de paja humeantes rodeadas por una empalizada.

Recuerdo que antes, junto a las ruinas, se solía concentrar medio pueblo a merendar algunos fines de semana de verano, todos desperdigados por la hierba en grupos familiares, mientras los niños correteábamos como salvajes entre las piedras centenarias. Debió de ser durante una de aquellas meriendas. Me acuerdo de un mantel de pícnic a cuadros blancos y rojos y de los rayos del sol entre los pinos y de Nico matando mosquitos a manotazos. Mi abuela estaba sentada en una silla plegable de playa cortando una tortilla de patatas en cuadrados y poniendo un palillo en cada trocito. Hugo señaló el tejado de una palloza con aquel gesto tan suyo de levantar un poco el labio superior y dijo que parecía el flequillo de Cleopatra. Todos nos reímos. La risa era la manifestación de una felicidad líquida y solar que tenía que ver con el hecho de estar vivos.

Pero algo había ocurrido o estaba a punto de ocurrir. Entonces yo no sabía lo que era, claro, pero ahora sí lo sé. El Badanas se había sentado a horcajadas sobre un tronco y bebía cerveza a morro, con la cara muy colorada. En medio una chica, con peinado afro y una camiseta blanca ajustada, bailaba al son de un transistor *Chiquitita* de ABBA. Era morena. Lucho de Sieiro la miraba distraídamente mientras con mucha parsimonia le iba sacando virutas a un palo con la navaja. Hierba por todas partes, piedras calientes, dientes de león. La tensión sexual era tan fuerte que hasta una niña de ocho años podía notarla. Y de pronto, sin mediar palabra, aquellas dos fieras se embistieron de frente con la respiración desaforada, como si quisieran reventarse el alma a puñetazos. La gente formó un corro en torno a ellos. Se levantó una polvareda de tierra al rojo vivo. El Badanas tenía la rodilla en la espalda de su contrincante y el cinturón enrollado alrededor de su cuello. Tiraba de la correa como si estuviera domando a un caballo salvaje. Tuvieron que intervenir mi tío Fran y el farmacéutico para separarlos antes de que se mataran. Cogieron al Badanas cada uno por un brazo mientras otros dos hombres levantaron del suelo a Lucho de Sieiro con el labio partido, escupiendo sangre. Después el abuelo de Sindo empezó a repartir trocitos de empanada a todo el mundo, como si allí no hubiera pasado nada, porque ésa era la forma de arreglar las cosas entre vecinos. El Badanas y Lucho eran buenos amigos. La última temporada habían estado embarcados juntos en el Nueva Asunción, uno de los barcos de Hixinio Mayoral, pescando lenguados en el Gran Sol, eso decían todos. Los exculpaban. Eran chicos jóvenes que seguían antiguos códigos cuando peleaban, en realidad no odiaban a sus contrincantes. Era sólo que si estaban en tierra no sabían qué hacer. Se peleaban porque estaban inquietos. Yo recordaba el sonido de la música de ABBA alejándose en un transistor veinticinco años atrás y a la pandilla de los moteros riéndose alto con esa arrogancia costera de los muchachos del oeste. Todo seguía allí, en las ruinas circulares. Igual que en el relato de Borges.

Nuestro guía caminaba por una senda abierta entre las piedras con paso seguro, muy metido en su papel.

—Estamos en el mayor poblado de la cultura castreña de Galicia —dijo dirigiéndose directamente a mí. Tuve la tentación de decirle que ya lo sabía y que no sólo era gallega de nacimiento, sino que la casa de mis abuelos paternos estaba a un tiro de piedra, pero dejé que continuara la explicación—. Este lugar está habitado desde hace milenios. Si echáis un vistazo a vuestro alrededor, os daréis cuenta de por qué.

No hacía falta ser muy avispado para adivinar que era un enclave estratégico. Pero al chico parecía motivarle el juego de preguntas y respuestas, así que respondí por seguirle el juego:

—La ubicación.

—¡Exacto! —reconoció él—. Desde aquí podían vigilar el tráfico marítimo y controlar los barcos que llegaban a los puertos y a la isla del fuerte que veis allí, en la desembocadura —señaló el horizonte—. Hoy ese islote pertenece a Portugal.

Todo brillaba demasiado, el agua erizada de destellos, como un espejismo, lo que acentuaba una suspensión inestable que empezaba a debilitarme las rodillas. Recordé una expresión que había leído en un libro de viajes: «La sensación de no estar a la altura del paisaje». Creo que mi única habilidad verdadera en la vida consiste en tener cierto olfato para las palabras. Supongo que por eso acabé trabajando en una agencia literaria. Aquella cita me había parecido extraña cuando la leí, aunque no sabía muy bien por qué. Era una de esas expresiones detenidas al borde del abismo, que una se guarda en la recámara a la espera de que adquiera pleno significado.

El chico del chaleco amarillo iba tres pasos por delante y movía los pies con sumo cuidado, como un *sherpa.*

—Aquí, si te descuidas, pisas un ánfora de la dinastía Flavia —se justificó—. Hay un montón de reliquias diseminadas por todo el monte. Si queréis ver algunos de los objetos encontrados, podéis entrar en el museo. Está al lado de la ermita. Normalmente no cierran hasta las siete —dijo antes de pararse.

Habíamos llegado a un cuadrilátero delimitado por cinta amarilla.

—Aquí es —dijo pasándose el dorso de la mano por la frente.

—¿Los encontraste tú? —pregunté.

—Sí —respondió—. Fue por casualidad. No suelo hacer fotos. No es mi trabajo. Pero estaba solo y llevaba mi cámara, así que me puse a tomar fotografías de la zona. A través del objetivo ves cosas que no ves con los ojos —explicó—. El terreno tenía otra tonalidad, como si lo hubieran manipulado recientemente, y entonces me pareció que de un lado sobresalía algo, una especie de leño muy delgado, doblado en ángulo recto. Por eso me di cuenta de que había algo raro y fue entonces cuando llamé al profesor y vinieron todos. No pensé que fuese un hueso.

La zona se hallaba removida alrededor de una zanja con grumos de tierra negra, restos de musgo y matas de hierba. Estaba ligeramente esquinada, protegida del viento del oeste por una especie de terraplén. Yo conocía aquel lugar. Aunque no estaba muy segura de si lo recordaba de verdad o sólo creía que debía recordarlo.

El perímetro se hallaba señalizado con estacas numeradas de color naranja.

—¿Qué significan los números? —preguntó Lois Lobo.

El guía se encogió de hombros.

—Los colocaron los técnicos forenses. Junto a los cuerpos aparecieron varios objetos: conchas marinas, cuentas de vidrio, figuritas de barro y de madera tallada, unas piezas muy pequeñas. Parecían juguetitos.

—¿Juguetitos? —pregunté con incredulidad.

—Eso es lo que dijo el profesor. Podéis hablar con él si queréis. Él estuvo presente. Mira, ahí está —dijo dirigiéndose a un tipo alto, de barba, con un anorak rojo, que venía andando con un grupo de estudiantes con gorras de visera como si pertenecieran a un equipo de béisbol. Le hizo una seña con la mano y se acercó.

—Buenas —saludó jovialmente. Tenía un aspecto atlético, bronceado, con la nariz grande y los andares elásticos a pesar de que debía de pasar de los cincuenta largos.

—Son los periodistas del *Faro de Vigo* —le explicó el guía como si ya estuviera al tanto de nuestra visita—. Quieren saber qué clase de objetos rodeaban el enterramiento.

—No eran restos arqueológicos, desde luego. Había anzuelos, un trozo de tiza, canicas de colores, había incluso una pelotita de pimpón —dijo el profesor—. Parecían ofrendas votivas, si quieren saber mi opinión. —Del Real tenía una cara estrecha y astuta, de nutria, los ojos grises y la barba descuidada, lo que le daba cierto aspecto de egiptólogo—. Por la posición en la que aparecieron —continuó—, es de suponer que los cuerpos fueran depositados aquí *a posteriori*, con mimo, cuidadosamente. Estaban colocados frente a frente. Con pompa y circunstancia.

Dijo «con pompa y circunstancia» como si concentrase en esas dos palabras la clave de los misterios del mundo.

—¿A qué profundidad se encontraban? —pregunté.

—No mucha, metro y medio aproximadamente. Cuando llegaron los técnicos forenses, dieron orden de no mover nada por si aparecían más evidencias y hubiera que determinar su ubicación respecto a los huesos —dijo—. Dejaron los esqueletos *in situ* y se limitaron a limpiarles la tierra de encima con un cepillo. Después de señalizar la zona con esas estacas numeradas, levantaron los restos, los empacaron en cajas y se los llevaron al laboratorio.

Lo contaba como si, en lugar de referirse a dos niños pequeños, hablara de los fósiles de algún *Australopithecus anamensis*. Por un momento sentí que el suelo se movía ligeramente bajo mis pies.

Aguanta, corazón.

Empezaba a acusar el cansancio de todo el día. Apenas hacía unas horas estaba saliendo de mi apartamento en Larsbjørnsstræde. Estaba atravesando en taxi una ciudad nevada. Estaba comprando en una boutique *duty free* del aeropuerto un *foulard* rojo de cachemir. Estaba cruzando cuatro mil kilómetros de continente... Se me pasó por la cabeza la idea de desmayarme. Pero no lo hice. Había una cuestión que me venía martilleando por dentro. Si la ropa de los niños había aparecido bien doblada sobre un murete a la orilla del río, ¿cómo habían llegado sus cuerpos hasta allí arriba? Las derivadas de esa pregunta eran tanto o más complicadas que la pregunta en sí. Casi no me atrevía ni a plantearlas.

—¿Cree que pudieron haber sido sacrificados ritualmente? —pregunté.

—No... No creo que éste fuera el escenario de la muerte, si es eso lo que quiere saber, sino un lugar elegido para enterrar los cuerpos por alguna razón personal o sentimental. O quizá con la esperanza de camuflarlos como restos arqueológicos, ¿quién sabe?

De antropología forense entendía poco. Pero sabía que hay huesos estrella que ayudan más que otros en la identificación de los cadáveres. El fémur, por ejemplo, sirve para determinar la edad. Los detalles más insignificantes importan mucho, las fracturas soldadas, los dientes, las costillas rotas... Todos esos elementos pueden aportar una información esencial sobre la vida de los desaparecidos. Indican si tuvieron accidentes anteriores, por ejemplo, traumatismos o golpes, si tenían algún disco de la columna atrofiado o estaban acostumbrados a cargar con más peso del que un niño puede soportar. Además, está el escrutinio de las heridas, orificios en el cráneo, torsión en la nuca... El lenguaje de los huesos.

¿Qué era aquel enterramiento? ¿El escenario de un crimen o un santuario? ¿Podía ser acaso las dos cosas a un tiempo?

Según la Real Academia, un santuario es el lugar en el que se venera una divinidad, un santo, un espíritu de los antepasados o de la naturaleza, y al que los devotos suelen acudir en peregrinación.

—¿Qué clase de creencias puede haber hoy en día detrás de un enterramiento como ése? —pensé en voz alta.

El profesor me miró guiñando el ojo izquierdo igual que un arcabucero antes de disparar.

—No sé qué puedo decirle... Los mitos antiguos perviven. Los santos cristianos no sólo se parecen a los dioses de las antiguas creencias politeístas, sino que a menudo son esos mismos dioses ligeramente disfrazados. Realmente, si quiere que le sea sincero, creo que el sincretismo es la única religión del mundo.

Lois Lobo había estado muy callado durante toda la visita. Siempre un poco encorvado hacia delante, con las manos en los bolsillos. Ya me había dado cuenta de que no era un hombre locuaz. Me observaba de soslayo, fijándose en mis reacciones. Tal vez confiaba en que saltara alguna chispa de mi memoria.

Tienes que verlo.

Ciertamente la vista es un poderoso estímulo para el recuerdo. Pero había otras cosas que a mí podían afectarme en la misma medida, y de hecho me estaban afectando, como el olor a salitre, la inclinación de la luz, unas flores silvestres de color lila muy intenso con forma de trompetilla que crecían entre las piedras en determinados lugares, todas las gamas del color verde expandiéndose. Los pinos vestidos de sol, las hilachas rosas en la lejanía al otro lado de la frontera, el fuerte Insua...

La importancia de los lugares.

—¿Y qué? —me preguntó de pronto.

—¿Qué de qué?

Hacía ya un rato que el equipo de arqueólogos había recogido los bártulos en una furgoneta y se había marchado carretera abajo. Empezaba a notar la humedad como un pequeño dolor incipiente en el tobillo derecho, el que me había fracturado saltando el plinto en el gimnasio del colegio hacía más de veinte años. El lenguaje de los huesos. Se había echado un poco de niebla. Me acerqué al extremo del promontorio. Con la luz de la tarde, el mar y el cielo destellaban un azul vaporoso como un cuadro de Turner.

Entonces le pregunté a Lois Lobo cómo había conseguido localizarme.

Se encogió de hombros y alzó el cuello de su chaquetón naval.

—Son cosas de las que se entera uno cuando se para a escuchar el viento —dijo.

8

Aquel día quedaron algunas cosas claras. No muchas, pero algunas.

Quedó claro que yo tendría que poner todas las cartas sobre la mesa.

La memoria humana no es de fiar. Hay mucha gente que olvida lo que le conviene y hay otros que recuerdan con todo detalle cosas que jamás han sucedido. En el primer trimestre del seminario de Literatura Comparada en la Universidad de Copenhague, el coordinador del curso, Lars Jacobsen, nos había mandado leer una entrevista al neurólogo Oliver Sacks publicada en *The New Yorker*. En ella el doctor Sacks contaba que había pasado gran parte de su vida recordando nítidamente haber presenciado a los siete años los bombardeos alemanes del Blitz sobre Londres durante la Segunda Guerra Mundial, hasta que descubrió que ese recuerdo, que él creía grabado a fuego en su memoria, era imposible por la sencilla razón de que en aquella época él no se encontraba en Londres. Los científicos lo llaman «recuerdos implantados». Recorté el artículo y lo guardé en una carpeta de color beis donde atesoraba páginas sueltas de revistas y suplementos culturales sobre los temas más variopintos. La había rotulado con el nombre de «Joyas», para entenderme. En aquella entrevista había algo que me parecía importantísimo, aunque no sabía exactamente qué era. No lo supe hasta mucho tiempo después.

A mí, la memoria y la realidad me generan tantos problemas como a cualquiera. En algún momento, no sé exactamente cuándo, decidí construir un submarino de titanio para sumergir en estado puro cualquier cosa que hubiera podido ocurrir entre las cinco de la tarde y la medianoche del sábado 12 de agosto de 1979. Una cápsula de silencio bajo el lecho marino.

De vez en cuando el submarino era alcanzado por algunas cargas de profundidad. A veces desde muy cerca y otras veces desde más lejos. Me di cuenta de que tendría que andarme con ojo con las minas. Sin embargo, eso nunca impidió que me levantara cada mañana cuando sonaba el despertador. No me privó de celebrar mis cumpleaños con guirnaldas de flores de papel y tarta de chocolate. Ni evitó que todos los viernes, después de entrenar, dejara el chándal de deporte en la cesta de la ropa para lavar. El submarino y yo convivíamos perfectamente en universos paralelos.

Bajo el océano, a varios centenares de pies de profundidad, con la lluvia cayendo sobre el Atlántico, me había sentido a salvo. Pero había llegado el momento en que el Nautilus tenía que salir a la superficie. Cuando Lois Lobo me había conducido en su Fiat Punto a la ladera del monte San Francisco, durante todo el trayecto había tenido el estómago encogido. Lo que iba a encontrarme allí ya lo sabía. ¿Qué era entonces lo que me producía tanta inquietud?

La diferencia entre lo que ocurrió y lo que pudo haber ocurrido es a veces una línea tan delgada que nos corta el aliento. ¿Sería eso? No lo sabía.

Lo que sí sabía era que había llegado la hora de abordar el asunto de forma directa. O lo más directa posible. Pero algo me lo impedía. Por decirlo de algún modo, aquellas cartas en concreto no podía yo ponerlas sobre la mesa. ¿O acaso lo que pasaba era que por alguna razón no quería hacerlo? Ésa era la cuestión. Ésa había sido siempre la cuestión.

Una vez, cuando tenía cinco o seis años, mis padres alquilaron durante dos semanas de invierno una casa en Cabeza de Manzaneda para disfrutar de unas pequeñas vacaciones en la nieve esquiando. Era una casa preciosa con vigas de madera y chimenea. Pero tenía una despensa. El problema no era la despensa en sí, que estaba iluminada por una potente bombilla de ochenta vatios y contenía todas las provisiones que cualquier niña podía soñar: galletas, *corn flakes,* chocolate Dolca, crema de caramelo, bizcochos... Lo que me asustaba era que, para llegar hasta allí, tenía que atravesar un tramo estrecho de pasillo que había justo detrás de la cocina y en cuyo techo reinaba un cíclope con la cabeza medio torcida y voz profunda: «Hola, Blanquita, ¿te quieres venir conmigo?». La mancha de humedad tenía vida propia.

Bajo ningún concepto era yo capaz de acercarme a la despensa. Una tarde el terror fue tan intenso que empecé a tiritar y no me quedó más remedio que confesarle a Magnus el motivo de mi angustia. Lo sorprendente es que él no me negó que existieran los cíclopes que se tragaban a las niñas crudas y luego escupían los huesecitos, como hubiera hecho cualquier padre. Pues demasiado bien sabía que existían. Lo que hizo fue enseñarme que podía acceder a la despensa desde el comedor por la puerta de servicio, sin necesidad de pasar por delante del ojo del gigante. No fue una solución definitiva, claro está, pero sí una alternativa. Un truco para salir del paso.

Si Magnus me hubiera dicho que no había ningún peligro y que sólo eran fantasías mías, jamás le habría creído, por descontado, y además me habría sentido traicionada. Pero saber que, aun existiendo el cíclope, yo podía sortearlo con un poco de astucia, tal como había hecho Ulises con Polifemo, me proporcionó una seguridad relativa que a la hora de la verdad es la única que cuenta, porque la seguridad absoluta puede estar muy bien y todo lo que se quiera, pero no se la cree nadie. Desde entonces siempre relacioné ese relativismo con la ligereza de los esquiadores que veía bajar de la montaña por la noche, deslizándose sobre la nieve con antorchas. Tener miedo no iba a impedirme llegar a ningún sitio siempre que pudiera dar un rodeo o tomar un atajo.

Ser padre debe de ser una de las profesiones más difíciles que existen. A mí, Magnus me parecía un padre bastante satisfactorio en general, salvo cuando se mantenía en sus trece, como hizo con Blanch. Pero eso ocurría en contadas ocasiones. El resto del tiempo se dedicaba a arreglar el mundo y a reunirse en el salón con otras parejas de amigos que venían a casa a tomar copas con cubitos de hielo y a hablar de política hasta la madrugada. Preparar gintónics era una cosa que se hacía mucho entonces. Visto con perspectiva, creo que todo el mundo bebía más de la cuenta a finales de los años 70. A veces las discusiones subían de tono con una variedad de matices que quedaba oculta por la música y me resultaba incomprensible. Era la forma que tenían mis padres y sus amigos de pasar las veladas. Si el tocadiscos estaba demasiado alto, subían los vecinos a quejarse. Cuando al fin yo oía desde la cama las voces y las risas en el *hall* despidiéndose, cruzaba los dedos porque sabía que con un poco de suerte aún habría tiempo para que Magnus o Blanch vinieran a leerme un cuento antes de dormir.

Una cosa que nunca entendí era por qué los padres de Hugo y Nico eran tan distintos de los míos. No digo que fueran distintos porque no les leyeran cuentos por la noche a sus hijos, ni porque vivieran en una casa con pozo, tuvieran gallinas y hablaran poco, sino porque se les veía demasiado mayores. Magnus y Blanch por aquel entonces debían de andar por los treinta, y a mí ya me parecían de una generación bastante arcaica. Manuel Cadavid, además de agricultor, era mecánico de automóviles y vestía un mono azul, andaba encorvado, fumaba Celtas sin filtro y tosía como un enfermo terminal, de modo que debió de impresionarme tanto como Matusalén. Y Rosalía era una mujer regordeta y amable, con las mejillas enrojecidas por el norte, que solía llevar una pañoleta de flores atada en la nuca, pero, cuando se arreglaba, lucía un peinado fijado con laca que parecía un casco de motorista y no se le movía un pelo aunque soplara un huracán. Una vez les pregunté a mis abuelos por qué los padres de Nico y Hugo eran tan viejos. Ellos se rieron.

—¿Viejos?

Ahí aprendí yo que la edad de las personas es un misterio. Me explicaron que la gente al lado del mar *empatronaba* antes. Utilizaron esa palabra: «empatronar». Por lo que pude averiguar, quería decir que la gente de los pueblos desde el momento en que se casaba empezaba inmediatamente a ensanchar de cintura, a tener disgustos y a arrastrar los pies. Existía algo además del tiempo que hacía envejecer a las personas.

Empatronar.

Mis padres no *empatronaron* mucho. A lo mejor por eso se separaron. Los dos eran delgados, les gustaba ir a las librerías, usaban vaqueros desgastados y escuchaban a Bob Dylan.

—En As Covas, salvo tu padre, no hay leguleyos, Blanquita —me había explicado una tarde el tío Fran—. Aquí la gente pesca pulpos, cultiva una parra para hacer su propio vino, arregla motores. Cuando baja la marea, las mujeres recogen almejas y berberechos de la arena, y los hombres se enrolan en algún barco de Hixinio Mayoral o se van seis meses a una plataforma petrolífera.

Mi tío Fran, sin embargo, no hacía ninguna de esas cosas. Ni pescaba, ni mariscaba ni se iba al mar. Sólo cuidaba de mis abuelos. Intuí que debía de tener algunas cuentas pendientes con Magnus porque le había llamado «leguleyo», que era una palabra que no sonaba muy bien que digamos. Desde pequeña ya me había dado cuenta de esa especie de barrera que había entre ellos, como el paso a nivel de un tren de cercanías. Todos los hermanos tienen sus cosas.

Hugo y Nico también las tenían.

Una tarde Nico le dio un balonazo sin querer a la antena de televisión que coronaba el tejado y cuando su padre encendió el aparato para poner el parte del tiempo, sólo pudo ver en la pantalla una sopa de arroz muy espesa. Así como mis padres se interesaban mucho por la política, los suyos, en cambio, tenían una clara preferencia por el boletín meteorológico. Lo que dijera el hombre del tiempo iba a misa. Por eso el pelotazo a la antena tuvo consecuencias drásticas. Especialmente para Hugo, que no pudo ir al partido entre el Club Deportivo As Covas y el Sporting de A Guarda en el campo de fútbol de Chans, el mayor acontecimiento deportivo de la temporada. Cuando se atrevió a defender tímidamente su inocencia, su padre le espetó:

—La culpa es tuya, que eres el mayor.

No hubo clemencia. Nico, sin embargo, era el ojito derecho de su padre. Casi nunca le regañaba. Le consentía todo. Hasta le compró un coche de carreras dirigible con luces intermitentes, y a Hugo nada. A Hugo sólo lo mandaba a hacer recados y a cargar sacos de nueces de una huerta que tenían en el Souto das Bouzas.

Esa aspereza en el trato que recibía en casa por motivo de su primogenitura Hugo la tenía asumida como una condición de la naturaleza. Algunas veces, en medio de un juego, soltaba el aire muy despacito, como un suspiro, y se iba detrás del cobertizo a estar solo. Cuando se ponía así, su hermano decía que era mejor dejarlo en paz y yo tenía el buen criterio de hacerle caso. Por nada del mundo quería molestarlo. Pero no es que fuera un niño triste ni mucho menos. Tenía una risa repentina y feliz que estallaba como el sol entre los pinos cuando íbamos con las bicis a la playa del Molino. Para desquitarse, se tomaba pequeñas venganzas que solían desembocar en bromas más o menos inocentes.

Nabucodonosor.

Tenía esa vía de escape. Pequeñas facturas domésticas de las riñas entre hermanos desde que el mundo es mundo. No sé qué bromas le gastaría Magnus al tío Fran. Una vez le pregunté a mi padre por qué el tío se había quedado a vivir en el pueblo y se encogió de hombros.

—Por alguna sirena sería —dijo. Y ahí quedó la cosa.

Las sirenas y los cíclopes son seres mitológicos. Eso tenían en común.

La mitología a mí me interesaba bastante porque formaba parte de una explicación del mundo de carácter mágico y universal. Igual que los seres del río, las serpientes de cascabel o la Puerta del Infierno. Ése era el nombre exacto que había utilizado el abuelo de Sindo para referirse al viejo caserón del colegio de los jesuitas.

El edificio estaba medio derruido, tenía tres torres almenadas y se hallaba situado frente al embarcadero de donde salía el transbordador para la localidad portuguesa de Caminha. A las horas punta siempre había allí una furgoneta de helados para hacer negocio entre el pasaje. Normalmente la furgoneta la regentaba Joselito, aunque algunos días lo sustituía Sandokán, o el Badanas, o Gelucho... Entre ellos se iban turnando. Era su forma de sacarse una calderilla hasta que encontraran un pesquero para embarcar a alta mar. En tierra cada uno se buscaba la vida como podía.

Nos gustaba rondar por el solar de los jesuitas porque era un sitio abandonado y misterioso que se parecía al castillo que salía en la película de Drácula. Hugo me preguntaba si tenía miedo. Qué va. Yo no. Le respondía con la frente muy alta, no fuera a ser que me mandase a jugar a la comba con las gemelas Quintillán. El miedo era algo que había que guardarse en el bolsillo. A mí aquel lugar, además de asustarme, me despertaba sobre todo una gran curiosidad, como si lo que había ocurrido allí sólo fuera posible en tiempos muy antiguos de los faraones, antes de Cristo. Como si en esa época en la que yo aún no había nacido hubieran ocurrido todos los dramas. Todas las cosas importantes, y después, nada de nada. La Guerra Civil no era algo de lo que la gente mayor estuviese muy dispuesta a hablar así como así. Salvo el abuelo de Sindo. Aunque tampoco él se prodigaba mucho. Teníamos que sonsacarle y enterarnos con frases pilladas al vuelo. De pronto alguien decía algo, una palabra, un nombre que no entendíamos y entonces yo notaba una pequeña sacudida en la nuca, como un calambre. El miedo y las ganas de saber eran dos cosas que iban juntas.

—Se hacían llamar la Escuadra del Amanecer —dijo el viejo un día mientras metía la mano en un cubo de plástico y sacaba una nécora—. Llegaron en camiones desde Pontevedra y empezaron a matar gente a mansalva. No sólo en As Covas, sino en toda la comarca, en el Baixo Miño, en los pueblos de la ribera... Iban casa por casa sacando a los hombres a punta de pistola. Algunos consiguieron escapar a los montes, como los hermanos Pintos, que eran de las juventudes socialistas igual que mi padre. Pero a él no le dio tiempo a escapar. Lo remataron en la carretera de Brandián, lo mismo que a Brasilino, el maestro, que era del Partido Galleguista, y a mi tío, que estaba afiliado a la Federación Comarcal Agraria. Otros muchos no pertenecían a nada, pero los mataban igual porque estaban apuntados en una lista. Aún se ven flores a veces en ese lado de la carretera. Amapolas —dijo bajando la voz en un tono que me pareció de cansancio, pero tal vez fuera sólo de ensimismamiento—. Yo era un mocoso entonces... —continuó—, pero se lo he oído contar muchas veces a mi madre y a Fina Caramés, que tenía la tienda de ultramarinos. A ellas las raparon al cero. Uno de los peores era el padre de Hixinio Mayoral, o Queimado. Lo llamaban así. Los chiquillos le rehuíamos como al demonio. Por algo sería, digo yo. Tenía una buena flota pesquera. Metían a los presos en los barcos y los afondaban mar adentro. Pero un día le dieron candela. Vaya que sí. Alguien le plantó fuego a su bodega y las llamas estuvieron a punto de acabar con toda la casa. Él quedó con media cara abrasada.

—¿Y por qué empezó? —quiso saber Hugo.

—¿La guerra? Pues por qué iba a ser, por lo de siempre. Pleitos. Riñas por lindes de fincas, envidias y cosas de familia. Por eso a veces la gente mata más que por las ideas —dijo. Se echó hacia atrás la gorra y nos miró con detenimiento.

Ahí me di cuenta yo de que el abuelo de Sindo también poseía su propio submarino de titanio sumergido en aguas profundas como el mío. Tenía los ojos achicados y la piel curtida como el cuero muy gastado. Pero a mí no me parecía viejo en el mismo sentido que me lo parecían los padres de Hugo y Nico, sino de otra manera.

—Un pueblo en guerra es una ratonera. Vosotros habéis tenido suerte de no haber vivido aquello, ni todo lo que vino después. Mejor que no lo sepáis —dijo. A mí me pareció que él debía de saber bien quién le prendió fuego a la bodega de Mayoral, pero no quiso decirlo. Se quedó callado y luego, como si repitiera una cita leída en alguna parte y aprendida de memoria, añadió—: Una guerra civil es la más incivil de todas las guerras porque es una guerra entre hermanos.

Allí estaba otra vez el asunto de los hermanos. De nuevo Caín y Abel.

—¿Nos enseñas a pescar pulpos? —pregunté por cambiar de tema, porque me parecía que al viejo le estaba entrando frío en la voz, que se le había puesto ronca de hablar de aquellas cosas.

—No es fácil, rubiales. —Siempre me llamaba así—. No es fácil. El pulpo es el animal más listo que hay. Tiene nueve cerebros, ¿sabes? Nueve —repitió recuperando el tono animoso y mostrando los dedos de las manos—. ¿A que no lo sabías? —Sonrió—. Lo primero que hay que hacer para pescarlos es meter el cangrejo en un anzuelo, así, ¿ves? —dijo mientras nos enseñaba cómo se hacía—, aunque también puede ser un trozo de pescado, una pata de gallina o de gato, lo que sea. Luego se ata a una piedra y se va arrastrando con el sedal por el fondo hasta que el pulpo agarra el cebo y queda enganchado a los anzuelos. Realmente, los anzuelos no hacen falta, porque una vez que el pulpo se agarra a la piedra no vuelve a soltarse. A esta manera de pescar aquí le llamamos «a raña». A algunos presos les hacían lo mismo. Los ataban a una piedra y los tiraban al mar. Al resto los encerraban ahí —dijo señalando el caserón.

Yo pensaba en el gato amarillo muerto al que le habían serrado una pata. Me había acordado repentinamente de él durante el vuelo. Mi memoria lo tenía registrado y asociado a aquel lugar de un modo reflejo. La guerra no era una cosa que pudiera comprender una niña de ocho años.

A la entrada de la finca donde estaba el colegio de los jesuitas, entre la maleza, había un cartel de prohibido el paso. Y eso era suficiente para tres niños valientes y fatalistas.

Un día entramos en fila india. Primero Hugo, después Nico y luego yo. Ésa solía ser siempre la alineación. Los muros de piedra estaban llenos de inscripciones con nombres o mensajes, en una de las ventanas había un ramito de flores tan pequeño que parecía para un niño. Estaba formado por margaritas amarillas de esas que se encuentran por los caminos, amapolas y campanillas moradas atadas con un junco. De esas flores no me he olvidado. Luego bajamos de la galería y nos quedamos mirando el foso oscuro donde decían que se hacinaban los presos. Queríamos ver calaveras, murciélagos, fantasmas, esqueletos colgados de argollas oxidadas.

—Aquí no hubo presos ni nada —dijo Nico. Era su manera de negar el miedo.

—Pues si no te lo crees, entra. A ver si te atreves —le dijo Hugo.

La brisa que se levantaba al atardecer. Los nombres escritos en la cal de las paredes: Francisco Poo, Avelino Martínez... El viento sembrando el salitre por las hornacinas barrocas entre las enormes hendiduras de las paredes y las ventanas.

De pronto nos dimos cuenta de que allí dentro había alguien más. Oímos voces que venían de la planta baja. Bisbiseos, primero. Luego una discusión. Palabras que no entendimos. Sombras moviéndose muy rápido. Dos hombres con sudaderas de capucha y otro con un gorro marinero calado hasta las cejas, encorvado en una torsión incómoda. Los tres pillados *in fraganti,* mirando de hito en hito hacia la escalera. Después un golpe ahogado por el estrépito de cristales rotos.

—*Cagho en diola!*

Salimos pitando.

Todo venía del mismo sitio, pero no sabíamos de dónde. Intentábamos descubrirlo. Éramos niños detectives. No comprendíamos lo que estaba pasando, pero éramos capaces de percibir las señales de una amenaza real. El miedo era una cosa que yo tenía localizada muy cerca de las costillas, como una punción pequeña pero muy aguda que amenazaba con cortarme la respiración en plena estampida. Nos paramos a coger aliento en el puesto de los helados. Allí estaba Joselito detrás del mostrador con unas gafas de sol verdes y un gorrito blanco con forma triangular que lo hacía parecer distinto de quien era en realidad. Al fondo, las gaviotas chillaban al borde del embarcadero.

—¿Sabéis lo que les pasa a los niños que andan metiendo las narices en lo que no les importa? —dijo.

—No. ¿Qué les pasa? —respondió Hugo desafiante levantando la barbilla.

—Pues lo mismo que a los gatos. Ándate con ojo, chaval.

Eso dijo.

—Vale —le respondió Hugo tan campante—. Danos tres cucuruchos de vainilla.

Era un héroe nato.

9

Las sirenas cantaban, decía Homero. Atraían a los marineros con su voz y los arrastraban hasta los acantilados sin que ellos pudieran hacer nada para evitarlo. La Sirenita de Andersen, sin embargo, poseía una naturaleza más clemente. Salvó a un príncipe de un naufragio, se enamoró de él y salió perdiendo, como suele ocurrir. Se convirtió en el símbolo de Copenhague. La escultura no es gran cosa. Apenas metro y medio. Pero todo el que viaja a la ciudad tiene una foto con ella en el malecón del Langelinie. Yo también tengo la mía tomada durante mi primera estancia en la universidad con una boina de cuadros escoceses, un día de invierno con el Báltico al fondo, ondulado, de color gris, con vetas verde oscuro y rodales de nieve flotando. Había sirenas buenas y sirenas malas, como todo. De qué clase era la que le había tocado en suerte a mi tío Fran, eso no lo sabía.

Por lo pronto, desde que murieron mis abuelos, el hermano menor de mi padre vivía solo. Tenía el mismo aspecto de siempre, jovial, desaliñado, con unos pantalones de pana de color tabaco y un jersey de mezclilla, pero había algo nuevo en su rostro. Como si le hubiera pasado por encima una tormenta de escarcha que le hubiera espolvoreado el pelo y le difuminara los rasgos, aunque seguía teniendo los mismos andares de campesino de monte, larguirucho, con pinta de naturalista del siglo pasado. Llevábamos años sin vernos. Aunque solíamos hablar un par de veces al año, por mi cumpleaños o en Navidad, pero eran conversaciones convencionales, cortas, con silencios, como todas las conversaciones con las personas que se van quedando atrás. De niña me encantaba ir con él a todas partes, estaba fascinada por ese tío alto y risueño, que bromeaba siempre y todo se lo tomaba a la ligera, tan diferente a Magnus, con su sentido de la responsabilidad histórica. Cuando jugábamos a los aviones, me sujetaba por las muñecas y me levantaba por el aire dando vueltas. Me gustaba sentir ese vértigo de volar alto. Era un piloto de mucho cuidado.

Me había presentado allí sin avisar. Pero yo creo que no le sorprendió mucho mi visita. Aunque hacía fresco, estábamos sentados en el banco de piedra del porche.

—¡Qué guapa estás! Ya pareces medio vikinga, tanto tiempo por esas tierras... Ten cuidado, o el frío se te comerá los huesos. —Sonrió—. ¿Cuánto hace que no nos veíamos? Diez años lo menos, ¿no? —Llevaba bien la cuenta. Era el tiempo que había transcurrido desde el funeral de mi abuela.

—Por ahí. Más o menos... —dije tanteando con la mano, ladeé la cabeza y lo observé de refilón con expresión interrogativa—. Y tú, ¿cómo estás?

—Bien, bien... —asintió—. Contento de verte sobre todo. Aunque, si te soy sincero, hubiera preferido que tu visita se debiese a otro motivo.

Me chocó que sacara el tema antes de que yo tuviera

tiempo de mencionarlo. Es verdad que la razón por la que yo había regresado al pueblo podría parecerle obvia, las noticias estaban en boca de todos. Pero por un momento me sentí desarmada. No supe qué decir. Él me miró como si estuviera en otro sitio. No sé en cuál. Pero en otro.

El motivo siempre es algo que cada uno se guarda dentro. Cuando era niña jugábamos a volar. Flotábamos en el aire. Ahora sin embargo estaban *los motivos.*

—Las desgracias tienen su tiempo —continuó—. Nadie puede vivir dentro de ellas eternamente —dijo—. La verdad es que no he vuelto a pensar en lo que pasó si quieres que te sea franco. Al principio sí, claro, cómo no iba a hacerlo. Cada vez que veía a Rosalía se me partía el alma. Pero no podemos estar toda la vida dándole vueltas a lo mismo. Es como cuando se produce un naufragio, hay que pasar página. No queda otra.

El huerto, los árboles, el cielo con algunas nubes, todo olía a algas revueltas como si el mar estuviera ahí mismo, al cruzar la cancilla, pero no era cierto. O sí. Quizá el mar lo comprendía todo.

Llevábamos un buen rato hablando de lo mismo que hablaba todo el mundo en As Covas.

A mucha gente del pueblo no le había hecho gracia ver las cámaras de televisión y a los periodistas haciendo preguntas y hurgando por allí. Lois Lobo era sólo uno más. Había insistido en acercarme con su coche, aprovechando el viaje que tenía que hacer con el fotógrafo del periódico para ilustrar su reportaje. Al bajar en la plaza ya había visto malas caras. Miradas sesgadas...

—¿Y qué esperabas? —intentó justificarlos mi tío

cuando se lo conté—. Es normal. Bastante tuvimos con lo que pasó, y tú lo sabes mejor que nadie, Blanquita. ¿Qué sentido tiene ahora venir a montar un circo? Veinticinco años después. A los periódicos sólo les interesa el morbo. Nada más.

Me lo estaba diciendo alguien que guardaba en el armario de su habitación una caja llena de recortes de revistas sensacionalistas con reportajes extensos y escabrosos sobre niños desaparecidos que no morían del todo porque no conocían la maldad. Niños vestidos de primera comunión.

—Pero ¿tú no quieres saber qué sucedió? —pregunté sin ocultar mi perplejidad.

—Si no lo sabes tú, Blanquita, que estabas con ellos, ¿quién lo va a saber?

Ya estaba dicho.

Yo había estado allí, en el escenario del crimen. Yo tenía que saberlo.

Nunca antes habíamos hablado del asunto. Ya expliqué que era un tema tabú que nadie de la familia mencionaba en mi presencia. Ellos sabían y yo sabía que ellos sabían. Ahí se acababa todo. Un muro de contención. Ahora mi tío Fran había derribado esa barrera. Tragué saliva. Algo en su tono me escoció por dentro. ¿Qué había querido decir? ¿Acaso estaba presuponiendo algo? Había en sus palabras una insinuación perfectamente visible, como expuesta a la luz del mediodía, que me colocaba en una situación comprometida. Aunque lo que más me confundía era la condescendencia, ese tono paternalista con el que se refería a mí como si no hubiera pasado el tiempo. Ni siquiera Magnus me llamaba ya Blanquita.

—Las cosas ya no hay quien las cambie —continuó—. Desde aquella noche nada volvió a ser lo mismo. Nos cayó encima una especie de losa a todo el pueblo. Un hecho así no es fácil de encajar para nadie. Yo era joven, tenía la vida por delante, y de pronto todo se truncó. Se echó a perder. —Yo no sabía a qué se refería exactamente con aquella expresión—. Cada uno lo purgó a su manera. Todos hemos cambiado desde entonces. Poco o mucho. Veinticinco años es mucho tiempo. Demasiado para que podamos saber lo que pasó aquella noche de agosto, para que podamos recordarla tal como fue. ¿Qué sentido tiene reabrir la herida? ¿Remover todo lo que quedó enterrado? ¿Para qué? Lo que pasó, fuera lo que fuese, ya ha prescrito.

—Yo no creo que las cosas prescriban —dije en un tono más exaltado de la cuenta, estaba poniéndome nerviosa. Pensaba que un crimen podía prescribir para la Administración, incluso para la ley, pero no para quien lo ha sufrido en persona o ha padecido sus consecuencias, de ahí que la venganza todavía sea un plato que se sirve frío en cualquier parte del mundo—. Eran mis amigos —protesté—, yo era una niña cuando ocurrió. Una parte de mí se quedó estancada en aquel sábado.

—Vamos... —dijo volviéndose hacia mí abriendo una sonrisa—. Yo no veo que te hayas quedado estancada en ningún sitio. Has hecho tu vida y has hecho bien, siempre de aquí para allá. Si no paras...

—Tienes razón —tuve que reconocer—. De aquí para allá, como dices. Estar lejos ayuda. Podía haber seguido así toda mi vida y no hubiera pasado nada, supongo. Pero resulta que han aparecido los cuerpos. No en cualquier lugar ni de cualquier manera. Sino en el monte Santa Tecla. A varios kilómetros de donde estábamos jugando aquella tarde. Y fueron depositados allí con alguna intención. —Con «pompa y circunstancia», había dicho el profesor Del Real—. No sé... —balbuceé. Estaba intentando explicarme ante él sin encontrar los argumentos adecuados, probablemente porque apenas era capaz de explicármelo a mí misma. Me había venido de golpe todo. Los eucaliptos, el río. Tenía un nudo en la garganta. Y los cómics de Astérix, y el globo terráqueo, y el cuento de Andersen..., y *Huracán en Jamaica,* y aquellas flores secas como espinos que soltaban unas bolas redondas de pelusa, y los chillidos de las gaviotas de fondo en el embarcadero y en el Espolón del Portugués. Y la forma especial que tenía Hugo de levantar el labio superior, y las orejas tan pequeñitas y coloradas de Nico. Esa clase de cosas... ¿Y qué eran esa clase de cosas realmente? ¿Cómo se podrían definir? Levanté la vista—. Me parece que se lo debo —fue todo lo que se me ocurrió decir.

—No has cambiado nada —dijo mi tío moviendo la cabeza de un lado a otro—. Igual que de niña. Siempre queriendo saber el porqué de todo. Siempre haciendo preguntas. Qué necesidad habrá de saberlo todo, me pregunto yo. Hay cosas que es mejor no saber. La verdad hay que tratarla con mucha cautela, te lo digo por experiencia propia. Hazme caso. Hay gente que va por ahí con la verdad por delante haciendo auténticas carnicerías. Entonces es cuando vienen los sufrimientos, los dramas y hasta las tragedias. Tú que lees tanto deberías saberlo. Pero tu madre era igual. Tan ingenua, tan justiciera, tan dulce, tan partidaria de la verdad. Supongo que sigue siéndolo —dijo, y encendió un cigarrillo.

—¿Mi madre?

Fue entonces cuando la conversación dejó de discurrir por un terreno conocido y empezó a adentrarse en una superficie resbaladiza y quemada, como un declive. Pensé que quizá mi tío Fran estaba dándome a su manera la oportunidad de preguntar algo cuya respuesta no estaba segura de querer saber.

Aspiró una calada, la mirada perdida hacia al fondo de la finca, donde estaba la higuera y el hórreo en el que solía jugar de niña, exhaló el humo muy despacio y permaneció callado.

¿Qué tenía Blanch que ver con todo aquello?

Al lado del hórreo, entre la hierba, había en verano un tendal improvisado sobre dos postes en el que se ponía a secar la ropa: las toallas de colores, mis camisetas pequeñas de rayas marineras sujetas con pinzas de madera, los pantalones piratas, los calcetines de algodón ondeando suavemente al viento... Banderas de nuestra infancia. Me acordé entonces de un gesto de Blanch separándose el pelo de la cara no con la mano, sino con el antebrazo. Apenas tenía recuerdos de ella en As Covas, porque no le gustaba mucho ir. Al principio sí, cuando yo era más pequeña, pero luego dejó de hacerlo. La que me vino a la cabeza debía de ser una escena de entonces, de esos primeros años. Algo mínimo, insignificante. Hacía calor. Flotaba esa luz de verano, yo tenía restos de arena en las sandalias. Tal vez veníamos de bañarnos en el río. Blanch estaba de espaldas con una tina de ropa apoyada contra la cadera y la melena castaña brillando al sol, canturreando. Parecía feliz. El tío Fran había pasado por detrás y le había tirado del pelo. Ella se dio la vuelta enseguida frunciendo el ceño, pero se veía que no estaba enfadada de verdad, porque se echó a reír. Recuerdo el sonido de su risa de cristal puro. Yo era muy pequeña, así que ella debía de ser muy joven. Tenía esa imagen borrosa. Recordé o creí recordar que acto seguido mi tío Fran se encogió de hombros y levantó las manos como diciendo «Yo no he sido» o «A mí que me registren». Tal vez dijo esas palabras u otras parecidas a las que yo no hice entonces el menor caso y sólo ahora empezaron a cobrar algún sentido justo por la forma en que se había referido a mi madre.

Tan ingenua, tan justiciera, tan dulce, tan partidaria de la verdad.

Cuántas imágenes difuminadas, cuántos detalles minúsculos habrán quedado ocultos. Él pasándole las pinzas de la ropa, las manos que se rozaban junto al alambre, los segundos de más o de menos que se mantenía una mirada por encima de la mesa sin que nadie lo notara, aquel brillo en los ojos.

La vida secreta de los adultos.

Por qué necesitaba yo saberlo todo, por qué siempre quería llegar al fondo. Por qué no podía dejarlo correr.

Blanch no era tan partidaria de la verdad como aseguraba mi tío Fran, por lo que yo recordaba. Ella tenía sus cosas de las que no soltaba prenda si no le daba la gana. Algunos días se tumbaba en la cama con la habitación a oscuras, bajadas las persianas. Me decía que yo tampoco tenía por qué hablar de lo que había ocurrido en el río si no quería hacerlo. Había carta blanca. A su manera, era una artista del silencio. Pero tal vez no siempre fue así. Las personas cambian según lo que les depara la vida, según su experiencia. Qué experiencia había hecho cambiar de bando a mi madre, eso no lo sabía.

Me acordaba de la crema suave de color melocotón que me ponía en el pelo para desenredarlo y de cómo jugábamos a atrapar chispas de sol en la ventana.

Me acordaba de cuando me enseñó a dividir entre dos cifras en la mesita del comedor y del reflejo de las luces del árbol de Navidad en el techo. Me acordaba de su expresión de contrariedad un día mientras buscaba con prisa algo que estaba segura de que tenía que estar en el cajón de su escritorio, pero no estaba.

¿Acaso el tío Fran había querido darme a entender de una forma indirecta que a veces es mejor mantener algunas cosas en secreto? No exponerlas a la luz del día por el bien de los demás, para hacerles la vida más llevadera o para proteger a los inocentes, para evitar daños colaterales.

¿Estaba queriendo decirme eso?

Me había quedado paralizada. La deriva que iba tomado la charla me resultaba amenazante. Tuve el impulso de taparme los oídos, de levantar una mano y frenarlo: «No sigas por ahí». Pero no lo hice. Lo único que hice fue cambiar torpemente el rumbo de la conversación, como quien da un volantazo para evitar un choque frontal y toma un atajo.

—¿Te acuerdas del miedo que le teníamos al gallo de Hixinio Mayoral? —dije.

Se rio por lo bajo con una risa ronca.

—Claro que me acuerdo. ¿Cómo no voy a acordarme? La abuela tampoco lo podía ver delante. Siempre que lo veía se acordaba de los niños. Todos los domingos ponía dos velas en el Peto das Ánimas. Pero nunca hablaba de ellos. Por respeto, por superstición, ya sabes cómo es aquí la gente con eso. La muerte no es una cosa a la que se pueda mirar de cara, y menos tratándose de dos niños. Parece que todos hayamos sido culpables.

—¿Culpables? ¿Culpables de qué?

—No sé... De algo. De no haber sabido protegerlos, al menos —dijo.

La noche ocupando las orillas del bosque. Las zarzas en la boca de la cueva. Las criaturas del río. Una respiración asmática, como de alguien a quien le faltase el aire. Un coche aparcado en el arcén de la carretera. El río lleno de barbos inquietos, de mosquitos, de libélulas azules.

Es como cuando ocurre un naufragio, hay que pasar página.

¿A quién estaba tratando de proteger mi tío Fran? ¿Acaso pretendía defender el buen nombre del pueblo? ¿Salvar a algún vecino? ¿A sí mismo? ¿A alguien? A veces las cosas se tuercen.

Se oyó un repiqueteo de campanas en la plaza. Se estaba haciendo tarde.

—¿Por qué te quedaste en As Covas? —pregunté antes de irme.

Se encogió de hombros.

—Yo qué sé... A mi edad no me veía buscando otro sitio para vivir —dijo—. ¿Y tú? ¿Por qué has vuelto?

—Al entierro, supongo.

Asintió en silencio.

Me levanté sacudiéndome los restos de hojarasca adheridos a los pantalones. Después me puse de puntillas para darle un beso de despedida como en los viejos tiempos. Él me apretó con fuerza y sentí una punzada muy cálida. Primero fue un sentimiento de desolación personal y al momento noté que me corrían unas lágrimas por la cara. Supe que eran suyas, porque yo nunca lloro. No soy de llorar. No lo digo por dármelas de nada. Se trata más bien de una limitación, alguna clase de avería interna en el mecanismo de las lágrimas. De niña tampoco lloraba. Ni siquiera cuando me rompí el tobillo saltando el plinto, ni cuando Blanch se marchó. Aprendí a aguantarme las ganas, a frenar el llanto en seco en el borde de las pestañas, apenas con los ojos un poco brillantes. Me agarraba berrinches, claro, temblaba, a veces dejaba de respirar, pero llorar no. Tenía ese problema, como otros tienen insomnio o son alérgicos a los frutos secos. Volví a la plaza caminando por delante de la antigua escuela unitaria, con la capucha calada y las manos en los bolsillos. Empezaba a lloviznar, una lluvia fina que parece que no moja, pero que puede llegarte hasta el tuétano.

—¡Me cago en todo! —oí que tronaba la voz de Lois Lobo.

Estaba parado delante del coche, rodeado por un grupo de curiosos. El asfalto, lleno de cristales rotos. Habían abierto un boquete de cincuenta centímetros en el parabrisas del Fiat de una pedrada.

Aquél era un mundo vago que existía al borde del océano. La gente tiraba piedras.

10

El restaurante se llamaba O Muíño Vello, cerca del polígono industrial de Redondela donde se encontraba la imprenta y la redacción del *Faro de Vigo.*

—¿Vienes mucho por aquí? —pregunté.

Había sido Lois Lobo quien había sugerido que quedáramos allí para tomar algo más tarde, después de acabar su turno de cierre en el periódico.

—Alguna vez —respondió lacónico.

Aunque, por la forma de saludar al encargado, supuse que debía de ser de los habituales.

Era un antiguo molino restaurado al lado de una cascada, con vigas de madera, una *lareira* en el centro, un par de mesas de rueda de moler que estaban ocupadas y otras pequeñas cuadradas distribuidas por todo el local. Nos sentamos cerca del fuego.

—¿Qué ponemos, jefe? —preguntó solícito el camarero con un lápiz en la oreja—. ¿Lo de siempre?

—¿Hay caldo? —preguntó él.

—*E logo non vai haber...** —respondió.

—¿Te gustan los grelos? —dijo dirigiéndose a mí

* ¿Cómo no va a haber?

mientras dejaba su chaquetón en el respaldo de la silla.

No sólo me gustaban, sino que en aquel preciso momento el olor que llegaba de los fogones era lo único capaz de templarme el ánimo.

—Pues primero caldo y luego lo de siempre —dijo.

—¿Y para beber?

—Para mí cerveza —me adelanté.

El camarero se quedó mirándome como si no me hubiera entendido bien del todo. Luego miró a mi acompañante de hito en hito, casi pidiéndole explicaciones.

Lois Lobo sonrió. Era la primera vez que lo veía sonreír abiertamente.

—¿Qué pasa? —pregunté extrañada.

—Nada, nada..., que aquí son más de vino —dijo—. Pero seguro que hay alguna manera de conseguir una cerveza de contrabando por ahí en el mercado negro —añadió—. ¿Verdad, Fito?

—*Se ti o dis** —fue todo lo que respondió el camarero echándose la servilleta al hombro antes de darse media vuelta.

—Es que el vino gallego me sienta fatal.

—Nadie es perfecto —dijo.

En su ambiente, Lois Lobo parecía más desenvuelto y locuaz que de costumbre, como si aquel partido lo jugara en casa. Pero yo no estaba segura de que tanta locuacidad me gustara demasiado.

—¿Qué tal el reencuentro con tu tío? —preguntó.

Me sorprendió que no hubiera sacado el tema duran-

* Si tú lo dices.

te el trayecto de vuelta desde As Covas. Supongo que prefirió dejarlo para otro momento. Después de lo ocurrido en el pueblo, ninguno de los dos estaba muy comunicativo que digamos.

—Bueno... —dije.

Él se quedó observándome como tratando de calcular el alcance de la evasiva sin decir nada. Me di cuenta de que en la distancia corta sus ojos tenían un color raro, gris oscuro, que le daba una expresión de terquedad. Por fin llegó el camarero con las tazas de caldo y las bebidas. Me plantó delante una Estrella Galicia con un gesto triunfal que Lois Lobo celebró con el pulgar hacia arriba.

—Todavía no me has contado nada del armador —dije para llevar la conversación a mi terreno. El día que fuimos a visitar el yacimiento, en el viaje de vuelta, habíamos estado hablando de la gente del pueblo.

—¿De Hixinio Mayoral?

—Sí.

—¿Cuál de los dos? ¿El padre o el hijo? Toda la saga de primogénitos lleva el mismo nombre desde el siglo XIX. Pero supongo que te refieres al patriarca.

Asentí con la cabeza. El camarero volvió con una bandeja y fue depositando en la mesa distintas tapas en pequeñas fuentes de barro: croquetas de bacalao, pimientos de padrón y chorizos al hornillo, que al parecer eran la especialidad de la casa. Los sirvió atravesados por un pincho sobre un pequeño cuenco con dos dedos de aguardiente. Acercó el mechero y el alcohol empezó a quemarse en una llamita azul durante unos minutos mientras le iba dando vueltas hasta que consideró que estaban en su punto.

—Se hizo el amo de todo el cotarro —continuó. Mientras hablaba iba picando con avidez, como si no hubiese comido en todo el día. Tal vez no había tenido tiempo. Después de cada bocado, daba un trago. Yo sin embargo no tenía mucha hambre—. Come algo, o me lo acabo yo todo.

Cuando el camarero se acercó a dejar un cesto con pan en la mesa, Lois Lobo se volvió hacia él.

—No me come —se quejó en broma.

El otro se encogió de hombros como diciendo: «¿Y qué esperabas, chaval?».

A aquello mi amiga Mar Sandoval lo habría llamado «tontear», y ella era una experta en la materia. Pero a mí no me parecía que fuera el momento de tontear ni mucho menos. No me reí. Debí de hacer algún gesto levísimo de desagrado que él captó al vuelo, porque se pasó la mano por la nuca a contrapelo y cambió de registro. Tal vez sólo intentaba ser simpático, cortés, o hacerme la velada más agradable. ¿Por qué demonios tendría yo que estar siempre a la defensiva? ¿Por qué tendría que ser tan borde?

Si le desconcertó mi actitud, no acusó el golpe. Se limitó a retomar el hilo por donde lo había dejado. Con aplomo, ordenadamente, sin la inseguridad que había mostrado en nuestra primera conversación en el hotel, pero con cautela. Supongo que estaba tratando de establecer la distancia apropiada. Eso ya me gustaba más.

—Al principio la familia tenía una pequeña flota pesquera —dijo—. Pero a partir del 36 se hicieron con un emporio. El viejo estaba bien relacionado, con contactos en el Gobierno Civil de Pontevedra. Ten en cuenta que era la época en la que se estaba fraguando todo. Cuando estalló la guerra, se alistó en la Brigada del Amanecer, un comando falangista de la línea más dura, y se dedicó a sacar tajada. Media comarca pasó a sus manos, fincas, propiedades, hectáreas enteras de monte... Amplió la empresa y se convirtió en el principal armador de las Rías Baixas. Además, era compinche íntimo de Víctor Sasieta.

—No me suena el nombre.

—Una bestia parda —sentenció—. Era el capataz que estaba al frente del campo de concentración.

—¿La Puerta del Infierno?

—Sí. Así lo llamaban. Confiscaron el colegio de los jesuitas, que entonces pertenecía a la Universidad de Deusto, y lo convirtieron en penal. Estaba clasificado como campo de prisioneros de la IV Región Militar. Llegó a albergar entre 3000 y 5000 presos políticos, aunque apenas había espacio para ochocientos. Estaban hacinados. Muchos enfermaron de tuberculosis. También había mujeres e incluso niños, pero la mayoría eran soldados del Ejército republicano capturados en alta mar. Ahí es donde entraba Mayoral el viejo, con sus barcos.

—Algo he oído —dije esforzándome por recordar.

Lois Lobo miró de refilón hacia la noche que asomaba por la ventana a su derecha, iluminada desde el exterior por una guirnalda de luces. Me fijé en que tenía pequeñas cicatrices de acné en la cara, la cabeza grande, la mirada reflexiva y un poco triste. Se daba un aire a aquel actor irlandés de los años sesenta que hizo de espía en el muro de Berlín, una de las películas favoritas de Magnus. ¿Cómo se llamaba?

—Pero todo eso ocurrió hace mucho tiempo —continuó—. ¿Por qué te interesa tanto? —preguntó con curiosidad. Ahora me observaba pensativo, clavando los ojos en mí, hasta que debió darse cuenta de que su mirada quizá podía ser mal interpretada y la apartó con timidez.

Entonces me vino a la cabeza la escena de la película que desde hacía un momento me rondaba la cabeza. Un tipo solitario y cargado de hombros en la barra de un bar, sacando del bolsillo de la gabardina algunas monedas y apilándolas luego en un montoncito sobre el mostrador antes de pedir un whisky solo. Richard Burton, me acordé al fin. Lois Lobo se parecía un poco a Richard Burton. No mucho. Pero tenía algo que lo recordaba. La mandíbula, quizá, una manera particular de estar callado.

—No me interesa —dije—. Sólo estoy intentando encajar algunas piezas. Tengo la impresión de que todo lo que ocurre por aquí tiene que ver de algún modo con esa familia.

Era verdad. En mi memoria estaba tal como si fuera ayer el gallo al pie de la higuera. Alzado y desafiante con sus ojos rojos, con la cresta levantada, el pico afilado. Aquel gallo colérico que atacaba a la gente y había picado en la cara a Román Santiso, el farmacéutico, cuando todo lo que había de ocurrir no había ocurrido aún y el mundo era todavía un lugar distinto. Un mundo limpio donde un niño podía mirar a su abuelo con orgullo porque era el mejor pescador de pulpos de toda la comarca.

Muchas veces Sindo nos llevaba a dar una vuelta en la chalupa con el motor fuera borda. Recuerdo que íbamos sentados. Las rodillas juntas y los pies morenos. Navegábamos hacia el Espolón del Portugués, soñando con un mundo lleno de tesoros hundidos y pasadizos secretos que comunicaban una estancia con la otra como en los libros de los Cinco. El misterio estaba allí. En la forma en la que cambiaba el oleaje cuando se estrechaba entre las rocas. Había que encontrar el momento adecuado. El riesgo era que subiera la marea y nos quedáramos rezagados. Que calculáramos mal.

Una hoya mala.
Una mala corriente.

Me había ido muy lejos de la conversación, pero no había perdido el rumbo. Fueron apenas unos segundos, en los que el periodista volvió a apartar la mirada y echó un vistazo al móvil, frunciendo un poco el ceño como si tuviera que dedicar toda su atención a otro asunto importante que no era de mi incumbencia. Di un sorbo a la cerveza.

—¿Y qué ha sido de él? —quise saber.

—¿Del viejo Mayoral? Le dieron candela —dijo—. Primero estuvo a punto de morir en un incendio que arrasó la casa de verano que tenían en A Lamiña. Debió de ser allá por el año 63 o 64. Quedó desfigurado. Fue a partir de entonces cuando su hijo empezó a hacerse cargo de los negocios de la familia. El viejo todavía vivió bastantes años más, pero apenas se dejaba ver. Murió en el 75. De mala manera. Carbonizado. Parece que era su sino. Una camioneta de reparto de bombonas de gas se empotró con su coche en el cruce de la carretera de O Rosal. La Policía nunca creyó la versión del accidente. Pero no pudo demostrarse nada.

Lobo se pasó la mano por el mentón, un gesto que

repetía con frecuencia. Alguien salió del local y dejó durante unos segundos la puerta abierta. Fuera llovía con fuerza y se oía el repiqueteo del río en la cascada.

Un pueblo en guerra es una ratonera.

Pensé en las voces perdidas de la aldea, en los testigos mudos y tenaces, en los jubilados que jugaban al mus en la taberna de la plaza y se comunicaban por señas, los que contaron y los que guardaron silencio, los que dedicaron su vida al recuerdo o al odio, los que se sintieron amenazados, los que no tuvieron nada que ver. Los que eligieron el olvido. Los que eligieron la venganza.

Todas esas voces estaban dentro de mi cabeza. La de Amelia Cortizo, que nos dijo que fuésemos por la sombra si no queríamos coger una insolación. La de Andrés de Lourido, que tenía una serpiente de cascabel amaestrada y había estado a punto de matar a su propio hermano por 2000 pesetas del importe de unos pinos del Xestal que le había vendido precisamente a Manuel Cadavid. La de Flipp, el vagabundo *hippy* que coleccionaba caracolas de mar y perseguía libélulas azules como otros persiguen unicornios. La de las gemelas Quintillán, que lo sabían todo como las niñas videntes de Fátima. La de María Codesal, que arreglaba redes y nasas con unas agujas blancas hechas de hueso de cachalote y siempre que nos veía jugar por los alrededores de la cetárea decía «Diantre de rapaces». La de los moteros, con la piel abrasada de andar a los camarones y al mejillón. Los bíceps muy desarrollados de descargar fardos. Chicos que trabajaban como mulas y que razonaban también como mulas. La del abuelo de Sindo, que todavía era un niño cuando fusilaban a la gente en el camino de Brandián, aunque no fue hasta algunos años más tarde cuando se dio cuenta de que aquella guerra, concretamente, él la había perdido, y entonces se dedicó a criar palomas. La de mi tío Fran y su caja de recortes de periódico. La de los seres del río, que contaban historias en la lengua de Alfonso X el Sabio y enterraban bichos en las encrucijadas y tenían tratos con los difuntos. La del teniente Venancio Ortega, en una oficina de paredes desconchadas con un retrato de los reyes de España, escribiendo un informe que nunca llegó a concluir.

Figuras quietas en el tiempo. Caras de víctimas, de inocentes, de verdugos.

Seguía lloviendo fuerte a ráfagas contra los cristales. Yo sólo miraba el fuego.

Murió de mala manera.

—¿Y el hijo?

—El hijo es gilipollas, pero no se mete en política. Se dedica a otra clase de asuntos —dijo con un tono que atrajo de golpe todo mi interés.

—¿Qué clase de asuntos?

Estábamos ya con los postres y en ese momento Lois Lobo recibió una llamada en el móvil.

—¿Alguna novedad? —le oí preguntar desviando con suavidad su mirada hacia mí como pidiendo disculpas con un levantamiento de cejas.

Permaneció unos segundos en silencio asintiendo, cogió una servilleta de papel y apuntó algo con trazo rápido e ilegible, el móvil encajado entre la oreja y el hombro.

—El juez ha autorizado la entrega de los restos a la familia —me informó al acabar la llamada—. Los entierran el domingo en el cementerio de San Cibrán. —Se quedó callado durante unos instantes, mirando de nuevo a lo lejos.

A veces me desconcertaban esos silencios, me resultaban incómodos. Lo mismo podía estar ganando tiempo o sacando sus propias conclusiones que de momento no parecía muy dispuesto a compartir conmigo. Detectaba en su mirada cierto recelo, también desafío y algo más que no acababa de identificar. Algo mudo y veloz. A aquellas alturas empezaba a ver claro que el interés que el periodista podía tener en el caso iba más allá del reportaje que llevaba entre manos.

Si no, por qué demonios habría de hacerme venir desde tan lejos. Había miles de casos de personas desaparecidas todos los años, crímenes de todo tipo. Las Torres Gemelas se habían desmoronado. El planeta estaba en peligro: incendios, inundaciones, corrimientos de tierras, revoluciones. El mundo estaba en guerra. Por qué empeñarse en un caso perdido hacía más de veinticinco años.

—¿Te atreverías a hacer una visita? —me soltó a bocajarro.

11

De niña, contra la ausencia tenía yo un antídoto. Estaba en el estante inferior de la biblioteca, a la izquierda. Un atlas antiguo, encuadernado en rojo con letras doradas, que había pertenecido a Magnus. Se llamaba *El atlas de nuestro tiempo* e incluía fotografías de glaciares, cordilleras, volcanes, desiertos e islas. Ahí, en la página 93, estaba el pequeño país adonde se había ido mi madre escapando de algo. De la incertidumbre, de la felicidad —qué sé yo—, de algún misterioso enemigo... Nicaragua tenía un ojo azul dentro, que era un lago, y tenía ciudades que se llamaban Estelí, Matagalpa, Masaya, San Juan del Río Coco y una Costa de los Mosquitos que me sonaba a libro de piratas. Yo pronunciaba esos nombres e iba señalándolos con un lápiz como si trazara una ruta que algún día descubriría cuando fuera mayor. Tierra inconquistada. Desde ese sitio tan lejano había llegado por correo una postal en la que se veía a unos niños descalzos en una escuelita, con pañuelos de color rojo y negro anudados al cuello.

Sentada en el suelo con el atlas abierto sobre la alfombra, aquella geografía me absorbía durante tardes enteras. La cabeza metida en el chasquido de las páginas satinadas. La palabra «madre» estaba allí dentro. Y a veces también en el teléfono. No siempre. Sólo en contadas ocasiones, como el día en que Blanch llamó a cobro revertido desde la Central de Telecomunicaciones de Managua.

—Nena, soy yo. Soy mamá. No me cuentas nada.

Y yo de puntillas con el auricular gris del despacho de Magnus en la mano sin saber qué decir. La quise entonces más que nunca, como sólo se puede querer a una madre que no te pertenece.

Hay niños que aprenden en los libros de texto una retahíla de cabos, ríos y afluentes que recitan de memoria. Yo aprendí geografía siguiendo a lo ancho de las láminas la ruta de la cooperación internacional. Nicaragua, Brasil, Bolivia, Buyumbura... Las montañas de la luna, la jungla transpirando su hechizo de color verde flamígero y en lo más alto los picos cubiertos de nieve. Brillando. Ese brillo helado que discurría por un paisaje ardiente puede volver loco a cualquiera. Lo comprobé en persona cuando fui a visitar a Blanch en el campamento base de ACNUR por su cincuenta cumpleaños. Estaba muy cambiada, pero seguía siendo la misma.

Tan ingenua, tan justiciera, tan dulce, tan partidaria de la verdad.

La conversación con mi tío Fran había destapado el cofre de las tormentas. Las katiuskas amarillas para saltar charcos, su risa al abrir los regalos, unas alas pequeñas de mariposa cosidas a mano con retales de colores brillantes que me hizo para el disfraz de carnaval que llevé en segundo de primaria, los huecos de su vida que nunca conocí. Pensar en su manera de andar por el pasillo de casa casi de puntillas, como una persona que no quería dejar ningún rastro, casi me daba ganas de morir. Tenía muy pocas cosas de ella: el cuaderno con las divisiones de dos cifras; la foto en la que me llevaba en una mochilita roja delante del quiosco de la música en los jardines de Méndez Núñez, cuando yo tenía pocos meses; el estribillo de una canción de Silvio Rodríguez que siempre andaba tarareando; la edición ilustrada de los cuentos de Andersen que me compró en la librería Couceiro. Tan sonriente a veces y tan oculta otras, aquel gesto de alzar los hombros y echarse el pelo hacia atrás con brío, como si fuera a comerse el mundo, y sin embargo, por las noches, los sonidos que venían del fondo de la casa, pequeños ruidos que llegaban desde su dormitorio y sólo se oían a medias como si se ahogase, al principio sonaban como burbujas en un tanque de agua, luego se fragmentaban e iban a más, como el llanto de un gatito. Todo se confundía en mi cabeza. El fervor político, las consignas de las campañas electorales, la Movida, los conciertos a los que iban, ese puntito de fuga en la mirada. ¿Cuándo empezó todo a deslizarse por la pendiente hacia el lado oscuro? Difícil preguntar. Blanch no sabía dar razones y Magnus siempre guardó silencio sobre ella, tal vez no sólo por estar dolido, sino también, llegué a pensar, porque acaso no debía de saberlo todo. Me daba cuenta de que evitaba pronunciar su nombre ante los demás. La única persona que parecía conocer los detalles era mi tío Fran, el hermano pequeño de mi padre, casi diez años menor que él. El que no quiso estudiar, el que nunca se fue del pueblo, el que hacía trucos de magia y sacaba conejos de la chistera, el que no se tomaba nada en serio, el que salía a fumarse un cigarrillo al porche en mitad de la noche, el que sabía encender el fuego y mantener las brasas, el que una vez en la romería de San Blas me compró una ristra de rosquillas de anís ensartadas en un junco, el que nunca dormía la siesta, el que guardaba una caja con recortes de periódicos de niños desaparecidos como quien conserva las fotografías de los campos de exterminio de Auschwitz, Treblinka, Dachau o Buchenwald. ¿Para qué querría alguien guardar algo así? Una geografía del terror. Pero tampoco él parecía dispuesto a hablar.

Qué necesidad hay de saberlo todo.
Hay cosas que es mejor no saber.
La verdad a veces mata.

La voz de mi madre llegaba al teléfono del despacho de Magnus a través de un cable submarino con un rumor tan lejano como el de la distancia del océano.

—Nena, ¿no me cuentas nada?

La distancia era una cosa sobrenatural, que no se podía alcanzar. Pero me quedaba el atlas. A Hugo también le gustaba la geografía. Le habían regalado por Reyes un globo terráqueo que tenía una luz dentro y, cuando se encendía, se iluminaban de colores todos los países del mundo. Me lo había enseñado muchas veces, haciendo girar la esfera con el movimiento de un solo dedo. Y ahora, al tener el globo de nuevo delante de mí, tuve el impulso de hacer también lo mismo. Darle vueltas. Estaba colocado exactamente en el mismo lugar de su habitación infantil. Sobre uno de los escritorios diminutos de madera contrachapada, a un lado de las dos literas con dos sillitas de plástico, una roja y otra azul. Todo estaba exactamente en su sitio en aquel cuarto, impoluto, con una ventana pequeña. Nunca imaginé que volvería a estar allí dentro. No me subió la adrenalina de golpe. Todo lo contrario, al entrar me invadió una calma tibia y suave, como si flotara. El vértigo vino después, acompañado de los síntomas habituales.

Al principio, cuando llamamos al timbre de la casa a la que tantas veces había ido a buscarlos, tuve un momento de duda, un mal presentimiento. Pero Lobo me dio un golpecito de ánimo con el codo y entendí que aquella visita era necesaria. Vamos allá, me dije. Nos abrió la puerta Manuel Cadavid. Me pareció mucho menos corpulento de lo que yo lo recordaba, como si hubiera mermado. El dolor encoge a las personas. Las disminuye. No debía de tener setenta años, pero aparentaba bastantes más. Se le habían formado grandes bolsas bajo los ojos que le daban un aspecto de boxeador retirado. Se parecía un poco a Urtain, el levantador de piedras vasco, un peso pesado. Llevaba un jersey marrón y unas babuchas grises. De fondo se oía una televisión encendida con el volumen demasiado alto.

—Buenas tardes —comenzó Lois Lobo—, soy el periodista que le llamó esta mañana por teléfono. Le dije que vendría acompañado por alguien a quien seguramente le gustaría saludar, ¿se acuerda? —El hombre frunció el ceño con escepticismo y clavó sus ojos en mí sin que su expresión variara un ápice—. Ella es Blanca Suances. Creo que se conocen.

Manuel Cadavid abrió los ojos como platos y se llevó una mano a la cabeza.

—Blanquita —dijo.

—Hola —saludé con una voz apenas audible, con mucha suavidad.

—¿Podemos entrar?

Nos franqueó el paso sin decir nada. Parecía aturdido, sin haber salido aún de su asombro. Noté una ligera agitación en su pecho, como si el corazón le fuera a dar un vuelco. Yo me sentí como una intrusa que no tenía ningún derecho a profanar aquel hogar.

Lo terrible de estar allí era lo inapropiado que resultaba. Todo estaba igual. La bailarina de Lladró en la mesita del recibidor al lado del teléfono, los cuadros del pasillo con paisajes ingleses pretenciosos de cacerías a caballo, las cortinas de cretona estampadas, el sofá con cojines de ganchillo, un aparador de vitrina con un juego de café que probablemente sólo usarían con las visitas o los días de fiesta. Aunque en aquella casa hacía mucho tiempo que se habían acabado los días festivos. La atmósfera estaba gastada. Sobre la repisa del aparador había una foto grande de estudio, enmarcada en plata, de Hugo y Nico vestidos de marinero el día de su primera comunión. Me recordó las fotos de niños desaparecidos que salían en las revistas *Pronto* y *Diez Minutos* que mi tío Fran guardaba en la caja. No parecían ellos de tan repeinados, con el pelo mojado y la raya al lado. Había también otra foto posterior de los dos con marco de madera. En esa sí parecían ellos. Estaban cogidos por los hombros de pie en el huerto, al lado del gallinero. Nico haciendo el payaso con la lengua fuera y un globo en la mano y Hugo más serio, mirando a la cámara con cierta reserva y sujetando por el collar al perro del vecino que tenía el lomo negro y las patas rojizas. Tizón se llamaba.

Al fondo de la salita, vi a Rosalía Freire sentada en una silla de ruedas con una manta de cuadros en el regazo. Había engordado mucho. Tenía el cuello blando, un poco torcido hacia la izquierda, y los ojos grandes y caídos.

—No habla apenas —dijo su marido—, pero a veces entiende.

Me incliné para saludarla y algo se le iluminó en el semblante, una lucecita pequeña en alguna parte, muy adentro. Debía de sufrir alzhéimer o algún tipo de demencia. Olía a polvos de talco y a colonia Nenuco. Un olor dulzón que se te metía dentro y ya no podías dejar de olerlo. Me tocó el pelo. Ella sí me reconoció, creo, al menos durante unos segundos.

Manuel Cadavid y Lois Lobo se quedaron sentados en el tresillo hablando. Oí cómo Lobo le explicaba que la Policía no tenía intención de remover el asunto porque había prescrito y a nadie le interesaba un caso que ya estaba perdido. Yo al oírlo me acordé de una frase que Magnus tenía enmarcada en su despacho de la calle Curros Enríquez, junto al Código Civil y un ejemplar encuadernado en piel de la Constitución. La placa se la había regalado una asociación de ferroviarios a los que había defendido en un conflicto largo al final de la dictadura y el texto pertenecía a uno de sus libros preferidos: «Uno es valiente cuando, sabiendo que la batalla está perdida de antemano, lo intenta a pesar de todo y lucha hasta el final pase lo que pase. Uno vence raras veces. Pero alguna vez vence». Eso decía Atticus Finch, el abogado sureño de *Matar a un ruiseñor* al que mi padre trataba de parecerse algunas veces.

Lois Lobo seguía hablando, trataba de resultar convincente, hacía hincapié en la necesidad de descubrir qué les había ocurrido a los niños una vez que no estaba claro que la muerte se hubiera debido a causas naturales. ¿Cómo habían ido a parar sus restos a un yacimiento arqueológico? Intentaba convencer a Manuel Cadavid de que había que conocer la verdad. Era preciso.

Pero el padre insistía en que ya le había contado todo lo que sabía al teniente Ortega en su momento y que la Guardia Civil no había dejado piedra sin remover sin ningún resultado.

—Días enteros con sus noches rodando por el monte, por los ribazos... —dijo—. No sé para qué, la verdad. Para nada. Los dimos por muertos. En esta comarca hay muchos chiquillos ahogados. El río es traicionero, se los lleva lejos, no devuelve los cuerpos. Nos hicimos a esa idea. Pero a los dos meses apareció la mochila que llevaban con la merienda en una pista forestal a varios kilómetros y comprendimos que había algo extraño. Mi mujer está muerta en vida desde entonces. Lo único que queremos es acabar con esto, enterrar a los chicos como Dios manda, tener un lugar al que poder llevarles flores. Nada más.

Lobo no era de los que se rendía a la primera de cambio. Siguió preguntándole si alguna vez había recibido amenazas, si tenía algún enemigo en el pueblo.

—¿Y quién no tiene enemigos? —respondió—. Este es un pueblo pequeño, con sus trapos sucios. Pasaron cosas. Pero algo así, no, la verdad. Nunca.

—¿Piensa entonces que pudo ser alguien de fuera? ¿Andaban los niños metidos en algún lío?

Aquella pregunta en concreto yo la había oído antes. En alguna ocasión. Se la oí formular por primera vez a una voz lejana y vagamente inquisitiva que me llegaba por la espalda, a traición, mientras yo iba caminando sola de vuelta a casa con una barra de pan para la cena y las monedas del cambio fuertemente sujetas en el puño para no perderlas. Al girarme lo vi. Un hombre mayor, de cuarenta o cincuenta años, con uniforme de operario o repartidor, no sé. Llevaba una gorra de visera. Un hombre que tenía una nariz huesuda con un puente alto y que me seguía los pasos. No reconocí su rostro. Alguna vez lo había visto antes, pero no recordaba dónde. «En qué líos andáis metidos», preguntaba la voz a mi espalda con un hablar taimado. Yo no sabía quién era. Eché a correr.

Hay algunas frases, pocas, que se quedan sonando dentro, subterráneas. Atraviesan la vida como una corriente profunda sin que una se dé cuenta, forman parte de la trama. Y cuando una las oye otra vez al cabo del tiempo es como si se cayera del guindo.

En qué líos.

Manuel Cadavid miró hacia mí de refilón.

—Eran niños. ¿En qué líos quería que anduviesen?

Como todos los críos. El pequeño no andaba en nada, sólo seguía a su hermano. El mayor era más de meterse en camisas de once varas. Les tenía dicho mil veces que no se acercaran por allí. Pero mire...

—¿Allí? ¿Dónde era allí? —preguntó Lobo.

—Dónde iba a ser. El colegio de los jesuitas. No me gustaba ese sitio.

—¿Lo dice por lo que pasó en la guerra?

—Qué guerra ni qué guerra... No me gustaba porque allí hacían sus trapicheos los hombres del hijo de Mayoral, bajaban los fardos, los distribuían. No conviene meterse en medio de esa gente. Al principio era sólo tabaco. «Winston de batea», lo llamamos. Aquí todo el mundo hizo contrabando alguna vez. Somos gente de frontera. Pero una cosa era el tabaco y otra lo que vino después. Una vez me llegó a casa el pequeño diciendo que el Badanas regalaba bolsitas de azúcar. Cogí al mayor y casi lo estampo. Me dieron ganas de matarlo por no cuidar de su hermano. —Manuel Cadavid miraba hacia la ventana, pero sin ver, como un ciego—. Bolsitas de azúcar —repitió en voz más baja—. No quedan muchos vivos de esa generación —continuó—. Casi todos fueron cayendo, otros se marcharon del pueblo y no volvieron más. Pero el Mayoral hijo ahí sigue, hasta le hicieron un homenaje en el Ayuntamiento. No me haga hablar...

Miró a su mujer. Un repentino temblor se había adueñado de sus manos, permanecía callada, con la vista clavada en el suelo. La boca apretada. Manuel Cadavid se pasó una mano torpe por la cara. Iba a decir algo, pero la voz se le atragantó y tosió fuerte, sacándose un pañuelo del bolsillo del pantalón. Una tos cavernosa. Intentó recuperar el aliento y respirar despacio por la nariz. Lois Lobo le trajo un vaso de agua de la cocina. Él mantuvo la mirada baja, como si meditase sobre los males del mundo. Nadie decía nada. Se creó una situación incómoda. Y entonces fue cuando pregunté tímidamente si podía subir al cuarto de los niños.

—Sube, hija —carraspeó el hombre aclarándose la garganta—. Ya sabes dónde está.

Lo sabía de sobra. Al final de la escalera, a la izquierda. La puerta chirrió y entonces vi el globo terráqueo sobre la mesa y todo lo demás, las dos sillas, las colchas portuguesas de rayas, el coche de carreras dirigible de Nico en una repisa, un póster de Superman clavado con chinchetas en la pared del fondo y otro de Kung-fu al lado de la ventana, la estantería de tres baldas con las esquinas picudas de los años setenta, donde una vez Hugo se había abierto la cabeza y Román Santiso, el farmacéutico, le cosió la herida con tres puntadas. El parchís, el Monopoly, el Cluedo, los juegos de mesa a los que recurríamos las tardes de lluvia. Como si no hubiera pasado un día. Todo intacto. Los indios y vaqueros. La colección de animales de Nico, una jirafa, un tiranosaurio... Algunos libros de Enid Blyton, tebeos, novelas de aventuras, los cómics de Astérix. Un bloc de gusanillo de la marca Minerva donde Hugo hacía sus dibujos y que llevaba a todas partes. Me acordé de verlo escribir en el cobertizo con el sol entrando de refilón por el ventanuco, las líneas rectas sin tachaduras. Fue como si de repente se me echara el mundo encima, como si recibiese un aguijonazo para el que no estaba preparada. Entonces tuve lo que en aquel momento me pareció una premonición. Probablemente no fue más que un efecto de la luz: un rápido remolino de hojas amarillas levantadas por el viento hasta la altura de la ventana, aunque era raro porque no estábamos en otoño ni había árboles en la parte delantera de la casa. ¿De dónde había salido aquel soplo centelleante de hojas pequeñas y doradas? Un chaparrón repentino, visto y no visto, una subida de la tensión eléctrica. Polvo de hadas. Sentí un zumbido en la cabeza, el corazón latiéndome en el pecho como un caballo desbocado. Tenía la sensación física de que el aire no llegaba a mis pulmones. Ya me había pasado otras veces y sabía que era solamente una sensación. Apoyé la espalda contra la pared, cerré los ojos y esperé a que se me pasara. Después cogí el cuaderno, lo guardé en el bolso y cerré la puerta muy despacio, como se hace al salir de una habitación en la que alguien acaba de morir. Muchas veces después me acordé de aquel hecho furtivo como de un acto sacrílego que no se parecía a ningún otro que hubiera realizado en la vida.

Cuando regresé a la salita algo había pasado. El vaso estaba hecho añicos en el suelo. Manuel Cadavid se acercó a su mujer para calmarla. Le dio una pastilla. «Ahora llegará Teresa», le dijo mientras le acariciaba la cabeza.

—Es la asistenta social del Ayuntamiento —se giró para explicarnos—. Viene todas las tardes. Ella sabe cómo tranquilizarla. Conmigo siempre está brava.

No quedaba mucho más que decir. Cuando abandonamos la casa, tuve la sensación temporal de que se había producido un pequeño lapsus en mi cerebro, una grieta mínima, apenas un saltito de renglón.

—¿Qué ha pasado? —le pregunté a Lobo una vez que estuvimos fuera.

—No sé —respondió—, el padre mencionó algo de un tractor y ella se puso como loca. ¡Uf! —resopló pasándose la mano a contrapelo por la nuca—. Hay algo en las desgracias ajenas que pone los pelos de punta.

Yo no dije nada, pero me quedé pensando. No sabemos qué sucede dentro de las casas, detrás de las puertas cerradas.

Anduvimos unos pasos en dirección al camino y me detuve. Miré atrás, hacia la puerta, y después hacia la ventana pequeña del piso de arriba. Alguien había corrido las cortinas. Hugo y su hermano y las gallinas y un globo rojo y el perro Tizón, todos seguían allí dentro.

12

El holandés tenía un altarcito, al pie de las rocas, formado por piedras y moluscos. Alguna vez nos lo había enseñado muy orgulloso. En tierra tenía el andar vacilante de un hombre ebrio. Pero en el agua nadaba como un delfín. Aquel flamenco esbelto y desarraigado que andaba fuera del carril era un ser del río. A veces, se echaba boca arriba en la orilla, con los brazos y las piernas abiertos en aspa y tal expresión de placidez que parecía un místico. Según contaban, había recalado en As Covas en los restos de un catamarán en la época *hippy*, y se quedó. Hablaba poco, pero con conocimiento de causa.

Su bagaje naturalista no se limitaba a las libélulas azules. Sabía también el nombre en latín de muchas conchas marinas. En su colección las había con forma de navaja y de caracol, moteadas, conchas de peregrino, caracolas, caparazones rocallosos por fuera, pero con un brillo irisado por dentro que podían esconder el tesoro de una perla, caballitos de mar, conchas finísimas nacaradas, translúcidas, otras con forma de peonza, o de aguja gótica, como las que se usaban antiguamente de pigmento para extraer el color púrpura, lapas, pomarrosas, erizos, guijarros brillantes que con el sol desprendían chispas, trocitos de vidrio pulido de colores: ámbar, verde, azul turquesa... A nosotros nos fascinaba aquel palacio que tenía al pie de las rocas.

Algunos de aquellos objetos habían aparecido alrededor del lugar en el que fueron hallados los cuerpos de los niños.

«Juguetitos», había dicho el guía del yacimiento.

La Guardia Civil, después del levantamiento de los restos, fue a buscar a Flipp a su palacio de los vientos para tomarle declaración y todavía se hallaba en las dependencias del cuartelillo.

Al igual que la mayoría de los vecinos, el holandés ya había sido interrogado cuando sucedieron los hechos por el teniente Ortega, encargado del caso. Al parecer, su coartada era firme ya que fue visto por numerosos testigos en la misma franja horaria en que se produjo la desaparición de los niños. Pero de alguna manera aquellos objetos lo situaban junto a la fosa en la que fueron enterrados.

Los casos de niños desaparecidos nunca se cierran. Sólo es cuestión de tiempo que a alguien se le ocurra revisar las viejas pruebas a la luz de un dato nuevo, por mínimo que sea. Un cristal de ámbar de apenas un centímetro de diámetro tal vez podía considerarse un dato nuevo.

Lois Lobo había estado hablando con Venancio Ortega en la casa que éste tenía en O Rosal, donde vivía retirado, dedicado a la pesca con caña y sedal, que también es un arte que requiere mucha paciencia. Ambos mantenían una amistad antigua que no sé de dónde les venía.

—De toda la vida —me dijo.

Debido en gran parte a esa confianza, Lobo había podido acceder al dosier con los informes del sumario. La hipótesis principal era que los niños habían sido arrastrados mar adentro por la corriente, aunque había numerosos interrogantes sorprendentes que abrían la puerta a otras posibilidades más turbadoras, como el hecho de que la niña, o sea yo, apareciese al otro lado de la frontera en un cesto de mimbre calafateado. ¿Quién la había depositado en ese moisés?

La segunda hipótesis barajaba que se pudiese tratar de una venganza familiar. Al parecer, en los días siguientes el teléfono del domicilio no había parado de sonar con innumerables llamadas de apoyo de los vecinos de As Covas y de las comarcas próximas. Pero también hubo alguna llamada profiriendo amenazas y barbaridades. Tengo a tus hijos ardiendo en un bidón. Si quieres volver a ver a los niños, paga tus deudas. Ocurre en todos los casos que alcanzan cierta notoriedad. Suelen ser desalmados o gente tronada que no guarda ninguna relación con los hechos la mayoría de las veces, pero nunca se sabe. Se abrió una investigación en esa línea, pero las sospechas no adquirieron la solidez suficiente para justificar una imputación judicial.

La tercera hipótesis contemplaba la posibilidad de una agresión con móvil sexual o de otra índole por parte de alguien cercano, de quien en principio los niños no recelaran. Sin embargo, el propio informe estipulaba que ésta era una hipótesis protocolaria en casos de desapariciones de niños, y se consideraba muy endeble, ya que no se sustentaba en ninguna prueba sólida.

—Hola, niños, ¿queréis ver una libélula azul?

Del teniente Ortega yo me acordaba bien. De cómo se ponía en cuclillas, apoyaba las manos sobre mis hombros y cambiaba la voz para hablar a una niña de ocho años.

—No consigo encontrar nada que no se haya investigado a fondo ya —me dijo Lobo por teléfono—. ¿Qué opinas del holandés?

Le conté lo que sabía. Lo que nos había contado el abuelo de Sindo, que una vez había salvado a dos *percebeiros* de morir ahogados. Se habían caído del puntal debido a un golpe de mar y él los había devuelto a la orilla sanos y salvos. Desde aquello nadie había vuelto a meterse con él, aunque anduviera desnudo por las rocas.

—A nosotros nos parecía una especie de elfo —le dije—. Vivía como los peces. Yo le tenía un poco de respeto porque era raro. Pero nunca nos hizo daño. Dibujaba en las rocas con brea de calafatear y pintura de barcos. Se consideraba una especie de artista primitivo o un filósofo de la naturaleza, según se mire. Creía en cosas.

—Otro que fumaba demasiado —sentenció Lobo—. Por aquí se da mucho esa especie. Es por el viento, supongo... Acaba afectando a la cabeza. Todos estamos un poco tronados. Lo cuestión es saber de qué clase de loco estamos hablando.

—No lo sé —dije—. Imitaba sonidos. Juntaba las manos ahuecándolas y soplaba entre ellas como si fuera la bocina de un barco. —Recordaba aquel sonido rítmico procedente de la orilla como una esperanza huidiza—. No creo que sea un espíritu puro, porque la naturaleza es compleja. Pero tampoco lo veo como un pervertido, si es eso a lo que te refieres.

—No sé a qué me refiero —dijo moviendo la cabeza hacia los lados—. Le he dado vueltas hasta devanarme los sesos. Sin embargo, estoy seguro de que se me ha escapado algo —añadió decepcionado. Había recorrido la zona de arriba abajo, se había entrevistado con gente del lugar sin sacar nada en limpio. Lobo había depositado en mí todas sus esperanzas y yo no estaba sirviéndole de gran ayuda.

—María de Codesal le tenía manía —dije al cabo de unos segundos por decir algo, recordaba haberla oído despotricar contra Flipp alguna vez.

En general, la redera no se fiaba de ningún hombre. Era viuda y trabajaba siempre a la puerta de su casa, sentada en una silla de anea, arreglando redes, vestida con pantalones masculinos de faenar y fumando, lo que no era frecuente en una mujer de su edad. No tendría más de cuarenta años, pero parecía mucho mayor. Decían que a su marido lo había mandado al otro barrio con un mal de ojo. Era medio santera. Eso decían, entre otras cosas. Tenía una cara afilada y seca, como un bacalao en salmuera, muy estrecha en las sienes. Desprendía un olor crudo y hablaba de un modo particular y sentencioso, como si blasfemara. «No le da vergüenza andar por ahí como Dios lo trajo al mundo. Si lo veo acercarse por aquí, le tiro una piedra.»

Tirar piedras.

La detención de Flipp había enrarecido el ambiente en el pueblo, ya bastante caldeado por la presencia de las cámaras. La gente estaba inquieta, y no era para menos. Flotaba la posibilidad de que entre ellos viviera un asesino de niños.

Como chivo expiatorio, el holandés no tenía precio: extranjero, *hippy*, marginal, solitario. Había llegado arrastrado por la marea como cualquier náufrago. A Hugo le gustaba hablar con él, tenían sus tratos. No es que me pareciera un tipo peligroso, pero tampoco me atrevía yo a poner la mano en el fuego por él. Estaba ese trocito de ámbar. Además, había otra cosa que me sentía incapaz de explicar. Algo parecido a resbalar por un declive, una especie de eco retrospectivo, como una semilla diminuta de alerta en algún recóndito rincón de mi mente. Un saber y no saber a la vez. La intuición de los niños.

Qué extraño era recordar imágenes distintas sin un hilo que las uniera: zapatos, nubes, árboles, arena, espaldas, manos, libélulas, algo raro en el cielo, la bocina de un barco, las mariscadoras con botas de agua rastrillando en los bancos de arena, buscando almejas y navajas, el olor a marea baja, una carretera estrecha...

En algún momento entre el jueves 10 y el sábado 12 de agosto, Hugo había escrito en su cuaderno Minerva de gusanillo que tenía miedo. Él no lo había expresado con esas palabras, claro. Pero yo lo entendí. Había dibujado una calavera con dos tibias cruzadas. Los tres sabíamos qué significaba. De niños los signos mandan. Pero ¿por qué se produjo aquel punto de fractura? ¿Tuvo un aviso? No lo sé. Había indicios, pero los pasé por alto. No me fijé lo suficiente.

«Tienes que prestar más atención, Blanquita. Siempre estás en las nubes», me decía Pereira, el profesor de Matemáticas. Tenía razón. Me despistaba con cualquier cosa.

Era cierto que durante los últimos días Hugo parecía presa de una agitación especial. Le temblaban las manos en el camino de vuelta a casa y se las metía en los bolsillos para que Nico y yo no nos diéramos cuenta. ¿En qué líos andaba? Un niño de doce años metido en camisas de once varas. ¿Qué clase de camisas eran ésas? Las vacaciones estaban a punto de acabar. Apenas nos quedaba una semana juntos. Yo lo veía garabatear en su cuaderno de bitácora tumbado boca abajo en el cobertizo, concentrado, con un pliegue de tensión o desdén en el labio, la cabeza apoyada en una mano y el boli Bic en la otra. De vez en cuando se detenía pensativo y mordisqueaba el capuchón del bolígrafo. El sol dándole de refilón en la nuca. Debí haber estado más atenta.

Intentaba desentrañar cada uno de sus gestos a la luz de lo que se iba descubriendo. Ahora me parecía claro que hubo un momento en que Hugo supo que tenía que irse. Quizá no pensaba que sería para siempre. Pero hubo un día en que se dio cuenta de que ya no podía esperar más. Lo imaginaba tomando aquella decisión. El labio superior un poco levantado. Tal vez no quería pasar al otro lado, ni cruzar ninguna línea de sombra. Quizá sólo quería desaparecer un tiempo, como Tom Sawyer, Joe Harper y Huckleberry Finn cuando se escaparon a una isla del Misisipi para ser piratas.

El problema era que Hugo era tan reservado que nadie podía adivinar qué le estaba pasando. Él nunca lo dijo. Nunca decía nada de lo que le pasaba de verdad. Todo parecía normal. En el cuaderno había también una lista, algunas palabras estaban escritas sin calcar mucho.

- TTT
- Anzuelos
- Linterna
- Carrete de tanza
- Cantimplora
- Gafas de buceo
- Calcetines
- Cepillo de dientes
- Mercromina
- Cuchillo

Leer esa última palabra me puso los pelos de punta. ¿Para qué iba a querer un niño un cuchillo?

Con la linterna se refería a una de petaca de color naranja de la marca Júpiter que habíamos comprado en la ferretería de Cabaleiro. La cantimplora era de mi tío Fran, siempre nos la dejaba llevar en nuestras excursiones; era como las que usaban los vaqueros en las películas del Oeste: tenía un caneco metálico para beber y una correa de cuero.

Esa lista la había escrito un día o dos antes de desaparecer, como mucho una semana antes. Por qué la había escrito sin apenas calcar, algunas palabras casi no se leían de tan suave que era el trazo, escrito por el aire, sin querer dejar huella. Como mi madre cuando caminaba por el pasillo de casa de puntillas antes de evaporarse. Un rastro tan débil, tan difícil de seguir. Y qué querían decir las tres «T» juntas como tres cruces al principio. A Hugo le gustaban los símbolos, la teja sagrada, los petroglifos, el trisquel celta, la bandera pirata. Todo aquello tenía algún sentido para él. Quería decir algo. ¿Significaba acaso que alguien le había metido un miedo de cojones?

Pensaba en todo eso tumbada en la cama del hotel NH de la avenida García Barbón con el cuaderno Minerva abierto sobre el edredón. El mundo se había detenido. La ventana daba a una avenida de camelios con el cielo azul oscuro y las primeras farolas encendidas. Todo se había pospuesto. La visita a Magnus en su casa de Oleiros, el bacalao a la brasa, mis encargos editoriales. El tiempo se había parado en seco y eso me producía una inquietud latente, como si estuviera a punto de ocurrir algo. La calma que precede a la tormenta. El domingo era el sepelio. Cogí el móvil. El buzón estaba saturado de mensajes.

«¿Dónde te metes?»

Anna Bosch quería saber si finalmente había acuerdo con la editorial noruega. Me preguntaba también si podía gestionar una entrevista con el escritor Hans Menking para un suplemento cultural. Quería saber además si podría asistir a un acto de la agencia que se celebraría en Barcelona. Anna era así, una especie de volcán en erupción. Siempre estaba con varios proyectos entre manos, o a punto de coger un vuelo rumbo a Frankfurt o a Londres, asistiendo a presentaciones, a ferias del libro, a festivales, descubriendo a algún poeta simbolista, qué sé yo... Su manera de trabajar era ésa. Nunca pensaba en una sola cosa. Encadenaba las demandas una detrás de otra, confiando, supongo, en tener suerte con alguna. No iba a ser el caso esa vez, me daba la impresión. Todos aquellos encargos me sonaban tan lejanos como otra vida. Otro mundo. No sé si mejor o peor. Otro.

En el buzón había también un par de anuncios publicitarios de un servicio de telefonía y un SMS privado.

Still alive? You don´t answer the phone.
*Did I say something wrong? If so, I'm sorry.**
L. J.

Ya he mencionado antes a Lars Jacobsen, el coordinador del curso de Literatura Comparada de la Universidad de Copenhague que nos recomendó leer la entrevista a Oliver Sacks en *The New Yorker.* De hecho fue él quien sembró en mí la primera duda. Nos mostraba fotos en clase, nos hablaba de cine, de filosofía... Había que hurgar en lo real para llegar a las ideas. Yo hacía esfuerzos arduos, leía toda la bibliografía que nos recomendaba, pero nunca era suficiente. Él quería más. Un día al fin me devolvió un trabajo con un comentario personal vagamente elogioso. Sólo vagamente. Luego vino la parte más difícil.

Comenzó a escribirme cartas que yo leía diariamente con una adicción parecida a una droga. Sentía que había conquistado a un ser superior. Vivía sólo para sus dilemas teóricos, para sus laberintos filosóficos, para estar a la altura de aquella cuerda de trapecio altísima por la que caminaba cada día sin red. Me gustaba ese riesgo.

¿Bastaba con los recuerdos para garantizar la veracidad de los hechos? ¿La intensidad con la que recordamos una

* ¿Sigues viva? No contestas al teléfono. Si dije algo que te molestó, lo siento.

experiencia determinada es suficiente para acreditar que las cosas hubieran ocurrido exactamente así? La memoria.

Sin embargo, hay una parte de mis conversaciones con Lars Jacobsen que no he contado aquí. Creí que podría mantenerlo al margen de esta historia. Pero su mensaje apareció inesperadamente en la pantalla de mi BlackBerry. Es lo que tiene vivir en universos paralelos. En verdad, no sé cómo un hombre tan experimentado llegó a fijarse en mí. Cuando quería castigarme, decía que a él siempre le habían gustado las mujeres estilosas y refinadas, no una estudiante descuidada con chamarra y deportivas que no tenía ni idea, que no sabía estar a la altura. Siempre era igual: subir a las nubes y luego bajar al lodo, el halago y la humillación. Mi idea del amor era ésa. Una mariposa pequeña volando cerca de una luz muy fuerte, probando hasta dónde llegar sin quemarse las alas.

La cabeza me daba vueltas. No sabía si estaba en un estado de conmoción o solamente necesitaba dormir un poco. Pensaba en las palabras que mi tío Fran había dicho sobre Blanch. En los recortes de periódicos escabrosos y amarillentos con noticias de niños desaparecidos. En la voz de Lois Lobo la primera vez que me llamó a Copenhague y en su voz de ahora cuando me llamaba cada día. Nuestras conversaciones se parecían a subir por una cuesta. La voz era la misma, pero sonaba distinta. ¿Era la voz de un extraño o la voz de un amigo? No lo sabía. No sabía nada. Él trataba de entender, los dos tratábamos de entender. Y querer entender era algo que nos unía muchísimo, aunque de un modo raro. Ese vínculo no me acababa de gustar. A veces hacía que me sintiera bajo sospecha. Vivía en una mezcla de tiempos diferentes con personajes que entraban y salían sin que yo supiera nada de ellos, de lo que hicieron o de lo que dejaron de hacer. Flipp, María de Codesal, Román Santiso, Joselito, Lucho de Sieiro, Andrés de Lourido, Hixinio Mayoral. Todo giraba. Dentro de mí había una espiral con tres aspas entrelazadas dando vueltas como un molinillo. Me pesaban los párpados.

Me acordé del libro de Andersen *La Reina de las Nieves* con el lomo desencuadernado, de tantas veces como lo había leído. La protagonista del cuento se llamaba Gerda, como la fotógrafa de guerra que murió en España. Era una niña tenaz que iba buscando a su amigo desaparecido porque la Reina de las Nieves le había clavado en el ojo una astilla de hielo que le heló el corazón. Recordaba las ilustraciones de los personajes en trineo, los renos, la Reina con nariz de pájaro y un vestido verde, y entonces, de buenas a primeras, me vinieron a la cabeza los primeros acordes de una canción de Silvio Rodríguez que mi madre escuchaba en su cuarto cuando se encerraba con la luz apagada y aquella letra tan extraña que nunca supe de qué hablaba.

Una mujer innombrable
huye como una gaviota,
y yo rápido seco mis botas,
blasfemo una nota
y apago el reloj.
Que me tenga cuidado el amor,
que le puedo cantar su canción.

Qué cosa más extraña son los recuerdos.

13

Aproveché la mañana del sábado para visitar a Magnus como le había prometido. El trayecto en tren desde la estación de Vigo a Coruña duró dos horas que se me pasaron sin darme cuenta. Las vías atravesaban paisajes de un verde intenso con nubes plateadas por encima de los árboles en medio de una luz casi irlandesa que me daba una punzada de desazón, como algunos cuadros de Rothko. Estaba medio cansada. Baja de energía. No sabía bien qué iba a decirle a Magnus.

Apenas había transcurrido un mes desde que habíamos pasado las Navidades juntos, como todos los años en su casa de Oleiros; sin embargo, me daba la impresión de que hacía siglos desde esa última Nochevieja tomando una copa de oporto en la galería mientras veíamos *Memorias de África,* como ya era tradición. Algo de lo sucedido en la última semana había cambiado de forma radical el cómputo del tiempo, mi percepción de la distancia.

De las cosas que solía hacer cuando iba a ver a mi padre en vacaciones, una de las que más me gustaba era salir a comprar el pan y el periódico por la mañana con él. En ese momento volvía a reconocer al Magnus de cuando era pequeña, que iba por la calle parándose a saludar a la gente con una campechanía que a mí me dio seguridad y sosiego durante muchos años. Ya expliqué que nunca hablábamos de lo que les pasó a Hugo y a Nico. O al menos no directamente. Lo teníamos por norma. Pero recuerdo una noche que me llevó a casa de un amigo suyo que vivía en un ático del Orzán a ver las perseidas. Tengo esa imagen de estar tumbados boca arriba sobre una colchoneta de rayas mirando la noche y ver de pronto una pequeña porción de cielo como un manuscrito iluminado. Yo creía que las famosas lágrimas de San Lorenzo eran estrellas fugaces, pero él me explicó que era polvo desprendido de un cometa que se volvía luminiscente al atravesar la atmósfera terrestre a más de doscientos mil kilómetros por hora. Siempre fue partidario de las explicaciones científicas. Hacía algo de viento y me pidió que me pusiera la sudadera rosa que estaba en el coche. Permanecimos fuera al relente mucho rato. Podía oler la manga de su jersey sobre mi hombro. Me acuerdo de eso y de preguntarle si las personas podían convertirse también en polvo y atravesar la atmósfera a la misma velocidad. Titubeó un poco, pero me contestó que sí. Claro que sí. Que todos éramos polvo celeste. Supe que no lo creía de verdad, pero agradecí su respuesta porque era un margen de esperanza para una niña de once o doce años que aún soñaba con encuentros en la tercera fase.

A aquellas alturas Magnus continuaba siendo para mí un pozo de sabiduría, como imagino que son en el fondo la mayoría de los padres para sus hijos. Pensé en su tendencia a perder cosas, a fumar mucho, a no volver a la casa de As Covas, a no saber qué hacer con una niña pequeña y, pese a ello, comportarse como un padre ejemplar. Si alguna vez le preguntaba por Blanch, se salía por la tangente. Eso sí.

Mencionarla era una rara excepción en él. Lo hizo alguna vez, en contadas ocasiones. «Blanch no se parece a nadie —me confesó—, siempre estaba en otra parte. Cuando íbamos a cenar fuera y el camarero le pedía que eligiera el aperitivo: croquetas de bacalao, paté de erizos, empanada de zamburiñas, anchoas marinadas..., ella vacilaba, hacía una pausa seria como si realmente estuviera evaluando todas las posibilidades y al final, después de un largo silencio lleno de suspense, siempre pedía invariablemente lo mismo, todas y cada una de las veces: anchoas marinadas, por supuesto. Como si pudiera existir la posibilidad de que eligiera cualquier otra cosa. A mí entonces aquellas pausas me sacaban de mis casillas. Ahora sin embargo me doy cuenta de que ésa era su naturaleza.»

Las pocas veces que hablaba de ella sacaba a colación esa anécdota o alguna parecida, como si esos ejemplos lo explicaran todo. La dificultad de Blanch. Su falta de sentido práctico, su tendencia a la ensoñación y todo lo demás. Y tal vez lo explicase. Cuando descubrimos en alguien un rasgo singular, sólo caben dos actitudes: sonreír con tolerancia, como si se tratase de una característica única y especial de la persona que amamos, o perder la paciencia y levantarse de la mesa. Magnus se levantó de la mesa en más de una ocasión. Atenas y Esparta.

Durante años me conformé con esa versión; sin embargo, ahora sabía otras cosas que modificaban un poco el marco general. Hay un momento en que dejamos de ver a nuestros padres como un monumento histórico y empezamos a considerarlos individualmente, como los hombres y las mujeres que eran antes de nuestra existencia. Se conocieron en los pasillos de la facultad. Blanch empezaba Filosofía y Letras y Magnus estaba en el último curso de Derecho. Las dos especialidades compartían el mismo edificio en la plaza de la Universidad. Así se cruzan los caminos, para bien o para mal.

Cuando me fui a trabajar a Copenhague, los primeros meses llamaba a Magnus con mucha insistencia. Me preocupaba su rutina de jubilado solitario, su afición a las comidas copiosas y al albariño. Desde que apareció Kate en su vida, respiré más tranquila. Kate era lo contrario de Blanch: resuelta, práctica, un poco mandona. Hacían buena pareja.

Lo distinguí desde lejos en el andén por su estatura. Llevaba el tres cuartos oscuro, una gorra de *tweed* y un bastón en el que se apoyaba desde una reciente operación de menisco. Parecía un caballero rural inglés. Sus movimientos se habían ralentizado un poco y su voz ya no era tan formidable como antes, pero mantenía el tipo, como suele decirse. Tan pronto me vio, le cambió la expresión de los ojos. Siempre tuvo una manera especial y predilecta de mirarme, diferente a la que dedicaba al resto de la humanidad. Siempre supe que estaba de mi parte. A mí, de niña eso me parecía la cosa más natural. Durante muchos años mi lugar en el mundo estuvo en la forma en que él me veía: más alta o más espigada, más preocupada, más triste, más ilusionada o menos. Detectaba cualquier variación en mi semblante como un sensor magnético.

—¡Estás más delgada! No te dan bien de comer por ahí arriba, o es que estás enamorada —soltó sonriente mientras me abrazaba.

Mis amores eran otro de los temas recurrentes a los que yo nunca me molestaba en contestar. Me separó un poco con los brazos como para hacer una evaluación más precisa. Nos quedamos callados un momento, hasta que me dio el visto bueno con una de sus sonrisas de hombre alto. Luego me pasó el brazo por el hombro mientras caminábamos en dirección al *parking*.

—¿Cómo está Kate? —pregunté.

—Bien, bien. Ya la verás. Vendrá a comer.

Para cuando llegamos a Oleiros, ya le había contado todo. O casi todo. La llamada de Lobo, la visita al yacimiento arqueológico. Como suponía, él estaba al tanto hasta de los más pequeños detalles. La noticia, con tintes de crimen satánico, debió de caer como un trallazo en toda la comunidad gallega.

—Los entierran mañana en el cementerio del pueblo —dije.

—¿Estás segura de querer asistir? No creo que te haga bien.

—Pues claro que estoy segura. Eran mis amigos.

—Entonces te acompañaré.

—No, no. Hay cosas que puedo hacer yo sola, aunque no lo creas —dije con el mismo orgullo con el que de adolescente solía defender mi territorio—. No te preocupes, de verdad —añadí para suavizar el tono—. Además, estará el tío Fran.

—Como quieras —aceptó contrariado.

—Pero hay una cosa que sí me gustaría que hicieras

por mí... —dije. Mi voz era cuidadosa pero natural, no quería ponerlo en guardia.

Me miró de refilón un segundo, sin perder de vista la carretera, con ojos interrogantes, en vilo.

—Quiero que me cuentes todo lo que sepas de lo que ocurrió aquel día. Nunca has querido hablar de eso conmigo.

—¿De verdad crees que es necesario, Blanca? —dijo en un tono muy distinto del que era habitual en él.

—Pues sí.

Cada vez que se mencionaba el tema, se le nublaba la expresión.

—Está bien, hablaremos de ello después de comer, si es lo que quieres —aceptó resignado.

En cuanto llegamos a la finca, salió a recibirnos Méndez moviendo la cola. Se me echó encima cubriéndome de lametazos. Me agaché y puse mi cabeza a la altura de la suya para acariciarlo como hacía siempre. Teníamos nuestros códigos. Con los perros hay un vínculo más fuerte que el que se da a veces con los humanos. Distinto. Más incondicional. Era un labrador de color beis, con una mancha blanca en el pecho. Tenía los ojos castaños e inteligentes, de catedrático de Filología Clásica por lo menos. Con los años se le había puesto una mirada más seria y un poco melancólica, pero conmigo seguía siendo igual de juguetón que cuando era un cachorro. Si me alejaba un poco, me daba pequeños empujones con el hocico reclamando más atenciones.

—Vale, vale, pesado..., yo también me alegro de verte.

La casa de Oleiros tenía una luz envolvente que hacía que los muebles y los demás objetos perdieran consistencia. Mandaba la luz. La galería daba a una playa solitaria con un pinar al fondo. Kate había sacado el mantel blanco de hilo y la vajilla de Sargadelos. No se habían olvidado de la Estrella Galicia Reserva Especial para mí, la desertora. La sobremesa transcurrió con naturalidad, hablando de sus planes, de un viaje que estaban proyectando al condado de Cork en primavera, de mi trabajo, de una resonancia magnética, de los cambios en la finca. Lo normal en cualquier comida familiar. Pero yo tenía cierta sensación de invitada que no percibía cuando estaba a solas con Magnus.

No sé si él llegó a notarlo con su sensor ultramagnético. El hecho es que, después de los postres, le hizo una señal a Kate y me propuso salir a dar un paseo por el huerto. Estaba muy orgulloso de los nuevos frutales que había plantado en el flanco sur y se encaminó hacia esa parte de la finca.

—Bueno —dijo—. ¿Y cuáles son esas cosas de las que tenemos que hablar?

—Ya lo sabes...

Movió la cabeza hacia los lados con expresión de resignación.

—No sé qué te puedo decir... La familia ha debido de pasar un calvario. Cuando ocurre algo así, los padres tienden a pensar que son responsables de alguna manera, creen que si hubieran hecho algo distinto de lo que hicieron, tal vez sus hijos estarían vivos y ese sentimiento acaba rompiéndolos por dentro. Creo que Rosalía no volvió a levantar cabeza desde entonces. Y no me extraña. Pobre mujer. El padre también debió de pasar lo suyo, aunque los hombres son más de ahogar las penas en aguardiente. Muertos en vida los dos. Y ahora encima esto.

Se sentó en un banquito de piedra que había debajo de la pérgola. Era su sitio preferido para leer el periódico al aire libre. Se había quedado una tarde apacible en aquel rincón protegido del viento.

—¿Y qué cuenta tu tío? Él estará más al tanto de lo que se comenta por el pueblo. La gente habla sin cesar. Imagino que cada cual tendrá su versión.

—No le gustan los periodistas, ya lo conoces —dije como quien coge un tizón por un extremo, intentando no quemarse—. La verdad es que no me dio ninguna versión —dije—. ¿Y tú?, ¿tienes alguna versión?

Cogió aire.

—Yo no creo que estemos hablando de un crimen planificado. No parece que hubiese premeditación, porque nadie podía saber qué plan tenían unos niños que jugaban a su aire, de aquí para allá, a salto de mata. Tal vez pudo haber aprovechamiento del azar, eso sí. Conoces ese refrán: la ocasión hace al ladrón.

—Pero, aunque no hubiera premeditación ni alevosía, tendría que haber un motivo, ¿no?

—El motivo más antiguo del mundo. La fiereza. Somos animales carnívoros con impulsos incontrolables —dijo Magnus—. Ignoro de qué tipo pudo ser la pulsión que provocaría un acto así. Estadísticamente, en la mayoría de los homicidios de niños predomina la pulsión sexual. Aunque yo no tengo experiencia en esa clase de delitos. Ya sabes que siempre me he dedicado al derecho laboral. Pero recuerdo el caso de un pastor demenciado de la sierra de los Ancares que llegó a asesinar a cinco niños en un periodo de tres años. Fue a mediados de los años sesenta. Abusaba de ellos y luego los enterraba en una turbera. Al principio aparecieron sólo dos de los cuerpos, pero, pasados más de diez años, le confesó al cura de la prisión de Monterroso, en la que cumplía condena, dónde estaban los otros tres cadáveres. Los localizaron bajo una espesa capa de turba. Fue muy impactante porque los cuerpos estaban prácticamente intactos a pesar de los años transcurridos debido a las condiciones del terreno.

—Los restos de Hugo y Nico no aparecieron en ninguna turbera —dije—, sino en un yacimiento prehistórico.

—Eso me intriga realmente. No me encaja con una actuación impulsiva, a no ser que la inhumación se llevara a cabo tiempo después del fallecimiento, que también podría ser. No sé qué pensar, la verdad.

Magnus calló durante demasiados segundos para que fuese una pausa natural. Me dio la impresión de que tenía prisa por cambiar el rumbo de la conversación. Su mirada se volvió más oscura y tortuosa.

—Me tienes preocupado, Blanca —dijo—. Hay una cosa importante que quiero que entiendas. —Sopesaba cada palabra, como si quisiera que tomara nota de lo que iba a decirme, palabra por palabra, al pie de la letra—. Escucha —dijo apoyando las dos manos en el bastón, y la niña de ocho años que vivía en mi interior alargó el cuello y se dispuso a prestarle toda la atención—. Escucha —volvió a repetir—, no creo que tú estuvieras con ellos en el momento de su desaparición. Ya sé, ya sé... que jugabais siempre juntos y que tu recuerdo inevitablemente mezcla unos días con otros, porque en verano todos los días se parecen. Pero estoy plenamente convencido de que lo que te ocurrió a ti no tuvo nada que ver con lo que les sucedió a ellos, aunque la casualidad quiso que ambas cosas acontecieran el mismo día, tal vez con escasa diferencia de tiempo, no lo sé. Lo que sí sé es que tú estás viva, Blanca. Y que nadie te hizo daño. La corriente te arrastró a la otra orilla y algún pescador furtivo te puso a salvo. Ésa es la única explicación lógica y posible. Olvidemos las imposibles si no queremos volvernos locos. Créeme, la mente es muy traicionera y el tiempo es capaz de deformar los recuerdos hasta proyectar monstruosidades. No te atormentes intentando recordar lo que no ha sucedido. Tienes que hacerme caso. Prométemelo.

—Si fuera así como dices, ¿por qué no habría de avisar ese supuesto pescador a la Guardia Civil o a los servicios de rescate? Habría quedado como un héroe, un salvador. ¿Por qué razón no se habría de dar a conocer entonces?

—Por miedo, seguramente. Para evitarse problemas. Sabes que a los dos lados de la frontera abundan las actividades ilegales. No sería de extrañar que esa persona, fuera quien fuese, estuviera cometiendo alguna infracción o delito. Por eso debió de optar por el anonimato. Aunque no te lo parezca, mucha gente prefiere el anonimato a ser un héroe.

Yo no las tenía todas conmigo. Creía que Magnus quería aplacar mis temores con una explicación piadosa, como acostumbraba a hacer cuando era niña. Pero en aquello, sin duda, llevaba razón. En el mundo en que vivíamos, los héroes estaban de capa caída.

14

Llovía a ratos.

La iglesia me pareció más pequeña de lo que recordaba, con las losas de piedra recubiertas en algunas zonas por un liquen amarillo que le daba un aspecto orgánico, de buey dormido. El atrio seguía ocupado por dos panteones de mármol pertenecientes a las familias Mayoral y Pazos de Monteagudo. El resto de las sepulturas en forma de nichos estaban en el cementerio situado en la parte de atrás.

Mal trago, un funeral.

A pesar de la lluvia, casi todos los hombres permanecían fuera, alrededor de la iglesia, fumando y acompañando en silencio a Manuel Cadavid, vestido de negro riguroso bajo un paraguas de siete parroquias. Las mujeres eran prácticamente las únicas que entraban en el templo. Por alguna razón, en los pueblos de la ribera la liturgia religiosa es un asunto casi exclusivamente femenino, como zurcir calcetines o aguantar mecha.

Me senté en un banco del fondo, debajo del coro, y creí que ya nunca sería capaz de levantarme de allí. Olía a humedad y a cirio, el aire enguatado de un silencio sólo roto por el tañido de las campanas.

Frente al altar, en primera fila al lado del pasillo, Rosalía Freire rezaba en su silla de ruedas, acompañada por la asistenta social y algunas autoridades locales. No podía verla bien porque tenía la cabeza hundida en el pecho. Reconocí a Amelia Cortizo, que caminaba muy encorvada con un mantón negro cubriéndole la cabeza, y a dos señoras compactas e idénticas, como dos bloques de granito, que sólo podían ser las gemelas Quintillán. Vestían abrigos oscuros, de color musgo una y gris marengo la otra, y botas de media caña con el borde de piel de conejo. Se santiguaron a la vez junto a la pila de agua bendita, haciendo una pequeña genuflexión. Algo les había ocurrido a aquellas mujeres con sus bolsitos negros de ganchete. Apenas debían de tener mi edad y sin embargo parecían de otro siglo. Las niñas videntes de Fátima habían *empatronado.* De pronto caí en la cuenta de que habían pasado veinticinco años de casi todo.

No reconocí a nadie más. Alguna que otra cara vagamente familiar que no logré identificar. Una anciana enjuta, arropada con una especie de gabán de bolsillos grandes, que estaba de pie en el portón con los ojos cerrados como un ídolo fluvial, me recordó a María de Codesal, medio oculta dentro de aquel abrigo enorme, pero tal vez no fuese ella. Me llamó la atención una mujer desconsolada que lloraba a lágrima viva frente a la imagen del arcángel san Gabriel. Era doña Eulalia, la maestra de primaria que había estado destinada en As Covas. Yo no llegué a conocerla, pero sabía las cosas que contaban de ella Hugo y Nico. Les daba rosquillas del santo en el recreo si se portaban bien, les llamaba «muchachitos salvajes» si se portaban mal, les leía poemas de Rosalía de Castro.

Adiós ríos, adiós fontes...

Y allí estaba yo de vuelta a un mundo que nunca fue mío, metida hasta los huesos dentro de las cosas de antes. Sentía que las grandes respuestas de mi vida estaban en aquel confín de la cornisa atlántica.

Fue una ceremonia breve, de apenas veinte minutos. Sin cánticos, ni rezos ni incienso. El párroco leyó el pasaje del Nuevo Testamento sobre la resurrección de Lázaro y a continuación los asistentes fueron saliendo de la iglesia despacio, ordenadamente, en dos filas.

Fuera, el cielo de plomo, los paraguas negros, los ataúdes blancos.

La comitiva avanzaba despacio hacia la parte de atrás del templo, un pasillo de gravilla separaba los muros cubiertos de nichos, algunos se hallaban protegidos por un cristal en el que brillaba una mariposa de aceite con estampitas de la Virgen del Carmen. Yo no podía dejar de pensar que aquélla era la segunda vez que Hugo y Nico iban a recibir sepultura. Encabezaba el cortejo una adolescente pelirroja con un arito de plata en la nariz. Llevaba uniforme escolar —falda tableada, jersey azul marino— y una gaita. No sabía quién era. Después iban los hombres formando una alineación semicircular alrededor de Manuel Cadavid, que caminaba como alma en pena arrastrando los pies. Fui repasando las caras más reconocibles empezando por mi tío Fran, que era el más alto con diferencia, su cabeza sobresalía entre todas las demás, y, a pesar de los años, seguía siendo un hombre guapo con cierto aire de fatalidad que parecía provenir de su columna vertebral, ligeramente inclinada hacia delante, como si opusiera resistencia a algún viento que soplase dentro de su cabeza; Román Santiso, muy cascado, con gabardina oscura y zapatos de cordones manchados de barro; Lucho de Sieiro, flaco, con botas *rockabilly* y la cabeza rematada en un penacho de garduño; el Badanas, casi calvo, el pecho ligeramente abombado, más desarrollado el tronco que las extremidades. Aquélla era una tierra de pescadores bajitos con los bíceps tatuados que sólo se vestían de traje en ocasiones contadas. Sindo, con el pelo pajizo y una pequeña calva en la coronilla, una especie de tonsura, que le daba cierto aspecto frailuno. Lucía el mismo flequillo caído sobre la frente que llevaba de pequeño. Tenía uno de esos rostros aniñados, como Bill Gates. Clavé mis ojos en él y a los pocos segundos se volvió a mirarme. Hizo un timidísimo gesto de saludo con las cejas y luego bajó los ojos al suelo. No estaba muy cambiado. Me acordaba de cuando nos sentábamos en rollos de cuerdas y sacos en la terraza del bar Tres Cantos, al lado de la lonja del pescado, y se ponía a hablar de aquellas cosas que le contaba su abuelo, con la autoridad que le daba tener casi quince años.

Recuerdo cómo sus palabras resplandecían como hogueras en el monte: ametralladora, comunistas, brigada... Señalaba a la gente que pasaba por el bar con un leve movimiento de cabeza casi imperceptible y decía: «Ése denunció al maestro, don Brasilino, y a un montón de personas más; al padre de aquél le dieron el paseíllo en el camino de Brandián; ese otro se libró por los pelos porque su familia escapó a Portugal en un tren de mercancías y después se exiliaron a México y no volvieron hasta que murió Franco; los hijos de Purifica lucharon en distintos bandos, el mayor se echó al monte con una partida de republicanos, el pequeño se alistó con los *nacionales* para salvar a la familia de las represalias, es un milagro que los dos hermanos no se mataran a tiros en el campo de batalla; el dinero de ésos viene de las tierras que les confiscaron a los salineros; ésos vivían del estraperlo; el padre de Hixinio Mayoral era el jefe de los falangistas; aquel otro mandó matar a un tío del Faneca; mi abuelo se libró porque sólo tenía cuatro años, pero casi se muere de hambre porque nadie se atrevía a venderles pan a los huérfanos de los rojos...».

Cuando volvíamos para casa yo preguntaba en voz muy baja: «¿Quiénes eran los falangistas, Hugo? ¿Y los rojos? ¿Qué es el estraperlo? ¿Por qué mandaron matar al tío del Faneca?».

Las cosas de antes.

Parecía que todo el pueblo estuviera atado a una cadena muy apretada de delitos y crímenes cometidos en el pasado por vecinos que vivían puerta con puerta, como si nada. Las vidas pequeñas, ocultas. Y ahora todos estaban allí, congregados en la iglesia, las familias de unos y las familias de otros. De alguna manera habían conseguido mantener a la prensa fuera del recinto. No había cámaras de televisión, apenas algunos periodistas camuflados entre los asistentes.

Entonces se hizo un silencio y la adolescente pelirroja empezó a puntear la marcha del Antiguo Reino de Galicia. El sonido de la gaita, los cielos grises, las viejas carreteras. Creo que nunca volveré a sentir el magnetismo que pueden tener unas notas sueltas a los cuatro vientos. No de la misma manera. No como lo sentí entonces. Todos acompañaron el duelo en silencio mientras los operarios introducían en los nichos correspondientes los ataúdes blancos de dos niños desaparecidos hacía veinticinco años. Niños que no habían muerto del todo porque no conocían la maldad.

No sé si ocurre lo mismo en todas partes. A lo mejor sí. Todo se fraguaba a media voz. Sólo la imaginación suplía los huecos de las preguntas que se quedaban sin respuesta con rumores silbantes que podían convertirse en leyendas o en serpientes de cascabel como la que había traído de Brasil Andrés de Lourido.

Si cojo una vara...

Otras cosas, sin embargo, no eran rumores, sino hechos constatados, como que el brasileño casi manda al otro barrio a su propio hermano por venderle a Manuel Cadavid cuarenta y dos pinos de una finca del Xestal que, según decía, era de su propiedad. ¿Para qué querría el padre de Hugo y Nico cuarenta y dos pinos? No lo sabíamos. No sabíamos quiénes habían sido los falangistas. No sabíamos nada.

Parecía que se me hubiera desatado en la cabeza un mecanismo imparable y yo tuviera la misión imposible de tratar de poner orden en aquella caótica nebulosa de sugestiones. A unas preguntas se sumaban otras. ¿Por qué Rosalía Freire se echó las manos a la cabeza y dio un aullido de leona cuando encontraron la mochila de Nico en una pista forestal? Eso no había ocurrido en los días inmediatos a la desaparición, sino varios meses después, como si la mujer hubiese tenido una reacción de efecto retardado o como si hasta aquel momento todavía hubiese alguna esperanza de encontrarlos con vida y después ya no. ¿Dónde estaba esa pista forestal? ¿Qué certeza negra le vino a la cabeza y le fundió los plomos? ¿Cómo fueron a dar los cuerpos de los dos hermanos a la ladera de un monte sagrado? ¿Quién tuvo la sangre fría o el coraje o la piedad de meter a una niña de ocho años en un capazo de mimbre, taparla con hojas de maíz y dejarla a merced de la corriente?

Ésas y otras cosas me las preguntaba yo mientras asistía al sepelio a distancia, como si la cosa no fuera conmigo, o como quien contempla una película ya vista, pero cuyo final no recuerda, ni sabe quién será el verdadero culpable, quién la mano propiciatoria, quién calló o quién hizo lo que no debía. Miraba a todos y cada uno de los rostros en busca de alguna pista que pudiera aclarar las cosas. El misterio tiene múltiples versiones. La muerte y la vida son un misterio. Las dos se confunden. No se pueden resolver así como así.

Las tapas de los nichos eran de mármol con dos plaquitas metálicas grabadas:

HUGO CADAVID FREIRE
(20 DE MAYO DE 1967 - 12 DE AGOSTO DE 1979)

NICOLÁS CADAVID FREIRE
(3 DE FEBRERO DE 1969 - 12 DE AGOSTO DE 1979)

¿Alguien podía asegurar a ciencia cierta que habían muerto el mismo día 12 de agosto, festividad del Castro, en que se produjo su desaparición? En cualquier caso, la coincidencia de la fecha de defunción de dos hermanos tan pequeños era una cosa que no se podía soportar. Tenía razón Lois Lobo. Hay algo en las desgracias ajenas que pone los pelos de punta. También yo lo pensé el día que fuimos de visita a su casa: el olor a medicamentos y a enfermedad, el gesto de boxeador noqueado con que Manuel Cadavid miraba a su mujer, el suelo lleno de cristales rotos como un país en guerra, la figurita de una bailarina de porcelana de Lladró en el mueble del recibidor al lado del teléfono. El mismo teléfono desde el que el propio Cadavid había hecho la llamada al puesto de la Guardia Civil la noche de la desaparición.

Intenté comprender qué podía sentir un padre aquella tarde gris y desolada entre paraguas. Tal vez una mezcla corrosiva de dolor y alivio. Me preguntaba si el dolor puede clavarse en la carne con la misma profundidad tanto tiempo después. Como un cuchillo con el filo sin gastar. Lo que convierte cualquier desaparición en un hecho peor que la propia muerte es que deja a los allegados en un purgatorio de incertidumbre. Veinticinco años es mucho tiempo.

Lo único que queremos es acabar con esto, enterrar a los chicos como Dios manda, tener un lugar al que poder llevarles flores. Nada más.

Pues ya estaba.

De pronto me entró un cansancio que lo debilitaba todo a mi alrededor y desdibujaba los contornos de las cosas. Me estaba sucediendo lo que ya he contado que me ocurría algunas veces y que solía empezar con un zumbido de nevera averiada dentro de la cabeza y la sensación física de que el aire no podía entrar debidamente en mis pulmones. Intenté respirar con cuidado. Me dolían mucho los dedos de la mano izquierda. Tenía algo apretado en el puño dentro del bolsillo del abrigo. Una reliquia pequeña.

El objeto no se parecía demasiado al dibujo que hice con las ceras Crayola en la mesa del despacho del teniente Ortega, frente al retrato de los reyes de España. Sólo un poco. Una moneda de dos mil años de antigüedad. Hugo me la había regalado pocos días antes de que ocurriera todo, cuando volvíamos caminando juntos por el arcén de la carretera mientras Nico andaba entretenido buscando grillos en los prados para guardarlos en una cajita de fósforos. Nos sentamos a esperarlo en un muro con los pies colgando y las cabezas muy juntas, Hugo se descalzó y entonces me dio la moneda.

«Toma. Puedes quedártela como recuerdo si quieres», dijo. Las palabras que usan los niños para despedirse.

Pero ¿por qué iba a querer yo tener un recuerdo suyo si ya lo tenía a él en persona? ¿Qué quiso decir con aquello? ¿Acaso creía que podía pasarle algo? ¿Pensó que lo acechaba algún peligro? ¿O era una manera suya de decirme que podíamos ser novios? Ahora pienso que sólo me estaba pidiendo que no lo olvidara, que tomase aquel objeto en representación suya.

Me esforzaba por buscar algo en el pasado, cualquier cosa, el olor a gasolina quemada que dejan las motos al acelerar en las cuestas empinadas, la huella de un neumático en la grava, lo que fuera. Sólo necesitaba un punto de apoyo, por mínimo que fuese, donde pudiera hacer palanca para saltar hacia atrás. Sabía que ya faltaba poco, que estaba cerca.

Miraba los nichos y cerraba el puño tratando de recuperar el ritmo cardíaco. Había guardado aquella monedita en secreto. Durante veinticinco años no me había separado de ella. La llevé conmigo a todas partes como un talismán. Recorrí con ella docenas de aeropuertos en viajes de trabajo y de vacaciones. El resto del tiempo la guardaba en un saquito de raso granate con un cordoncillo en el primer cajón de la cómoda de mi habitación de Larsbjørnsstræde, entre los pañuelos y los calcetines de lana. No se la había mostrado al teniente Ortega, me limité a dibujarla en un papel. Tampoco se la mostré a mis padres, ni a la doctora Navarro. ¿Por qué la había ocultado? Qué sé yo... Por instinto.

Quizá había llegado el momento de devolverla.

Los dos nichos empezaron a llenarse de flores y ofrendas. Había parado de llover. Predominaban las tonalidades claras en los claveles y en las rosas. También había tulipanes, camelias blancas y unas nubes de jazmines diminutos que curiosamente se hacían más visibles cuanto más se oscurecía el cielo. Yo pensaba en los otros objetos votivos que habían tenido los niños en su primer enterramiento: caracolas, caballitos de mar, trocitos de ámbar... Me preguntaba si ellos hubieran preferido esas ofrendas. Deposité la moneda centelleando junto a la nube de jazmines, cuidadosamente, como dejándola allí, sin más, pero la sensación de violencia era abrumadora.

Los asistentes fueron desfilando delante de Manuel Cadavid con la cabeza baja para darle el pésame de uno en uno con un apretón de manos. Mi tío Fran, sin embargo, no se acercó. Se quedó donde estaba, retirado, mirando el horizonte cargado de nubes. Distinto a todos los demás en su actitud, como si fuera de otra religión. A saber qué religión sería ésa. Luego pasó por mi lado como por casualidad.

—¿Estás bien? —preguntó.

Afirmé con la cabeza.

—Ya te dije que el tiempo no arregla nada. No vuelve para atrás. Nada es igual, ni la gente ni el paisaje. Te habrás dado cuenta, ¿no? En la plaza ya no está el quiosco de Chiño, donde comprabais cromos y caramelos, ¿te acuerdas? Ni la panadería de Fabián. No sé si has visto la urbanización de adosados que construyeron en el astillero con piscinas y palmeras, parece Hollywood. —Claro que la había visto. Las casitas bajas de pescadores que yo recordaba ya no existían. Tampoco estaba la antigua cetárea de marisco ni la cantera, y el camino de arena que antes unía las playas ahora era un paseo marítimo de cemento. Algunas cosas habían cambiado, pero otras no. El sonido del mar contra las rocas seguía siendo sobrecogedor—. La gente también es distinta a como era antes. Aunque algunas veces es como si fueran los mismos, no sé lo que pensarás tú... —dijo, y se quedó unos segundos abstraído con las manos en los bolsillos del anorak oscuro. Aquella mirada suya tan difícil de descifrar. Me habría gustado saber qué cosas le estarían pasando por la cabeza. Después cambió todo el peso del cuerpo de un pie al otro—. ¿Has ido ya a ver a tu padre? —preguntó.

Asentí con la cabeza.

—¿Y cómo anda?

—Bastante bien —dije—. Con la rodilla un poco fastidiada, pero como siempre.

—Ya... —Hizo una exhalación nasal que podía interpretarse como una muestra de resignación—. Bueno... Si piensas quedarte unos días por aquí —dijo—, no necesitas estar en ningún hotel, en casa hay habitaciones de sobra.

Se dio la vuelta y yo seguí en el mismo sitio. Sentía un latido en la sien izquierda, un repiqueteo leve pero muy preciso.

A pocos metros de la iglesia, en la esquina donde había estado el quiosco de Chiño, me pareció ver a Flipp. El tiempo y la vida a la intemperie no habían sido amables con él. Estaba viejo, desdentado, llevaba una gabardina mugrienta y un hatillo al hombro con sus cosas. Tenía que ser él. Nadie sabía qué había hecho, si es que había hecho algo, o qué había visto en su vida. La Guardia Civil lo dejó en libertad después de interrogarlo sobre su colección de tesoros marinos. El aire barruntaba tormenta. Apareció una luz por allá y algo pasó zumbando por el aire. No era un relámpago. En As Covas la gente se pasaba la vida tirando piedras. Una especie de deporte local. Él la esquivó instintivamente agachando la cabeza.

Recuerdo que algunas veces, no muchas, cuando era más joven y rubio, el holandés se sentaba en la plaza del lavadero con una camiseta que tenía un sol en el centro y las piernas cruzadas en la posición del loto al lado de una caja vacía de zapatos. Cuando alguien le echaba una monedita, no se molestaba siquiera en dar las gracias. Era más un ermitaño que un mendigo. Aunque entonces, claro, nosotros lo veíamos como el Flautista de Hamelín, sobre todo Hugo, que lo buscaba entre las rocas imitando el sonido de la bocina de un barco en la niebla, tal como él nos había enseñado. A Hugo le enseñó muchas otras cosas, a bucear, a hacer nudos marineros. Más cosas quizá de las que yo pueda imaginar. Si no, a ver cómo iba a saber Hugo cuáles eran las grutas donde iban las lanchas a dejar los sacos con los alijos.

Había muchas grutas por aquella orilla. Ser piratas al principio me parecía algo bastante sencillo para tratarse de una cosa tan peligrosa. Hasta que me di cuenta de que estábamos como perdidos, rodeados por el pavor del mar. Me acordaba de otras veces, cuando Hugo entraba nadando con las aletas en la cueva, y de cómo cambiaba el oleaje con rapidez y de la fuerza que tenía el agua cuando se estrechaba entre las rocas. Un hombre no cabía por esa angostura, sólo el cuerpo de un niño muy delgado podía colarse por allí. Igual que ocurría en las antiguas minas de carbón cuando hacían bajar a los críos para que pasaran por los apretados túneles de una galería a otra. Era muy importante elegir el momento adecuado. Sólo se podía acceder en un punto determinado de la marea. Había que hacerlo bien para no perder la corriente de regreso. Teníamos que calcular exactamente tres olas y, a la cuarta, entrar. Hugo me lo explicó. No había nadie más que lo oyera, pero él me lo dijo. Me dijo que lo esperara allí sin moverme. Y no me moví.

Seguía quieta, junto a la verja del cementerio, con la ropa empapada de cansancio, anestesiada, sin saber muy bien qué había hecho mal para llegar a aquel punto extremo de bajura. Si yo venía de otro mundo. De una ciudad con nieve y bicicletas en la que había aprendido a partir de cero. Nada más acabar la carrera, cuando me concedieron una beca de posgrado en la Universidad de Copenhague para hacer el doctorado, vi el cielo abierto. Me había llevado años mantenerme a salvo en la distancia. Remover ahora aquellas aguas me aproximaba de nuevo al peligro. ¿Qué demonios estaba haciendo allí?

Lois Lobo se me acercó por detrás, como si adivinara mis pensamientos. Me cogió del brazo con mucha delicadeza y me llevó fuera del muro que rodeaba el recinto de la iglesia hasta un repecho que hacía la carretera con algunos árboles y un pedazo de cielo abierto. Desde el montículo se veían los tejados de las casas, los campos de deporte, las torres del antiguo colegio de los jesuitas y, allá a lo lejos, el mar. Allí se respiraba mejor. No intentó mantener una conversación, como habría hecho cualquiera, y se lo agradecí. Apenas me rozó un hombro con la yema de los dedos. Sólo eso. Pero me dio como una electricidad todo a lo largo de la espalda. Me dejó estar allí, apartada, con el viento húmedo de la ribera dándome en la cara y el sonido de la gaita temblando todavía en el aire. Después se fue a buscar el coche y se paró a mi altura. Estuvo esperando con el motor al ralentí y la puerta del copiloto abierta hasta que a mí me pareció bien entrar.

En el coche me sentí dentro de una burbuja. Al salir del pueblo había cogido un atajo por una pista forestal que salía de la cantera antes del cruce con la general, la misma pista donde muchos años atrás había aparecido la mochila de Nico. Yo todavía estaba bajo la impresión que me había causado el entierro. El magnetismo que había sentido durante el cortejo fúnebre seguía dentro de mí, provocándome un aturdimiento retrospectivo. Le dije a Lois Lobo que tenía la libreta azul de Hugo, donde hacía sus dibujos y escribía con una caligrafía muy ligera, sin apenas calcar. Tal vez debería habérselo dicho antes, cuando cogí el cuaderno de su cuarto el día que fuimos a ver a la familia, pero no lo hice. ¿Por qué no lo hice entonces? No lo sé... Los actos están llenos de cosas que nos guardamos dentro. El limpiaparabrisas moviéndose rítmicamente de un lado a otro, la pista gris y estrecha, flanqueada por eucaliptos. Estaba puesta la calefacción, pero tenía los pies helados y húmedos dentro de las botas. El barro del cementerio se había adherido a las suelas. Un par de kilómetros más adelante, en una curva cerrada, de repente algo cruzó de un lado al otro del arcén a toda velocidad. Visto y no visto. Un zorro o una liebre.

—¡Cuidado! —grité.

Los dos salimos propulsados hacia delante. Fue un instante de perplejidad absoluta. El universo detenido en medio de un fuerte tufo a rueda quemada que debe de ser el olor anticipado de la muerte. Recuerdo esa sensación. No era miedo. Era otra cosa, una disgregación de imágenes rompiéndose en pedazos igual que la apariencia firme de las cosas.

No pasó nada, pero el frenazo me hizo volver en mí. Como si de golpe hubiera despertado de un sueño en algún punto de la frontera al lado de un tipo que se parecía vagamente a Richard Burton. Quiero decir que la escena no me parecía del todo real. En la radio sonaba la sintonía del boletín informativo con muchas interferencias. Fue entonces cuando Lois Lobo apagó el motor y allí parados me contó que antes del funeral había estado hablando un rato a solas con Sindo.

—¿Y qué te dijo?

15

La adolescente pelirroja de la gaita se llamaba Sara Freire y era prima hermana de los niños. Ni siquiera había nacido cuando ellos desaparecieron. Pero se había criado alrededor del suplicio de las preguntas sin respuesta. De alguna manera, la familia materna se había ocupado de mantener viva la llama del recuerdo. Físicamente Sara se parecía más a Nico que a Hugo, las orejas coloradas y pequeñitas, el pelo rizado. Era una de las mejores alumnas de la Escuela Municipal de Música de Vigo. Tocaba con un toque de magia ultramontana y una melancolía que partía el alma.

Después del funeral empecé a darme cuenta de la clase de reportaje que tenía Lois Lobo en mente. Su manera de trabajar era sencilla y a la vez muy metódica. Consistía en recorrer toda la comarca cazando conversaciones y atando cabos. Hablaba con la gente del lugar: pescadores como Sindo, camareros, albañiles, jugadores de cartas que cantaban las cuarenta en la taberna delante de un chupito de aguardiente, vendedoras de la lonja con las manos moradas del frío y niñas gaiteras. A eso le llamaba él «pararse en una esquina a escuchar el viento».

—La gente, antes o después, dice lo que tiene que decir.

Algunas veces utilizaba una grabadora. En ocasiones, el azar o la casualidad le servían en bandeja un testimonio inesperado. Así me enteré de que a Sara ya la había entrevistado antes con motivo de un festival de música celta en el que había ganado un premio. Su foto había salido en el suplemento dominical del *Faro de Vigo* y eso le había proporcionado cierta fama de joven promesa en el patio del colegio. Lobo y ella se habían caído bien. Eso explicaba que, cuando salió en el periódico la noticia del hallazgo de los cuerpos y se armó el revuelo que se armó, Sara lo llamase al móvil y le dijera que necesitaba hablar con él. Por teléfono no fue muy explícita, pero Lobo se dio perfecta cuenta de que algo le bullía dentro. Sara tenía la peculiaridad de contestar «no» a preguntas a las que quizá cabría esperar que respondiera «sí».

—Tranquila —le dijo él con un tono de voz suave y uniforme—, si hay algo que te preocupa, dímelo. Prometo ayudarte en lo que pueda.

—No..., no se trata de mí —balbuceó ella con timidez.

—¿Entonces?

—No sé... —Se quedó callada unos instantes—. Es que no acabo de verle el lado bueno a esto —dijo por toda explicación.

No acababa de verle el lado bueno.

Los cuerpos de dos niños que eran primos suyos se habían encontrado veinticinco años después de su desaparición en lo que parecía un enterramiento ritual y ella no acababa de verle el lado bueno.

Cuando Lobo me lo contó, me dijo que le había resultado tan chocante la expresión que a punto estuvo de echarse a reír. Lo cierto es que a mí también me hizo gracia. ¿Cómo podía ser que, ante la muerte en circunstancias extrañas de sus seres queridos y el hallazgo de los restos, alguien dijera «No acabo de verle el lado bueno»? Sin embargo, aparte de la incongruencia, aquella frase guardaba dentro toda la desazón que podía sentir una adolescente que ha pasado demasiado tiempo hurgando en su cabeza y sacando de su interior pequeños fragmentos cortantes sin saber qué hacer con ellos. De eso yo entendía algo.

Pero la conversación no quedó ahí. Continuó unos segundos más. Y yo pude asistir a ella, de un modo fortuito, como si hubiera estado presente. De los azares de la vida, algunos parecen amañados por el destino. A Lois Lobo ni siquiera se le había pasado por la cabeza la idea de grabar a una niña que por su edad no podía tener nada que ver con los hechos. Fue ella la que quiso ponerse en contacto con él de una forma espontánea y totalmente inesperada. Pero se dio la circunstancia de que cuando Sara lo llamó, él justo terminaba de hacerle una entrevista a Miguel Ángel Lotina, el entrenador del Real Club Celta de Vigo, con motivo de su dimisión, y todavía tenía activada sin saberlo la tecla de grabar. Por eso el testimonio de Sara Freire pasó a formar parte del archivo sonoro de la investigación.

Estaba claro que la noticia del hallazgo en el monte Santa Tecla nos había sobrepasado a todos. Con más razón a una adolescente que apenas era una cría. Lo que dijo y, sobre todo, la forma en que lo dijo daba a entender que había algo más. ¿Significaba acaso que ella hubiese preferido que no hubieran encontrado nunca a sus primos y que deseaba que su muerte continuara siendo un misterio abierto a cualquier mitología? ¿O quería decir que sería mejor que sus cuerpos permanecieran en territorio desconocido y libre de complicaciones? Hay un poema de Emily Dickinson que habla de eso, creo. *Pero morir es algo distinto / oculto tras la puerta.* Lois Lobo intentaba abrir esa puerta. Así que siguió el hilo de la conversación.

—Supongo que te refieres al hecho de que hayan aparecido de un modo tan imprevisto —le dijo a Sara—. Pero piensa que ahora al menos podrán descansar en paz. Van a tener un lugar donde la familia pueda ir a visitarlos. Eso es algo bueno, ¿no?

La intención de Lobo era reconfortarla a su manera sincera y un poco torpe. Pero la respuesta de la chiquilla fue categórica:

—No.

—¿No? —se extrañó Lobo—. ¿Por qué no?

—Porque no creo que a mis primos les gustasen las visitas. Y menos las visitas de ciertas personas.

—¿A qué personas te refieres?

—Usted no puede entenderlo.

—Bueno, puedo intentarlo si me ayudas.

Hubo un murmullo incomprensible al otro lado de la línea.

—Es que algunas cosas no se pueden decir por teléfono —se justificó ella.

Lo d[…]oner que, fuera *lo que fuese*, aquello no debía de resultar fácil para una chiquilla *de instituto* y prefirió no insistir.

—De acuerdo, Sara, no te preocupes. Tómate tu tiempo. Cuando estés preparada para hablarlo, yo estaré aquí. ¿Vale?

Pero ella en el fondo necesitaba responder. Para algo lo había llamado. Y respondió a su manera:

—Me refiero a una persona que... —vaciló un momento—, que no es el santo que todo el mundo cree.

Esa fue la frase exacta que Sara pronunció como quien suelta un zorro en un palomar. Significaran lo que significasen esas palabras, la perplejidad de Lois Lobo fue mayúscula. De fondo, se oyó el estruendo de un timbre de aula y ella se excusó diciendo que debía entrar en clase.

La llamada se había producido apenas dos días antes de que se celebrara el funeral. Lobo pensó que con tal motivo no le sería difícil encontrar un momento en el cementerio para continuar la conversación en persona. Sin embargo, durante la ceremonia, Sara Freire, con uniforme escolar y la gaita al hombro, estuvo escoltada en todo momento por sus padres y no hizo ningún amago de acercarse a él, ni dio la menor muestra de conocerlo ni de tener nada de lo que hablar.

Los ritos funerarios han tenido desde Homero una función de catarsis en los seres humanos. Conectan con un instinto atávico que cada cual lleva como puede. Yo no lo estaba llevando demasiado bien.

Los restos de los niños habían sido exhu[illegible]o de un monte sagrado, extraídos con piquetas y palas arqueológicas, trasladados en bolsas a un laboratorio forense e introducidos después en sendos ataúdes de madera y vueltos a enterrar en un cementerio cristiano. Ésos eran los hechos.

La escenificación de la liturgia me había afectado, desde luego. El lugar, por supuesto, también había contribuido a ponerme los pelos de punta. Aquella iglesia ya me impresionaba de niña, con un Cristo crucificado a la entrada al que se le contaban las costillas como a un prisionero de campo de concentración. Pero había otras cosas que me impactaban en la misma medida: el olor a incienso y a cirio, las notas del solo de gaita dispersas en la lluvia, la imagen del párroco embistiendo contra el mundo con los faldones negros de la sotana aleteando al viento. Era un hombre mayor con unas gafas de cristal grueso con montura de concha. Hasta aquel momento yo nunca lo había pensado, pero entonces de pronto lo pensé. Estaba rodeada de unas decenas de personas entre las que no parecía haber ningún culpable; sin embargo, todos eran sospechosos. Fue ver a aquel sacerdote agitando el hisopo de agua bendita sobre los dos ataúdes alineados y tener una especie de revelación. Pensé que aquel hombre encorvado y medio cegato había guardado durante veinticinco años los secretos de confesión de toda la parroquia. Fuera lo que fuese lo sucedido, el cura probablemente lo sabía. Tenía que saberlo. Y por alguna razón, esa certeza me hizo temblar.

Todos los terrores estaban ahí contenidos, el miedo al cíclope de la cabeza torcida, a las corrientes succionadoras, a las hoyas malas, a las serpientes de cascabel, a las madres que se iban lejos, a los desconocidos que pasaban por la carretera o cruzaban el monte campo a través. El meollo de la cuestión.

De pronto me entró pánico, un miedo injustificado e infantil. Un momento de debilidad. Tal vez fue eso lo que me movió a actuar como lo hice. Por una vez no me veía capaz de enfrentarme sola a mis fantasmas en la habitación del hotel.

Oía a través de la ventana el ruido amortiguado del tráfico, pero no tenía conciencia de estar en Vigo, en la misma ciudad en la que pasé unos meses perdidos de mi infancia, sin identidad ni recuerdos, conectada a un tubo de suero intravenoso. Se hizo de noche sin que me diera cuenta. El reflejo de las farolas sobre las copas mojadas de los árboles me producía una sensación exótica y tranquilizadora de estar lejos, en cualquier ciudad centroeuropea y lluviosa. Entonces no lo sabía, pero me hallaba muy cerca de la cámara de seguridad del submarino que me había construido de niña.

Nunca hasta entonces había sentido miedo en ningún hotel. Estaba acostumbrada a ellos. Me gustaba su atmósfera de limbo confortable y sin ataduras. Daba igual que fueran discretos o bohemios, lujosos o baratos, me sentía bien en la situación provisional que ofrecen los lugares de paso. Se parecían un poco a esas islas lejanas en las que quería perderme a los trece años. Lo mismo podía hallarme en el hotel Cavour de Milán, junto al parque Indro Montanelli, donde me había alojado una vez en la Feria del Libro acompañando a un autor de la agencia. O en el Hessischer Hof de Frankfurt o en el Frankfurter Hof, con sus maderas de teca. O en el Millennium de Londres, muy cerca del Olympia Center, donde tiene lugar una de las principales citas anuales del mundo editorial. O en el Regina de Barcelona. Había estado en todos ellos en viajes de trabajo. Espacios vacíos, de superficies lisas y paredes blancas sin resonancia, sin fotos ni objetos personales, ni chaquetas de andar por casa ni nada. No había nada mío en aquel espacio aséptico, salvo una antología de Federico García Lorca que, no sé por qué, había metido en la maleta en el último momento antes de salir para el aeropuerto. Pero ni siquiera había tenido tiempo de abrirla desde que había llegado. Estaba sobre la mesita de noche, junto a la libreta de Hugo, vibrando, como notas de una misma escala.

Miré al otro lado de la cama. Debían de ser las dos de la madrugada y pensaba en lo raro que era compartir aquel cuarto de hotel prácticamente con un desconocido de una manera tan íntima. No sé cómo ocurrió, la verdad. No sé qué se me cruzó por la cabeza cuando, al volver del funeral, Lobo paró el coche en un paso de cebra de la avenida García Barbón. Iba a despedirme de él, a darle las gracias por haberme llevado sana y salva al hotel, por haber sido capaz de frenar a tiempo antes de estamparnos contra un árbol o despeñarnos por el barranco. Por haberme hecho compañía y saber estar callado. Y de repente noté una ingravidez en el estómago como cuando estás a punto de saltar desde un escalón demasiado alto. Y entonces allí, de pie en la acera, con los hombros encogidos de frío, las manos hundidas en los bolsillos y la cabeza asomada a la ventanilla, lo miré, sin premeditación, pero con total conciencia de que cada segundo contaba, y le dije que me gustaría que esa noche se quedara conmigo. Ahí quedó la frase temblando en la noche.

Él hizo un gesto confuso, como si no me hubiera entendido bien, y me sentí tan ridícula que inmediatamente tracé un barrido con la mano como pidiéndole que por favor olvidara lo que acababa de decir. A veces hago cosas que no sé cómo explicar. Me di la vuelta apresuradamente mientras oí cómo arrancaba el coche a mi espalda. Caminé hasta la puerta del NH Collection con toda la dignidad que pude, que no era mucha. Recogí la llave en recepción. Me dirigí al ascensor con ganas de morirme, maldiciendo mi maldita fantasía, mi eterno mundo invisible, odiándome a mí misma por no aprender jamás. Pulsé la planta dos y las puertas automáticas se cerraron tras de mí como un telón de acero. Justo entonces el mecanismo se estremeció levemente como si alguien hubiera puesto la mano en el sensor y la puerta volvió a abrirse. Entonces vi con asombro cómo Lobo entraba en el ascensor con su chaquetón azul marino oliendo a perro mojado.

—En esta ciudad no hay quien aparque —dijo.

Así ocurren las cosas algunas veces. Pocas.

Hay que decir que Lois Lobo no era mi tipo en absoluto. Por váyase a saber qué extraña particularidad del corazón, mi tipo, como ya dije, eran hombres irónicos y divorciados, que pasaban de los cincuenta, fumaban en pipa, llevaban jerséis de cuello vuelto y chaquetas de *tweed* con parches en los codos, iban en bicicleta, vivían cerca de la universidad en apartamentos llenos de libros, alfombras turcas y cuadros de arte moderno, enseñaban

Literatura Comparada y se decepcionaban con facilidad. Mi tipo era Lars Jacobsen. Y no un periodista con pinta de jodido marinero del Potemkin.

Empezó a desabotonarse el chaquetón al tiempo que buscaba educadamente algún lugar donde dejarlo. Yo me descalcé y me agaché para sacar del minibar un par de cervezas, adoptando ese aire falsamente despreocupado de mujer de mundo que tan bien se me da, como si todavía estuviéramos en un terreno neutral. Pero él me detuvo enseguida poniéndome la mano en un hombro, firme, como si me estuviera armando caballero en una ceremonia medieval o algo así. Ahí me di cuenta de que todo lo que iba a ocurrir era ya irremediable. Me incorporé y me quedé callada, de pie frente a él, sin saber qué decir, repentinamente seria, incómoda, porque nunca he sabido muy bien cómo merecer lo que deseo. Debió de notar mi desconcierto. Los dos tímidos y descolocados ante el giro de guion. La distancia corta es donde más se pierde. Podía oler en su ropa el humo de madera quemada. Tomó mi cara entre sus manos, hundió los dedos en mi pelo tirando hacia atrás hasta que me dolió un poco y cerré los ojos. Entonces me rozó apenas el cuello con los labios y pronunció mi nombre al oído. Muy bajito.

Fueron décimas de segundo, pero me dio tiempo a calcular la distancia que mediaba entre la primera vez que había oído su voz hosca y ajena a través del teléfono en mi apartamento de Copenhague y el susurro cálido que acababa de dinamitar todos mis diques de defensa haciéndolos saltar por los aires.

Si nos hubiéramos estrellado y hubiésemos muerto en el trayecto de vuelta, cuando una liebre, un zorro o lo que fuera que se cruzó en nuestro camino, no habría ocurrido la menor modificación en el devenir de la historia, ni de las borrascas ni de las mareas.

Pensaba en el firme de la pista, resbaladizo y blando como jabón derretido. De algún modo ese pensamiento tenía algo que ver con el miedo y el deseo, todo mezclado. El coche había patinado al frenar y había quedado atravesado en la cuneta en un ángulo imposible. Fue como quedar al borde de un abismo. El resto del camino lo habíamos hecho medio callados, notando el roce en el cuello del cinturón de seguridad. Me gustó ese rato conduciendo con cautela bajo la lluvia, cada uno con sus pensamientos, envueltos en una intimidad nueva. Pero no fue hasta que entramos en la ciudad cuando tuve verdadera conciencia de que habíamos estado a punto de matarnos.

¿Sería eso lo que me atrajo hacia él o fue otra cosa? Nunca sabemos el porqué.

Lo oía respirar en la cama a mi lado, dormía con una tranquilidad que lo hacía parecer más joven, sin las líneas de tensión que normalmente le endurecían el gesto. Aspiré el olor caliente y rudo. Su cuerpo emitía un calor de fogata de campamento del que costaba desprenderse. Fuera seguía lloviendo. Me levanté con cuidado de no despertarlo. La luz tamizada del exterior iluminaba el paisaje del campo de batalla, con los fogonazos verdes y rojos de un semáforo: sus botas por un lado, los vaqueros por otro, un jersey en el suelo, mi ropa interior. Tenía sed. Fui descalza al minibar, me bebí un botellín de agua de un trago, cogí una camiseta negra de la maleta y regresé a la cama. Me pareció más desconocido que indefenso en el abandono del sueño, el pelo muy corto y abundante, con remolinos, la nariz grande, el pecho ancho y ligeramente cóncavo, de toro, con una pequeña cicatriz rosada debajo de la clavícula. Me dieron ganas de poner mis labios ahí justamente, donde la piel parecía más fina y sensible. No lo hice por no despertarlo. Me limité a tumbarme a su lado con sigilo. Al momento él se dio media vuelta dormido, el aliento tibio y regular de su respiración me soplaba en la nuca como un viento a favor. Era todo lo que necesitaba. Tuve la impresión de haberme aliado a un hombre desconocido, que no se parecía nada a mí, que tenía sus propias cuentas pendientes con el mundo, pero que quizá podía comprender las mías. A tientas extendió una mano bajo las sábanas para buscar mi cintura y la dejó estar ahí, como si ése fuese su lugar natural.

El sexo suele provocar en mí una euforia oscura y feroz, como bailar o escalar montañas. Da esperanza, pero no resulta tan difícil de alcanzar. Quizá está un poco sobrevalorado, aunque no convenga decirlo. Algunos lo consideran una cumbre de la humanidad; sin embargo, es pan comido. Conseguir que alguien te abrace durante toda la noche, en cambio, es otra historia. Hacía mucho tiempo que yo no dormía con ningún hombre. No me refiero a acostarme. Me refiero a dormir, lo que se dice dormir.

No sabía qué hora era, muy tarde seguro, ni qué iba a ser de mi vida, pero no me importaba. Me bastaba con cerrar los ojos y sentir el peso de esa mano en mi cintura en aquella habitación de hotel, que era a todos los efectos una isla perdida que no figuraba en ningún mapa. No había habido palabras de amor. Ni falta que hacían. Están tan gastadas esas palabras que ya nadie se puede fiar de ellas. Hubo sin embargo otras palabras, más crudas, más auténticas, dichas en voz muy baja. Palabras que yo nunca había oído antes y que atravesaron la barrera de hielo que tanto tiempo me había llevado construir. Aquella calidez de pan recién horneado era nueva para mí. ¡Qué raro quedarse colgada de esas cosas! No quería dormirme. No quería que la emoción se disipara y darme cuenta a la mañana siguiente, cuando me despertara, de que había estado soñando.

Pero no.

No era un sueño. Enseguida lo supe. Lo que empezó a pasar por mi cabeza en aquel estado de duermevela eran imágenes detalladas e incomprensibles, pero reales, de algo que me había sucedido a mí. De eso estaba segura a pesar del tiempo que había pasado. El rumor del agua, como cascabeles agitados, los cañaverales, una vegetación enmarañada, crujidos, zumbidos desconocidos de insectos, el chapoteo débil de un cormorán en el ribazo y el crujido de las hojas movidas por la brisa. Veía cruzar por mi limitado campo de visión algunas vetas de luz muy tamizadas hasta que la penumbra lo inundó todo. Me dolía mucho la cabeza. Tenía la sensación de que las raíces del pelo me quemaban por dentro. A ratos intentaba buscar en la negrura de mi pequeña porción de cielo nocturno. Durante mucho tiempo no vi nada; muerta de hambre, imaginaba el sabor de una galleta de chocolate en aquel espacio apretado, con las rodillas recogidas contra el pecho. Más tarde distinguí alguna estrella gris goteando y retazos de otros sonidos, los primeros indicios del amanecer a través de la capa de hojas que me cubría, tenía frío, no podía moverme. No sé cuánto tiempo transcurrió. Algo me despertó abruptamente. Al principio no supe qué era, hasta que pude distinguir el potente foco de una linterna empuñada por un hombre que me estaba mirando fijamente, muy pálido, con expresión de máximo asombro, como si acabara de presenciar un milagro, y me decía en un idioma extranjero, pero al mismo tiempo familiar, que no me asustara, que no tuviera miedo.

Milagrosamente se había abierto un pequeño claro en el bosque. Casi podía oír el funcionamiento de los engranajes renqueantes de mi cerebro. Por primera vez en veinticinco años acababa de recuperar con toda nitidez el momento exacto en que fui rescatada de las aguas. Como Moisés.

Cuando un negativo se revela, todo lo que estaba quieto empieza a moverse. Por la persiana del hotel se filtraban ya las primeras rayas de claridad. Metí la nariz dentro de la camiseta y me quedé quieta, respirando despacio. Muy despacio. Como si estuviera aprendiendo a hacerlo por primera vez.

16

Fue Sindo el primero que se atrevió a hablar. No quiso hacerlo con Lois Lobo porque para él los periodistas no eran gente de fiar. Pero aceptó entrevistarse conmigo. No sé cómo le convencí para que nos viésemos. El lugar que eligió fue precisamente el bar Tres Cantos, junto a la lonja, donde tantas veces habíamos acabado las tardes de verano tomando un helado sobre los sacos de yute de la terraza o en el murete que daba a la playa, con los pies colgando y las bocinas de los barcos raspando el horizonte amarillo y rosa de poniente.

—Tienes la misma cara de metomentodo que tenías de niña —lo dijo sin rencor, como una broma de los viejos tiempos.

Metomentodo. Esa palabra también la decía mucho Hugo.

Sindo se acordaba perfectamente. Tenía quince años entonces, que es la edad a la que uno toma partido. Entonces a mí me parecía muchísimo mayor. No precisamente por los años que nos llevaba, sino por el modo en que entendía con medias palabras cosas que nosotros no alcanzábamos ni de lejos. Fumaba un cigarrillo con cierto cansancio, como si fuera parte de un trabajo que le hubiera sido asignado. Me daba miedo que se volviera atrás, así que intenté dejar que creciera a nuestro alrededor el tiempo de antes, las tardes juntos, la chalupa en la que pescaba su abuelo... Al cabo de unos minutos empezó a soltarse.

—¿Te acuerdas de aquello que decía tu abuelo de los pulpos? —recordé de pronto—. Que tenían nueve cerebros, decía...

Sonrió como si estuviera en otro mundo.

—Murió a las pocas semanas, ¿sabes? No pudo con aquello —dijo aspirando una calada, y entrecerró un ojo para protegerlo del humo—. Un jueves le reventó el corazón al salir de casa. A mi madre ni siquiera le dio tiempo de avisar a Román Santiso. La desaparición de los chicos Cadavid le afectó mucho. Sobre todo, los detalles. —No sabía a qué detalles se refería. Permaneció un instante mirando hacia el muro del fondo de la terraza y resopló antes de continuar—: Empezó a barruntar —dijo haciendo un gesto en espiral con el dedo—. Temía que a mí pudiera pasarme algo. Dejó de comer, por la preocupación. Se sobresaltaba cada vez que sonaba el teléfono. Pasaba horas arriba en el palomar acunando a los pichones en la mano o escrutando el mar desde la bocana, como si esperara alguna prueba o vete tú a saber qué. Se calentaba mucho la cabeza con lo que contaban en el pueblo unos y otros.

—¿Y qué contaban?

—De todo.

Sindo hablaba de su abuelo con veneración. Le relampagueaban los ojos al recordarlo. Se veía que estaba un poco emocionado y no quise interrumpirlo aunque divagaba y se iba muy atrás, lejos del asunto, a las historias que le contaba el viejo de niño. Dijo que el contrabando había nacido como consecuencia de la guerra, de la miseria que vino después.

—Por entonces, a este lado del río no había nada más que racionamiento. Pan de serrín. Morralla. Al otro lado de la frontera tenían de todo: arroz, azúcar, café que les llegaba de las colonias, jabón, cerillas... Y a menos de media hora de camino, date cuenta. —Giraba la punta del cigarrillo sobre el cenicero mecánicamente, como si estuviera afilando la punta de un lápiz—. Mi bisabuela pasaba todos los días al otro lado de la raya. Lo hacían casi todas. Las mujeres fueron las primeras contrabandistas, «pisqueiras» las llamaban. Tenían que sacar adelante a los hijos. El tabaco vino mucho después y luego... Bueno, luego vino lo demás. Una cosa lleva a la otra, supongo. ¿No te parece?

—No sé... —dije.

Mantuvo la cabeza baja, como si meditase. Se le veía la pequeña calva rosada que tenía en la coronilla.

—Ha pasado mucho tiempo, rubiales. —Cuando oí ese apodo me vino con toda nitidez la voz cascada del viejo y su risa en los muelles. Siempre me llamaba así, «rubiales». Nunca por mi nombre—. Yo recuerdo algunas cosas y otras se han quedado por el camino —continuó—. Dicen que tú no recuerdas nada, pero yo no me lo creo —levantó la vista y me miró con una pizca de desafío—, de algo tendrás que acordarte, digo yo. ¿O no?

Me encogí de hombros.

—Ya... —dijo—. Supongo que recordar demasiado no es bueno. Eso al menos es lo que repite cada dos por tres la gente mayor. Lo dicen sobre todo por la guerra. Mi abuelo, sin embargo, llevaba buena cuenta de las cosas. Tuvo buena memoria hasta el final. Ya lo creo que la tuvo, menuda matraca nos daba. No le gustaban los problemas. Los veía venir por el aire como las borrascas. Quería que yo estudiase para maestro, pero a mí los libros no me gustaban. «Cuidado con las compañías, Sindiño», me dijo un día que me vio de palique con Sandokán y Paco Rinchas en la esquina de la calle Canibelos, donde ahora está la oficina de Correos. ¿Que si le hice caso? Pues no. No se lo hice. —Calló.

Una gaviota descendió en picado por la izquierda y rozó el ventanal con un ala. A Sindo se le notaban los años en la fragilidad de la piel, como se le nota a la gente de tez muy clara. Sus rasgos aniñados no habían cambiado, pero vistos de cerca adquirían una textura de pergamino. Tenía unas venitas rotas bajo los pómulos. Por momentos, la cara del adolescente tímido se superponía a la del adulto prematuramente envejecido de ahora.

—Yo era un mocoso cuando empecé —continuó—. La primera vez que tuve un atisbo de lo que se cocía fue un día volviendo de clase con Hugo y Nico. Vimos a dos chicos de segundo pasándose una bolsita junto a las cocheras del ómnibus. Pensamos que eran azucarillos. Imagínate si éramos pardillos. Nico les preguntó qué era eso que se estaban intercambiando y nos espantaron a pedradas. Aunque no fue hasta mucho después que comencé a enredarme. El verano en que tú llegaste ya estaba metido. Fueron Gelucho y el Badanas quienes me introdujeron en el turno de los alijos. —Sindo había empezado la conversación con mucho tiento, pero poco a poco se iba embalando, como si el torrente de recuerdos, temores y dudas fuera imparable. Fumaba.

Yo lo miraba como se mira a un buen chico que necesita pelearse con sus demonios. Lo escuchaba como en una playa donde oyes las olas desde lejos y no crees que te vayan a salpicar.

—¿Y tú qué hacías? —pregunté por decir algo.

—Al principio no tenía que hacer nada —continuó—, sólo estar atento y vigilar. Me daban trescientas pesetas, que para mí era un dineral. Y un crío de quince años con dinero, ya te puedes figurar... Empecé a consumir como todos, muy poco al principio. Sólo de vez en cuando. Pero mi abuelo se dio cuenta. Se daba cuenta de todo el viejo.

Aquello yo no lo tenía registrado, pero algo empezó a venirme a la cabeza. Una nebulosa. Muchachos ojerosos sentados en los bancos del puerto esperando que les cayera algo del cielo. Descampados vagamente peligrosos a los que teníamos prohibido acercarnos bajo ningún concepto, construcciones a medio demoler con grafitis, una explanada que había detrás de la gasolinera con carcasas de coches oxidados, un hangar oscuro donde a veces tocaba algún grupo de rock, adonde iban los moteros y chavales de otros pueblos de alrededor, pálidos y raquíticos como ángeles con camisetas negras y cazadoras de cuero llenas de tachuelas, temblando de frío en pleno mes de agosto. Aunque es posible que mi cabeza estuviera mezclando esas imágenes con otras de años posteriores en Coruña, cuando me escapaba del colegio con Mar Sandoval y Adela Salgueiro e íbamos a los conciertos de Radio Océano, vestidas como Jennifer Beals en *Flashdan-*

ce. Unas niñitas entre yonquis veteranos y obreros con parkas verdes protestando contra el desmantelamiento industrial. Pancartas y guitarras eléctricas... Noches atlánticas de los ochenta que se podían cortar a cuchillo.

Y allí estaba Sindo, al principio de su descenso a los infiernos. Esa escalera tan empinada.

—Pero nunca nos contaste nada...

—Hay cosas que se pueden contar y cosas que no se pueden contar. Yo delante de vosotros nunca consumí, eso sí que lo puedo decir con la cabeza alta, ya sé que no es ningún mérito, pero te aseguro que a veces no fue fácil. —Me acordé de una ocasión en la que Sindo había vomitado por la borda y empezó a tiritar dentro de la barca, las rodillas juntas huesudas y rosadas junto a la mochila con la merienda. Un timonel que no aguantaba un paseo en barca, bonita cosa. Hugo lo tapó con una toalla grande amarilla con un dibujo del Pato Donald. Nos dijo que se le había cortado la digestión—. Erais demasiado pequeños, sobre todo Nico y tú. Podíais iros de la lengua. Además, nadie decía nada. Luego te enterabas de cosas..., de que Lucho de Sieiro estaba en la cárcel, de que Nonito había muerto de sobredosis, de que a Sandokán lo habían ingresado en una clínica de rehabilitación en Vigo. Empezaron a caer todos, uno detrás de otro... Pero eso fue algunos años después. Tú ya no volviste por el pueblo y no lo supiste, aquí aparecían chavales muertos por las cunetas como en la guerra.

Era cierto que no volví a As Covas, pero algo de aquello sí que supe algunos años después, recordaba una imagen de televisión muy repetida en los informativos, las aspas de un helicóptero, un juez alto con un mechón de pelo blanco bajando la escalerilla, los faldones de la gabardina ondeando al viento.

—Yo me salvé por los pelos —continuó—. Mi madre fue un día a hablar con Mayoral hijo para que me embarcara en un congelador que salía de Vigo hacia Terranova a la campaña del bacalao. Yo no sé qué le diría mi madre ni qué no le diría, pero conociéndola seguro que callada no se quedó. Estuve seis meses fuera y volví limpio.

Yo no quería que Sindo me contara su viacrucis personal. Quería volver al hilo de lo que sucedió la noche del 12 de agosto. Pero entendía que necesitase hablar de lo suyo, regresar de nuevo allí, a sus quince años, a la calle Magallanes y a la Puerta del Infierno, donde habíamos encontrado el gato amarillo muerto. No era un gato huidizo, se acercaba a la gente. Nos encariñamos con él. A veces Sindo le dejaba una lata de sopas de pan con leche junto al portón de la finca donde estaba el cartel de prohibido el paso. Necesitaba sacarse ese peso de encima, hacerse a sí mismo todas las preguntas que ya no podía hacerles a los muertos.

—Entonces, ¿Hugo sabía lo que pasaba? —intenté llevar de nuevo la conversación a mi terreno.

—Saberlo saberlo, no lo sabía. Pero de tonto no tenía un pelo. Como decía mi abuelo, «Ese crío va a llegar a ingeniero». Y mira tú lo que son las cosas. A ingeniero no llegó.

Un frente nuboso empezaba a alzarse por el oeste como una montaña de carbón detrás de un banco de niebla. En algunos puntos el agua rebrillaba como la hoja de una navaja y yo no sabía ya si quería seguir escuchando lo que Sindo tenía que contarme. Hizo una pausa, carraspeó. Luego dijo algunas palabras que no entendí bien, más bien las chapurreó para sí, como si quisiera pasar deprisa por encima de ellas.

—¿Qué? —pregunté, pero no quiso volver a repetirlas.

—Da igual —dijo, y parecía más cansado que indiferente. Soltó un soplido desganado y continuó, como si siguiese una secuencia que sólo debía de estar en su cabeza—: La mujer de Hixinio Mayoral hacía donaciones a la parroquia: el campo de básquet nuevo, donde antes estaba la cetárea, se construyó con su capital, y lo mismo el ambulatorio municipal y el centro de día para ancianos. El cura se encargaba de hablar con el alcalde o el concejal de turno para distribuir los fondos. Ayudaba a algunas familias.

Me acordaba bien de aquella señora porque se parecía a la actriz de una serie venezolana que mi abuela veía por las tardes. Vestido blanco, un pañuelo de seda al cuello y un bolso pequeño con cadenita. Algún domingo después de misa, la habíamos visto salir de la iglesia por la puerta de la sacristía mientras nosotros dábamos vueltas en bici alrededor de la explanada haciendo caballitos. Muchas cosas habían cambiado en el pueblo, en eso tenía razón mi tío Fran. El quiosco de Chiño ya no estaba; sin embargo, todavía quedaban las barras donde anclábamos las bicicletas enfrente. Yo quería aferrarme a esos anclajes como fuera.

—Ana Elisa se llamaba, ¿no?

—Exacto, así se llama. Ya decía yo que de algo debías acordarte. —Sonrió—. Cadavid le pidió ayuda cuando tuvo que cerrar el taller. Como hicieron otros muchos por aquí.

—¿Por qué? ¿Tenía problemas económicos?

—Económicos y no económicos —dijo esbozando una sonrisa torcida—. Tenía problemas. Pero a lo que iba —continuó retomando el rumbo—. La semana antes de la fiesta el Badanas me pasó el aviso de que iba a haber una descarga. Yo calculé que sería en el Espolón del Portugués, como otras veces, porque es una zona preservada, llena de escondrijos. Hugo la conocía como nadie. Le gustaba mucho bucear allí porque había ánforas y tesoros de barcos hundidos, eso decía, siempre estaba con esas cosas. Aguantaba muchísimo tiempo debajo del agua, ¿te acuerdas? —La expresión de sus ojos se volvió más intensa. Una oleada de rubor le subió desde el cuello de la camisa hasta el nacimiento del cabello. De pequeño también se ponía colorado por cualquier cosa.

Yo asentí sin decir nada y di un sorbo al café a la espera de que continuara.

—Así que se lo dije —soltó con una voz húmeda—. Ojalá no se lo hubiera dicho, joder, pero pensé..., yo qué sé lo que pensé. A veces buscamos explicación a cosas que no la tienen. —Lo miré y me pareció que le palpitaba el párpado del ojo izquierdo—. No sé si tú sabes lo que es el miedo —continuó encorvándose incómodo en el asiento—. Yo sí lo sé. Me lo explicó muy bien mi abuelo. Sin embargo, Hugo no le tenía miedo a nada —dijo con la mirada perdida en algún sitio—. A lo mejor fue por eso que se lo dije.

Llegados a aquel punto, Sindo bajó los ojos y el labio inferior se le puso a temblar. Intentó mordérselo con los dientes, pero ya no pudo contenerse. Empezó a hablar entrecortadamente, atragantándose. Deduje que lo que le había contado a Hugo, fuera lo fuese, era algo que no debería haberle contado. Parecía que fuera a quedarse sin aire, como un crío. Le pregunté por qué no lo había dicho en su momento. Pero apretó los labios como si pidiera perdón, levantando sólo un hombro.

—Es muy fácil cargar a los demás con la culpa —continuó al cabo de unos segundos—. Eso es lo que más le gusta a la gente. Quitarse el muerto de encima. No tengo ni puñetera idea de lo que Hugo sabía ni de lo que dejaba de saber —dijo en un tono más alto de lo conveniente. Algunos parroquianos volvieron la cabeza. Era la hora del almuerzo y el local se había ido llenando poco a poco—. ¿Cómo demonios iba a saberlo? No estaba dentro de su cabeza para adivinarlo. Pero una cosa es bien segura, y de eso tú deberías acordarte —recalcó con el índice en alto como Colón señalando América—. Hugo jamás hacía nada sin tener sus razones.

Estábamos hablando de un niño de apenas doce años. ¿Cuáles podían ser las razones de un niño de doce años?

Yo me daba perfecta cuenta de lo que le pasaba a Sindo. El sentimiento de culpa le estaba congestionando los conductos nasales. Tenía un nudo hinchado en la garganta que le subía y le bajaba. Durante veinticinco años había llevado en la conciencia aquel peso, y hablar de ello tras tanto tiempo de silencio le quemaba las cuerdas vocales.

Esperé a que se serenase. ¿Cómo era posible que no me hubiese dado cuenta? Yo llevaba el mismo peso encima que llevaba Sindo. El de nuestras infancias, la felicidad de estar juntos, la calle, la playa y el final abrupto de aquel último verano.

Había un montón de cosas que estaban sucediendo a nuestro alrededor y de pronto me pareció urgente saber si había habido algún punto de inflexión. Un momento a partir del cual todo comenzó a ser distinto, como cuando te caes de un guindo y te rompes un hueso y ya no vuelves a caminar derecho.

—Uno nunca sabe cuál es el momento en que las cosas empiezan a torcerse —continuó Sindo—. No hay señales. No huele como cuando se pudre el pescado ni nada de eso. Cuando te das cuenta ya es demasiado tarde y las moscas revolotean por todas partes. Y de pronto llegas a un bar y se hace un silencio repentino. No me refiero a cualquier bar, sino a una cantina de marineros, sitios por lo general broncos y muy ruidosos. No sé si me entiendes. Encargos que se cancelan sin motivo, llamadas de teléfono a las tantas de la mañana sin que nadie diga una palabra, limitándose a respirar. ¿Me sigues o no me sigues?

Le seguía, claro que le seguía. Sindo estaba relatando un clima, la atmósfera cargada en la que empieza a pulular la descomposición. Ese principio de podredumbre de las cosas vivas. Pero yo buscaba algo más concreto.

—¿Qué quieres decir?

—Mayoral hijo no sólo tenía la naviera heredada del padre, sino que tenía inmobiliarias en Vigo, hoteles, empresas de construcción, la mejor marisquería de las Rías Baixas...

Recordé algo que había dicho Lobo la noche que se quedó en el hotel, mientras me contaba detalles de las entrevistas que había estado grabando, confabulado conmigo en la penumbra de la habitación, como si el relato sellara una de esas alianzas no explícitas que de alguna manera duran toda la vida. No he olvidado ni una sola palabra de aquella noche. Lo que contaba era algo que tenía que ver con la atmósfera que Sindo estaba describiendo en As Covas. Un entramado social de sobreentendidos y silencios que retrataba un ambiente tan viciado como el que se vive dentro de algunas familias de puertas adentro.

Allá cada quien.

Ésa era la expresión más común. Lo que decía la gente cuando a alguien le preguntaban por algún vecino. Una fórmula sellada a cal y canto. Yo la había oído repetir a cada rato: en casa, a mis abuelos, al tío Fran, a María de Codesal, a Chiño, en la lonja, en el ultramarinos, en todas partes... En el Baixo Miño existía la arraigada costumbre de ver y callar. De no inmiscuirse en los asuntos de los demás. Supongo que era la manera autóctona de no meterse en líos, de no querer saber. Cada lugar tiene su propia ley del silencio. Y hasta cierto punto tenía su lógica. Qué iba a hacer la gente si la mayoría de las veces la propia Guardia Civil miraba para otro lado.

Lo estudié durante unos instantes tratando de ponerme en su lugar, de pensar lo que él quizá nunca había dejado de pensar. Tras años de meditarlo a solas mirando al techo de la habitación mientras oía el zureo de las palomas, Sindo debió de llegar a concebir todo tipo de posibilidades. Hasta las más peregrinas. Sobre todo cuando apareció la mochila de Nico en medio de una pista forestal tierra adentro, y no digamos cuando se descubrieron los cuerpos en el yacimiento arqueológico. Entonces el pasado debió de estallarle en la cabeza como un dispositivo de efecto retardado.

Allá cada quien.

17

Al salir del Tres Cantos una cosa me quedó clara: que tenía que volver a As Covas. Volver a sus calles estrechas, llenas de escondrijos, donde todo el mundo estaba en el ajo. Comprendí eso. Que la historia estaba allí, como en el misterio de la habitación cerrada. A Lobo le pareció bien la idea cuando se la comenté escuetamente por teléfono. Había una inflexión nueva en su voz, un matiz que no había antes. Después de la noche en el hotel, yo procuraba evitarlo en persona, no sabía por qué. Me atenazaba una incomodidad torpe, difusa, que trataba de bandear como podía. Pensaba en los universos pequeños.

Me di cuenta de que tenía que regresar también a la cocina de leña de la casa de mis abuelos, donde el fantasma de mi madre flotaba idealizado, escondido dentro de una canción de Silvio Rodríguez que ya nadie cantaba porque se le pasó el momento, como se les pasa a algunos libros o a algunas películas. Cosas que fueron y ya no son. Una canción que tal vez solamente yo recuerdo quizá porque nunca la entendí.

Mi tío me estaba esperando en el porche.

—Ya tardabas —me dijo.

Lo que pasó en los tres días siguientes se podría contar de muchas maneras, pero la más exacta sería decir que recuperé la brújula, ese instrumento de orientación que viene al rescate cuando estamos perdidos. Hugo, Nico y yo la usábamos habitualmente en nuestras expediciones. Tanto la brújula como la cantimplora pertenecían a mi tío Fran. Nos las había prestado con la advertencia firme de que no se nos pasara por la cabeza ir a descubrir América otra vez. No lo decía con voz de tomarnos el pelo ni nada, sino con el tono normal de alguien que pasaba por allí, soltaba su frase y seguía su camino.

Encima de la mesa había una caja de latón decorada con dibujos japoneses de kimonos y sombrillas de varillas. La había puesto allí el tío Fran como una bomba de relojería. En aquella casa todo lo que podía estallar se guardaba en una caja. Había muchas cajas en las casas de antes. La caja de los hilos. La caja de los relojes estropeados. La caja de los medicamentos. La caja de los niños desaparecidos. Ésta era la caja de las fotografías secretas. Casi todas en blanco y negro. Alguna también en color. La mayoría, anteriores a que yo naciera. Y allí estaba de nuevo ella. Blanch. Mi tío Fran fue sacando las fotos y colocándolas encima de la mesa como los descartes de una baraja.

En la primera imagen se veía a dos niñas con un babi escolar de cuello blanco en el pupitre de un colegio con el mapa de España detrás. La mirada oscura, las trenzas apretadas, las mismas cejas altas. Reconocí a Blanch y a su hermana Ángela. Mi tía, bien sentada con la espalda recta; mi madre, con la cabeza apoyada en una mano, apretando mucho el lápiz que tenía en la otra. Cuánto se parecían y qué distintas eran, pensé. Nunca había visto aquella foto. Me preguntaba cómo había podido llegar hasta allí.

En la siguiente fotografía aparecía mi madre sola, de pie, en las escaleras de la antigua facultad de Filosofía y Letras en Santiago de Compostela. Esbelta y seria, como si estuviera un poco abrumada por el peso de la arquitectura, con un gorro de piel al estilo de los rusos y los libros bajo el brazo. Parecía muy joven entre las enormes columnas neoclásicas de granito. ¿Qué edad podría tener entonces? Diecinueve o veinte años como mucho. ¿Y quién estaría al otro lado de la cámara? Magnus, pensé sin dudarlo. La facultad de Derecho ocupaba la planta baja del mismo edificio. Ellos siempre dijeron que se habían conocido allí, en los pasillos de la universidad.

A continuación, en otra foto ya era verano. A Blanch sólo se le veía un poco la cara de perfil, pero era ella inconfundiblemente, caminando de espaldas descalza por las dunas, con un pareo atado a la cintura, la melena larga movida por el viento y un capazo enorme en bandolera. Me pareció la playa de A Lamiña, pero no estaba segura. La toma era muy distinta a la anterior: la manera de encuadrar, el enfoque, la luz... No debía de estar hecha con la misma cámara.

Mientras hacía mis cábalas, de pronto me pilló desprevenida ver de sopetón al tío Fran abrazado a Blanch en primer plano. Estaban bailando con las caras muy juntas en un recinto adornado con farolillos y banderolas. Mi tío dijo que era la romería de Santa Águeda. Se acordaba de que la orquesta estaba tocando una canción de Los Payos. Había varias fotos de ellos dos en distintos escenarios y sólo una en la que aparecía también Magnus y mis abuelos. La familia al completo. Blanch con un vestido premamá de flores, todos juntos en la parte de atrás de la casa, donde estaba la viña.

¡Cuántas zonas de sombra! Yo no sabía que las sombras hablaban. Que tenían poder para entrar sigilosamente en la cabeza y decir cosas. Decir, por ejemplo: «Si cruzas esa puerta, no vuelves a entrar», «Olvídate de la niña», «No estás en tus cabales». Un golpe seco, como si algo se hubiera caído al suelo, un objeto pesado, un cenicero de bronce, o quizá uno de aquellos tomos gruesos de la enciclopedia Aranzadi. Había otra voz más bajita que sonaba como si estuviera resfriada: «Por favor, por favor...», ese eco lejano me venía en oleadas como la letanía infantil y suplicante de un cuento de Andersen. Un cuento de miedo. Yo no sabía nada. No sabía que las sombras albergaban sus propios planes mientras yo tenía pesadillas y saltaba de la cama e iba descalza por el pasillo con los pies fríos hasta la habitación de mis padres y me quedaba parada en la puerta abrazada a un burrito de peluche que se llamaba Cordelio. Sin atreverme a dar un paso más.

Y allí tenía delante de mis narices el rompecabezas. Seguí con atención todas las piezas del puzle.

Blanch con un sombrero de papel de periódico y un rodillo pintando la habitación de la casa de la calle Huertas. Blanch con una raqueta de tenis y una faldita blanca plisada en una cancha de tierra batida. Blanch conduciendo el Land Rover Santana del tío Fran por una pista sin asfaltar. Blanch llevándome en una mochilita roja en los jardines de Méndez Núñez. Y la última, Blanch con vaqueros y una camiseta de cooperante delante de una tienda de campaña, con el pelo canoso recogido en una coleta y los ojos achinados orillados de arrugas. La última foto era reciente y estaba fechada por detrás.

Lo vi claro, como una película en la que no necesitas subtítulos para entender la secuencia.

—No era especialmente guapa —empezó diciendo el tío Fran—. No era de esas bellezas que los hombres se giran a su paso por la calle ni nada por el estilo. Era otra cosa. Me di cuenta la primera vez que tu padre la trajo a casa. Recuerdo que ese mismo día, mientras la ayudaba a poner la mesa bajo la viña, hizo volar el mantel y lo mantuvo mucho tiempo flotando en el aire como una cometa. Se reía siempre. Y yo me quedé prendado de aquella risa, como un idiota. Te parecerá cursi —dijo en voz queda—. Pero era así. Me sentía culpable y aún no había sucedido nada.

Pensé que mi tío, sin haber salido nunca de As Covas, había probado en carne propia el infierno de los poetas románticos. «Anda —recordé vagamente un verso—, vete por nubes y momentos.» No era ésa la imagen que tenía de él cuando era niña y lo miraba desde abajo como miran los niños a los gigantes. Pero estaba segura de que durante el tiempo que duró aquella borrachera de amor, en algún rincón de su cabeza, el chico de pueblo que en realidad era debió de estremecerse de pánico.

¿Qué tenía que deducir yo de todo aquello? ¿Acaso él esperaba que leyese entre líneas, que fuera más allá? Pues no me apetecía hacerlo. No pensaba darle esa ventaja. Si había algo más que quisiera decirme, que se atreviese a hacerlo sin rodeos. Lo cierto es que no quería oír de sus labios lo que yo imaginaba que iba a contarme. No quería mostrarle mi simpatía, ni mirarlo a los ojos ni decir ninguna palabra, cualquiera que fuese. Sin embargo, la conversación no derivó por la senda que yo esperaba.

—Hay cosas que tú no sabes —dijo.

—¿Qué cosas?

—Cosas de tu madre. De mí.

—¿Ah, de ti? ¿Y qué es lo que hay que saber de ti? —pregunté con un vago tono hiriente.

Hasta dentro del comedor se notaba la bruma del mar. Empezaban a verse desde la ventana las luces encendidas de algunas casas aisladas, un brillo titilante. Mi tío se levantó a prender unos troncos en la chimenea sin decir nada. De niña podía pasarme horas mirando el fuego, el baile cambiante de las llamas. Permanecimos los dos sentados, oyendo cómo crepitaban los troncos. Él se sirvió una copa de brandy y la agitó suavemente, con lentitud, removiendo el fondo.

—Uno nunca sabe si es mejor contar lo que sabe o mantenerlo en secreto —dijo—. Me lo he preguntado muchas veces. Cualquiera de las dos cosas tiene sus riesgos, ¿no crees?

—Supongo —dije, y lo miré como si no fuese asunto mío, pero tenía los puños tan apretados dentro de los bolsillos de la chaqueta que no sentía la circulación.

Entonces me contó lo que pasaba en el Land Rover cuando Blanch y él se perdían por pistas forestales lejos de la vista de la gente. Lo hizo despacio, sin preámbulos, pero con determinación, como si fuera una decisión que hubiera sopesado largamente y ya no hubiera vuelta atrás.

—Cuando dos personas se atraen, no hay obstáculos que valgan —continuó—. Ya puedes tú intentar mirar para otro lado, que no sirve de nada. Miras lo que te rodea y no lo ves. Sólo existe eso. Tu madre y yo aprovechábamos cualquier situación para estar juntos. Teníamos nuestros refugios, nuestros lugares preferidos, sitios solitarios de difícil acceso, a los que podíamos llegar por caminos sin asfaltar en el todoterreno. No sé si a ti te habrá sucedido alguna vez. Cuando te ocurra lo entenderás... —Me interrogó con los ojos buscando mi complicidad.

No quise responder. De relaciones clandestinas sabía algo. No mucho. Lo suficiente. Pero no quería ponérselo fácil. Sabía de la ansiedad de la espera, de los lugares secretos, desayunos en la hierba con un termo de café y una manta de lana escocesa bajo una cúpula de ramas, leyendo poemas. Lars Jacobsen me doblaba la edad, era uno de los mayores expertos en Teoría del Lenguaje, nada menos, y estaba de vuelta del camino. A su lado, mis compañeros de clase no tenían nada que hacer, me parecían críos de párvulos. Tenía una casa de campo en el norte de Jutlandia a la que solíamos ir. A veces él recitaba algún poema de Esaias Tegnér o de Johannes Jensen y me preguntaba como a los niños: «A ver, ¿de quién es?». Por supuesto, yo no tenía ni idea. Entonces me miraba decepcionado, como si hubiera echado a perder un hermoso fin de semana. Mar Sandoval decía que quien no se ha enamorado de la persona equivocada es que no se ha enamorado. Mi tío Fran nunca había conocido a ninguna muchacha ni remotamente parecida a Blanch. Supongo que mi madre era una mujer emocionante, una pieza que no encajaba. Eso debía volverlo loco, pero también debía hacerle aborrecerla a veces. El amor y el odio, dos caras de la misma moneda. De eso yo entendía algo. Sin embargo, no sabía nada de otras cosas.

Lo que mi tío y Blanch descubrieron en una de sus escapadas no fue el elixir del amor prohibido, sino un zapato blanco desparejado, de charol, con el tacón roto. Algo se agitó en la maleza detrás de los eucaliptos. Pasos rápidos en la hojarasca. Sombras borrosas que de pronto fueron adquiriendo forma. Tardaron en reaccionar. Cuando se dieron cuenta del peligro, se subieron apresuradamente al coche e intentaron arrancar, pero era ya demasiado tarde.

Esas imágenes todavía hoy me asaltan en sueños como si realmente las hubiera visto yo y no fuera algo que le hubiera oído contar a él. El sonido gripado del Land Rover Santana al calarse; un hombre que sujetaba a un pastor alemán por una correa; otro, transportando un saco grande de plástico de esos que se usan para el pienso, un tipo corpulento, con el pelo todo blanco y las cejas negras, muy pobladas como un tejón. Eso dijo: un tejón. Me acuerdo perfectamente porque a mí las cejas siempre me han parecido la parte más amenazante del rostro. Lo demás vino seguido, el ruido de una pala contra la tierra donde alguien estaba cavando un hoyo, el perfil del monte Castro al fondo y el olor de la marea que debía de ser el mismo olor penetrante que yo había percibido hacía apenas un par de días, no tan lejos de allí, durante el entierro de los niños en el cementerio de San Cibrán. No sé cómo se llama a esa alteración que puede hacernos sentir como propios recuerdos prestados sin saber muy bien de dónde nos viene esa memoria tan detallada o de qué manera ha podido llegar hasta nosotros. Tiene un nombre científico, pero no lo recuerdo. Recuerdo en cambio el énfasis con que mi tío contó lo del zapato de charol con el tacón roto, como si aquel detalle lo explicase todo.

—¿Qué se nos había perdido por allí?, nos preguntaron —dijo mi tío, su voz era débil y rememorativa—. Nos salvó que sabían quiénes éramos y sabían también que teníamos buenos motivos para callar —continuó—. Uno de ellos me levantó por la solapa de la camisa y me hizo salir del Land Rover a empellones, luego me empujó bajo las ruedas igual que un guiñapo. Creí que iba a atropellarme allí mismo. Luego debió de pensarlo mejor: «Largaos antes de que me arrepienta».

Yo lo escuchaba sin interrumpirlo, igual que hacía de niña. Sentía el mismo vértigo que cuando me daba vueltas por el aire jugando a los aviones, haciéndome volar muy rápido, muy alto hasta que el mundo perdía sus contornos y todo quedaba en suspenso sobre un inmenso vacío.

—Más tarde nos enteramos de cosas —continuó—. Desapareció una joven, una chica ecuatoriana del barrio Alto de Vigo, de la Ferrería, muy cerca de la conservera, una prostituta. La habían visto unos días antes por los alrededores de la cantera. Corrían rumores, ya sabes que la gente habla. A Mayoral hijo le gustaban las mujeres latinas, carnales, de caderas anchas... —Mi tío jugaba con la copa buscando los destellos de las llamas en el cristal—. El viejo en cambio siempre prefirió los críos jovencitos. Era un secreto a voces. Una tarde lo embistió una camioneta de bombonas de butano.

—¿Al viejo?

—Sí. Ocurrió el mismo año que murió Franco, tú eras

muy pequeña. Pero seguramente lo habrás oído contar en el pueblo. Saltó por los aires. Los despojos de su cuerpo aparecieron en un radio de casi un kilómetro cuadrado —añadió haciendo un gesto expansivo con las manos—. Todo el mundo dijo que había tenido su merecido.

—Algo me suena —dije, aunque no tenía idea de haberlo escuchado antes de que Lois Lobo lo mencionara de pasada en O Muíño Vello de Redondela.

A continuación, mi tío se abismó mirando el fuego, como si hubiera perdido el hilo. Pero no lo había perdido.

—Aquí durante años desaparecían niños —dijo al cabo de un silencio—. La gente contaba historias de chiquillos que se había llevado el río y, a fuerza de contarlas, todos daban por hecho que aquello era normal. Cosas que pasan. Tengo una caja llena de recortes de periódicos con los nombres de todos ellos. Si quieres te la enseño. Por ahí anda en algún cajón del armario. —Yo no le dije que de pequeña solía examinar el contenido de esa caja en el cobertizo con Hugo y Nico, linterna en mano, a escondidas, como si estuviéramos haciendo algo prohibido, algo que no debíamos—. Esas historias me han perseguido desde que era un muchacho —continuó—, me dediqué a recortarlas de las revistas que compraba la abuela en el quiosco de Chiño. La prensa del corazón cubría los casos de forma extensa, con detalles escabrosos que me obsesionaban porque la mayoría de los casos ocurrían por aquí cerca. Todavía recuerdo algunos nombres: Darío Otero, María Luisa Núñez, Xurxo Doade, Rocío Aller... —recitó de memoria—. Hay un dicho popular, los niños de Trasaugas, no sé si lo habrás oído alguna vez.

Tras tras, onde van os nenos que levan as augas?
Tras tras, levounos a corrente do río das ánimas.
Tras tras, non vaias pola beira do escuro camiño
*Tras tras, que pode vir o demo a buscarte, meniño.**

No sólo lo había oído, sino que yo misma había tarareado aquella cantinela cientos de veces jugando con los demás niños en la plaza hasta tarde. A esa hora en que una costurera no distingue ya un hilo blanco de un hilo negro. Nos subíamos a los bancos de piedra y nos escondíamos en los rellanos de los portales para que no nos pillara el que hacía de demonio con un pañuelo negro de dos puntas atado a la cabeza. Recordaba esa letra, los ladridos de los perros, las canciones que coreábamos para conjurar el miedo, las calles que ya se iban quedando vacías después de que los más rezagados obedecieran las llamadas de sus madres para volver a casa, la campana de la iglesia, los mugidos de las vacas de Andrés de Lourido cuando bajaba con sus zuecos de pastorearlas por la calle del lavadero con una vara. Tras tras.

—Poco después se abrió una investigación por la desaparición de la chica ecuatoriana —continuó mi tío agitando de nuevo el fondo de la copa de brandy, como si necesitase ese movimiento circular para salir de su ensimismamiento—. Parece que la encontraron al cabo de dos semanas trabajando en un club de alterne de Ponferrada. No sé si sería la misma. La causa quedó archivada.

* Tras tras, ¿adónde van los niños que arrastran las aguas? / Tras tras, se los llevó la corriente del río de las almas. / Tras tras, no vayas por la orilla del oscuro camino. / Tras tras, que puede venir el diablo a buscarte, mi niño.

Yo escuchaba sin mover un músculo, con una curiosidad que no afectaba sólo a lo que contaba mi tío, sino que iba más allá, a un lugar más profundo donde está el tuétano de las cosas. Ni respiré. Al cabo de unos segundos, mi tío continuó:

—Tu madre y yo no dijimos nada de lo que habíamos visto, como te puedes imaginar. Tuvimos buen cuidado de no hacerlo, desde luego. Pero algo salió en la prensa. Seguro que ese amigo tuyo del *Faro de Vigo* puede comprobarlo, pregúntale a ver si sabe algo. Los periodistas lo saben todo, o eso se creen ellos, luego no se enteran de la misa la media. La Guardia Civil empezó a hacer preguntas. En As Covas la gente siempre ha mirado con malos ojos a los guardias, ya te habrás dado cuenta. El que más y el que menos tenía algo que ocultar. Tu madre estaba aterrada y ni siquiera teníamos una idea clara de lo que habíamos visto en la pista ni de quién sería aquel zapato, ni para qué estaban cavando un hoyo. ¿Qué íbamos a saber nosotros? Sólo estábamos en el lugar equivocado en el momento equivocado. Callamos. Claro que sí. ¿Y qué íbamos a hacer? Callar es lo único que puedes hacer cuando existe el riesgo de que alguien a quien quieres salga malparado. O al menos eso es lo que nosotros creímos entonces. No sé lo que pensarás tú.

—Depende —dije, y me quedé mirándolo sin saber qué añadir.

«El lugar equivocado.» «El momento equivocado.» Me agarré a aquellas palabras que acababa de pronunciar mi tío. No tener una idea clara de qué es lo que se ha visto exactamente... Eran expresiones todas ellas reconocibles que Hugo, Nico y yo podíamos aplicarnos y hacer nuestras punto por punto, con idénticas palabras. También nosotros callamos. Ninguno de los tres sabía en verdad qué es lo que habíamos visto en el viejo caserón de los jesuitas el día que apareció muerto en la carretera el gato amarillo. Pero algo vimos. Eso seguro.

—Algunos días después —continuó mi tío— el propio Mayoral me invitó a una marisquería de la costa por todo lo alto. Así, sin venir a cuento. Era un tipo jovial, campechano. Me dio una palmada en la espalda. Parecía de buen humor. Me preguntó por la familia con media sonrisita sardónica. No intentó apretarme las tuercas ni sonsacarme nada. Pero antes de acabar con la fuente de cigalas que teníamos delante, me fijé en un sujeto de pelo blanco que estaba de pie en la barra. ¿A que no adivinas quién era? —Dejó la pregunta en suspenso unos segundos como buscando un golpe de efecto, y luego continuó—: Era el mismo tipo que habíamos visto en la pista forestal. El que tenía pinta de tejón. Podía ser una casualidad, claro. Pero ya sabes lo que decía siempre el abuelo, ¿no?

—Las casualidades las carga el diablo —dije.

—Exacto —reconoció—. Cuando se lo conté a tu madre, no quiso volver a aparecer por aquí. Era lo más sensato, desde luego, pero yo entonces no podía aceptarlo porque eso significaba renunciar a verla. A veces me daban ganas de cogerla por los hombros y sacudirla para que reaccionara. Ella estaba horrorizada. Dudaba. Hablábamos mucho por teléfono. Me llamaba desde Coruña cuando se quedaba sola en casa. Unas ideas le iban y otras le venían. —Mi tío recolocó las brasas con el atizador y se quedó callado.

—¿Y qué pasó?

Me miró de una forma que no supe interpretar.

—Pasó que a los pocos meses llegaste tú, o, mejor dicho, anunciaste tu llegada, y ella no supo qué hacer. —Yo lo escuchaba en silencio, con la convicción absoluta de que era la primera vez que él estaba hablando con alguien de aquello, por eso medía cada palabra con la máxima cautela, como si caminara por un terreno minado. Hizo una pausa larga, pero yo no dije nada todavía, no me salía la voz, así que continuó—: Se sentía del todo incapaz, indefensa. No soportaba la angustia, las dudas. A mí me veía como un crío, era algo más joven que ella. Tenía apenas diecinueve años, no me creía capaz de lidiar con la situación. Además, no estaba segura. Una de las cosas que más le angustiaba era precisamente eso. No estar segura. No saber a ciencia cierta cómo había podido ocurrir. Conmigo siempre tomaba precauciones. A mí ni siquiera se me había ocurrido pensar que también se acostaba con tu padre. Ya ves si era idiota, me creía el único protagonista de la película. Tu madre pasó unos días desesperada sin saber qué hacer. No podía dormir. No era capaz de comer. Luego debió de echar sus cuentas y lo vio claro. Entonces un día, sin decirme nada, tomó una determinación. Habló con tu padre. —Hizo otra pausa durante la cual permaneció tan inmóvil como yo, abismado en sus pensamientos—. Solucionó el asunto a su manera, como se solucionan las cosas que no tienen arreglo. Siguieron juntos.

Lo miré con un asomo de incredulidad. Me sentía un poco mareada, como con un aura de migraña. No estaba segura de haberlo entendido bien.

—Entonces, ¿Magnus llegó a saberlo? ¿Lo vuestro, quiero decir?

—No lo sé. Es probable que sí. Magnus siempre lo ha sabido todo acerca de cualquier cosa, no veo por qué no iba a saberlo también acerca de esto. Pero, si lo supo, nunca dijo nada. Cuando naciste, comprendió que eras suya y ya está. Como un veredicto bien sopesado. De pequeña todavía te parecías más a él que ahora. Tenías sus ojos y el mismo hoyuelo en la barbilla. En los años siguientes apenas volvieron por aquí. Algún fin de semana, días contados en verano. A ti te encantaba venir. Para ella era una tortura porque todo seguía en carne viva. A veces venía sólo Magnus a ver a los abuelos. Yo procuraba tener algo que hacer fuera de casa. Lo intentaron, supongo, a su manera, pero yo sabía que aquello no podía durar. Con todo, duró varios años más de los que yo pensaba. Con muchos altibajos, eso sí. Las discusiones entre ellos eran frecuentes, ya lo sabes. Aguantaron hasta que ya no pudieron aguantar más. Entonces aún no estaba aprobada la ley del divorcio. Eran otros tiempos. A Magnus se le ocurrió que sería bueno apartarte de casa durante el proceso de separación. Por eso fui a recogerte a Coruña y te traje a casa de los abuelos, ¿te acuerdas?

Me acordaba, claro que me acordaba. ¿Cómo no iba a acordarme?

—Cuando ese verano ocurrió lo que ocurrió en el río con los niños Cadavid y tú apareciste al otro lado de la frontera, medio muerta, Blanch se volvió loca. Loca de remate. Empezó a obsesionarse con lo que había pasado aquel día en el Land Rover, a tener pesadillas con el tipo que ataba al pastor alemán con una correa. Se acordaba del zapato blanco, de la chica desaparecida... Pensó que todo estaba relacionado. Habían pasado ocho años desde nuestra escapada furtiva entre los eucaliptos. Ocho años..., nada menos. Pero ella estaba convencida de que todo tenía que ver con aquello, que fue un castigo divino o humano, eso le daba igual. Lo interpretó como una advertencia de lo que podía pasar. Se le metió en la cabeza que, si desaparecía del mapa, todo se solucionaría. Más que un pensamiento, fue una corazonada. Creía que todo era culpa suya. Ya sé que no tenía ningún sentido, pero ella lo creía igual, a pie juntillas. No había manera de sacárselo de la cabeza. —Mientras lo escuchaba, yo pensaba que la mayoría de las veces el terror puro no es más que un efecto colateral del sentimiento de culpa—. Decidió quitarse de en medio. Entre la espada y la pared, eligió la puerta y se fue lo más lejos que pudo. Sin billete de vuelta. Al más puro estilo Blanch. Ahora ya lo sabes —dijo, y apuró de un trago el fondo de la copa.

Cuando mi tío Fran acabó de hablar, me pareció que iba a hacer el movimiento de acercarse adonde yo estaba para removerme el flequillo, como cuando era pequeña y me llevaba a ver los conejos. Pero algo en mi expresión debió de indicarle que quizá no fuese un buen momento. Sentía un retumbe sordo dentro de la cabeza. Me calcé unas botas azules de goma en la entrada y cogí del perchero un abrigo grande acolchado con capucha. Le dije que salía a dar un paseo.

Fuera caía un relente helado que dejaba pequeñas esquirlas de escarcha en los matorrales a ambos lados del camino. Inspiré hondo y noté la entrada refrescante del aire frío en los pulmones.

Ahora ya lo sabía.

18

Hay una letra griega que tiene forma de «y» invertida, equivale a la «l» de nuestro alfabeto. Se llama «lambda». En el sistema de numeración helénico tiene el valor de 30. Su símbolo aparecía impreso en los escudos de los hoplitas espartanos por ser la inicial de Lacedemonia, su Estado. También se usa en cosmología para caracterizar la expansión acelerada del universo. Algunos movimientos laicistas la emplean como icono. En matemáticas suele representar un ángulo o un plano. Se utiliza además en álgebra lineal y en algunos lenguajes de programación informática. Pero no creo que Hugo conociera todos esos significados cuando me mostró ese signo en la teja sagrada del bosque.

Miraba los grafismos que había reproducido minuciosamente en su libretita Minerva de tapas azules y trataba de ver más allá. Flechas, cruces, el trisquel celta, los círculos concéntricos que mostraban los petroglifos desde hacía siglos en las rocas graníticas... Hugo decía que estaban allí por alguna razón. Mientras pasaba las hojas, pensaba en él. En los momentos en que, a veces, en el camino de vuelta a casa le temblaban las manos y se las metía en los bolsillos. Tenía unas manos morenas y finas, pero distintas entre sí. El meñique de la izquierda estaba un poco arqueado y más separado de lo normal del resto de los dedos. A él esa diferencia no le importaba lo más mínimo. Nico me explicó una vez que se lo había roto y que en la Casa de la Salud le habían puesto una férula de color naranja que él mostraba en alto como una antena marciana en los recreos del colegio cuando jugaban a los extraterrestres. El accidente había ocurrido antes del verano en que llegué a As Covas, y por lo tanto yo no tenía conocimiento de los pormenores.

—¿Se lo rompió en el colegio? —pregunté.

—No —dijo Nico—, fue en casa.

—¿Jugando?

De otras cosas, en cambio, sí tenía conocimiento porque había sido testigo. Como cuando se abrió una brecha en la cabeza. No es que estuviera presente cuando ocurrió, pero Hugo vino a buscarme a la verja con un pañuelo atado en la frente a lo sioux. Me dijo si quería acompañarlo a hacer las curas a la farmacia. Román Santiso le cosió la herida con tres puntos de sutura sin que él soltara el menor quejido.

—Hay que tener más cuidado, rapaz, que a este paso no llegas a viejo —le dijo.

Me vino a la cabeza esa frase a la que entonces no hice el menor caso y que ahora reaparecía junto al meñique roto. Mi memoria avanzaba a trompicones, como esas máquinas oxidadas que empiezan a arrancar con dificultad después de haber pasado mucho tiempo en desuso.

Desde la noche en que había recuperado entre sueños el rostro del guardacostas portugués que me rescató al otro lado de la frontera, algún mecanismo dormido en mi cabeza se activó. Lo que recordaba mejor era la nitidez del gesto de sorpresa del aduanero. Sus ojos abiertos de par en par al descubrir que aquella cestilla de mimbre, embadurnada de brea y cubierta por hojas de maíz, en lugar de un alijo, escondía a una fugitiva de ocho años.

Según el informe del suceso, yo llevaba una señal tiznada en la frente, con barro o con ceniza. Una «y» invertida.

A veces, mientras estaba sumida en esos pensamientos, casi alcanzaba a oír cómo las ruedas dentadas de un engranaje encajaban en el mecanismo que había dentro de mi cabeza. Cada día surgía algún nuevo resquicio de luz, aunque era una luz muy tenue, todo hay que decirlo. Sin embargo, hacía pequeños progresos. Me esforzaba. De alguna manera, mi trabajo se parecía al de los cazadores de tormentas. Andaba buscando nebulosas. Algo mínimo e insignificante que removiera la atmósfera, igual que esas melodías infantiles que regresan a través del tiempo. Tras tras... A veces tenía suerte, como los pescadores cuando dan con un gran banco de peces. Así fue como, casi sin darme cuenta, me encontré ante las fauces de un tiburón. O eso me pareció al principio.

Estaba tomando un café y hojeando los periódicos bajo el toldo del bar Orozco, en la plaza, pegada a una de esas estufas de exterior con una llamita que se habían puesto de moda en todas las terrazas. Esperaba una llamada de Anna Bosch y aquél era el lugar de As Covas que tenía mejor cobertura. La mañana parecía pintada a brochazos azules y grises, tocada por una luz rara, tirando a dulzona. A pocos metros unas niñas se peleaban por un monopatín, empeñadas en subir las dos al mismo tiempo. Fueron sus voces o sus risas las que me transportaron en el tiempo. O tal vez fue sólo una ráfaga de brisa con olor a campos lejanos. Cerré los ojos y vi perfectamente a las gemelas Quintillán saltando a la cuerda en aquel mismo lugar de la plaza, como tantas tardes de sábado. Cuchicheaban entre ellas. Siempre estaban cuchicheando a media voz y a mí no me importaban nada sus chismes. Pero esa vez puse la antena porque me di cuenta de que estaban hablando de algo que concernía a mis amigos.

Al principio sólo conseguí captar palabras sueltas, pero poco a poco fui haciéndome una composición de lugar. Rosalía Freire solía ir a la peluquería de Sarita de Tomás, en la calle Furelos, a darse el tinte y hacerse aquellos cardados duros como un casco de motorista. Fue allí al parecer donde ocurrió algo. La llamaron por teléfono y tuvo que salir corriendo del secador, con una redecilla verde todavía cubriéndole los rulos y con los ojos desangelados. Luego la vieron coger un taxi en la parada con sus pertenencias y los dos niños agarrados cada uno de una mano.

—Se ve que ha vuelto a las andadas —dijo una de las gemelas. No sé cuál de ellas lo dijo porque nunca conseguí distinguir a una de otra.

¿Qué significaba «volver a las andadas»? ¿Quién había vuelto a las andadas?

La otra gemela comentó que no era la primera vez que la madre de Hugo y Nico tenía que salir corriendo a refugiarse en casa de su hermana, que vivía en Caneira.

Andar a vueltas con el pasado es como meter la mano en una cesta de cerezas. Nunca coges una sola, sino que vienen engarzadas unas con otras. Ese recuerdo me llevó de vuelta a la conversación con Nico sobre el meñique fracturado de su hermano en el punto exacto en que la había dejado.

—¿Fue jugando?

No. No había sido jugando.

—A mí nunca me ha puesto la mano encima —dijo Nico—. Pero a mi madre a veces le atiza.

—¿Le atiza? —lo miré con extrañeza.

—Bueno, no mucho. Sólo un bofetón, cuando está de malas. Mi madre dice que tiene la mano muy suelta.

Volví a mirarlo de nuevo. Acostumbrada a ver al padre de mis amigos como un señor respetable subido a lo alto de un tractor, me costaba imaginarlo con el genio encabritado.

—Una vez sí que... Sí que se enfadó de verdad —dijo con un pequeño tartamudeo—. Entró en casa a trompazos, tirando con todo. Fue el día que lo despidieron del taller. —Mientras lo decía, a Nico se le pusieron las orejas muy coloradas, como siempre que contaba alguna cosa que le daba un poco de vergüenza—. Venía del bar de Gelucho. Mi madre le dijo que no hiciera tanto ruido, que no hacía falta que se enteraran todos los vecinos. Entonces él se sacó el cinto y la emprendió con ella.

—¿Y qué hicisteis vosotros?

—Hugo intentó arrastrarlo fuera de la cocina tirándole de la manga de la chaqueta para sacárselo de encima. Pero como no podía, le dio un mordisco en la mano. No veas cómo se puso. ¡Uf! —Nico inspiró profundamente—. Casi lo lanza por la ventana. Lo llamó perro rabioso, hijo del demonio y no sé cuántas cosas más. Estaba como loco. No lo tiró por la ventana, pero... le agarró el dedo meñique y se lo estiró hacia atrás hasta que hizo un ruidito, como cuando se rompe la pata de una silla.

Un ruidito.

Yo eso lo sabía. Nico me lo había contado. ¿Por qué no me saltó la alarma entonces? ¿Por qué no conté nada en casa? ¿Por qué una niña de ocho se guardaría eso para ella? Probablemente por la misma razón que Hugo y Nico también callaron. Porque las derrotas no se cuentan.

Rosalía Freire lo había expresado con claridad. No había necesidad de brindarles a los vecinos una comidilla para alimentar las habladurías. Todo eso había ocurrido de puertas adentro, y en As Covas los trapos sucios se lavaban en casa de toda la vida.

Allá cada quien.

Sin embargo, las gemelas Quintillán sabían. Sarita de Tomás sabía. La gente sabía. ¿Por qué nadie había intervenido? Llamar a la Policía o a la Guardia Civil en una tierra de contrabandistas no parecía una buena opción, cualquiera podía figurárselo. De eso hasta yo me daba cuenta. No obstante, por lo que pudimos averiguar después, había constancia de que al menos en una ocasión alguien se saltó esa norma no escrita y llamó al cuartelillo alertando de la situación. Yo tenía algunas razones para pensar que esa persona podía haber sido mi tío Fran. Al fin y al cabo, la casa de mis abuelos no estaba lejos de la suya, y en el funeral de los niños, mi tío fue el único que no se acercó a Manuel Cadavid para darle el pésame.

De cualquier manera, no parecía muy probable que la Policía o la Guardia Civil hubieran acudido a la llamada. En aquellos años las fuerzas de seguridad estaban demasiado ocupadas persiguiendo el tráfico de heroína y el crimen organizado en general para molestarse en atender un altercado por borrachera. Y aun en caso de haberlo hecho, no creo que hubiera servido de mucho. Probablemente hubiera sido la propia Rosalía Freire quien habría intercedido a favor de su marido para que no se lo llevaran al calabozo, y los agentes habrían accedido comprensivos a su petición, convencidos de que lo único que necesitaba el hombre era dormir la mona. Los tiempos eran otros. Entonces la violencia dentro de casa se tenía por una cosa menor, equivalente a provocar destrozos en tu propio comedor, romper la vajilla de la boda o cualquier otro estropicio por el estilo. No es que estuviera bien visto, pero tampoco se consideraba un delito. Éste no era un razonamiento que a mí se me hubiera ocurrido en aquel momento, por supuesto. Eran sólo los pensamientos espurios que me acudían a la cabeza veinticinco años después.

¿Qué opciones le quedaban entonces a un niño? ¿Salir a las calles agitando una bandera blanca o pedir socorro a gritos? Tal vez hubiera sido lo mejor. Pero a los doce años Hugo tenía demasiado orgullo para eso.

En su lugar, decidió resolver el problema a su manera.

Lo recordaba caminando por los maizales con el inmenso azul atlántico del fondo y me parecía como si de un momento a otro fuera a convertirse en ciervo. Los ojos somnolientos, las manos morenas metidas en los bolsillos. No creía que fuese un rehén de nadie.

—Y después, ¿qué pasó? —le pregunté a Nico.

—Nada, que a mi padre lo contrataron en la cetárea de Hixinio Mayoral, para arreglar las turbinas. A mi madre le regaló un reloj de los buenos. —Nico se acordaba de la marca. Longines. Sí, ésa fue la marca que dijo. Longines—. También compró el tractor a plazos y a mí me regaló un coche de carreras. Pero a Hugo, nada.

Según el análisis del Instituto Anatómico Forense, el esqueleto de uno de los cuerpos encontrados en el yacimiento arqueológico presentaba múltiples fracturas antiguas, ya soldadas, que no tenían que ver con el fallecimiento. Se me ocurrió que tal vez en la Casa de la Salud conservaran los informes médicos de urgencias. No era muy probable. Quizá Lobo podía averiguarlo. Él tenía sus recursos.

Pensar en llamar a Lois Lobo me hacía sentir una punzada en el esternón, como si me hubiera tragado un clavo ardiendo. Desde la noche en el hotel, no habíamos vuelto a vernos. Sólo habíamos hablado por teléfono en dos o tres ocasiones. Conversaciones cortas, un poco tensas. La tirantez empezó ya a la mañana siguiente en la habitación del NH Collection. Creo que fui yo quien se despertó primero. Vi su chaquetón marinero colocado en el respaldo de la silla. Un rayo de sol oblicuo daba directamente a los pies de la cama. El día había amanecido despejado, con pocas nubes, esa atmósfera limpia y transparente de después de la lluvia, y durante un breve instante, allí, envuelta en el edredón a su lado, me pareció que existía una pequeña esperanza. Algo tibio y luminoso como una parcela de felicidad al alcance de la mano, y eso, no sé por qué, me puso de mal humor. Cuando detecto la más mínima posibilidad de que las cosas vayan bien, me esfuerzo como sea por evitarlo, y casi siempre lo consigo. Soy realmente buena en eso.

Lo vi salir de la ducha sacudiendo la cabeza de toro, con el pelo mojado y los ojos brillantes y misteriosos. No me había fijado antes en que fuera tan atractivo. Me quedé quieta mirándolo y sentí la atmósfera cambiar lentamente a mi alrededor.

—¿Bajamos a desayunar? —preguntó abrochándose los vaqueros con el acento cantarín de las Rías Baixas. Lo dijo con una voz que me hizo pensar por un segundo en esquiadores con antorchas descendiendo por la ladera de una montaña—. Me muero de hambre.

—No, mejor baja tú —contesté—, tengo que hacer un par de llamadas.

Era una excusa bastante mala. No sé por qué motivo le dije eso, ni siquiera estaba segura de querer estar sola. Pensé que tal vez fuese porque me pareció que su piel tibia emanaba el calor de una fogata de campamento en medio del bosque y porque noté, con preocupación, que la nieve y el hielo empezaban a derretirse en algún lugar. Supongo que eso me hizo sentir pánico e ilusión. Pánico y orgullo. O sea, pánico. Y es que había una parte de mí que no llevaba bien las expectativas, como si las expectativas fueran algo que yo, bajo ningún concepto, pudiera permitirme. Esa parte de mi personalidad nunca estaba dispuesta a conformarse con lo bueno así como así. Necesitaba cargarse cualquier atisbo, cualquier esplendor de una mañana despejada con la caricia del sol en la espalda, cualquier boleto de la suerte, cualquier posibilidad. Tenía que sabotearla desde dentro hasta hacerla añicos. El amor y otros terrores fantásticos. Lo de siempre.

Por alguna enrevesada razón, las únicas relaciones aptas para mí eran aquellas en las que todo estaba perdido de antemano, como ocurría con Lars Jacobsen. Cuando la distancia era insalvable, cuando la próxima cita estaba siempre en el aire, cuando ni siquiera era posible pasear juntos de la mano por el campus de la universidad, cuando no había puentes, cuando nada podía resultar, entonces sí. Entonces no había ningún problema.

Lobo se puso el jersey por la cabeza.

—Vale. ¿Quieres que te espere abajo? —preguntó con naturalidad, aunque yo percibí perfectamente el destello desconcertado de alerta que había brillado rápidamente en sus ojos.

—No, creo que todavía tardaré un rato —respondí—, nos llamamos luego —dije plantada ante el ventanal, descalza, mirando las copas de los árboles y el ajetreo del tráfico en la mañana laboral, como si sucediera algo allí fuera que sólo yo pudiera ver.

En realidad, todo sucedía dentro. Pensaba en la rapidez con la que podía cambiar el oleaje cuando subía la marea, en la succión que ejercía el agua al estrecharse entre las rocas. Casi podía oír con toda nitidez la resaca del mar. Pensaba en lo difícil que era no perder la corriente de regreso.

—De acuerdo —dijo—, como quieras. —Y se despidió desde la puerta jovialmente, guiñándome un ojo con camaradería, como si no pasara nada.

Pero me di cuenta de que él sabía tan bien como yo que algo acababa de interponerse entre nosotros. Algo hermético, duro y peligroso.

Ese mismo día abandoné el hotel y me trasladé a la casa de mis abuelos en As Covas. No pensaba quedarme mucho tiempo. Después del funeral, no restaba mucho más que hacer por allí. Debía incorporarme cuanto antes al trabajo si no quería que Anna Bosch me enviase a galeras.

No fueron días fáciles. Tenía la garganta constreñida con un nudo de desaliento que cada vez me apretaba más y no sabía cómo desatar. Era consciente de que mi manera de comportarme con Lobo no tenía justificación. No me sentía orgullosa, pero estaba lastimada. No quería que me doliese nada más. No es que tuviese miedo a que él pudiera hacerme daño, simplemente no quería echarlo de menos. Tantas cosas contienen el germen de la pérdida... ¿Cómo puede aspirarse a prevenir el azar, un golpe, el enigma de los sentimientos, lo que nadie sabe? Los hoplitas espartanos se protegían con un escudo de bronce marcado con una «l» griega. Yo intentaba hacer lo mismo. Así estaban las cosas. Él me llamó un par de veces. Seguía adelante con sus entrevistas, firme en su surco, convencido de que con ellas podía llegar adonde no había llegado la investigación policial. Su voz al otro lado sonaba como siempre, pero ocultaba una tentativa vaga y persistente. Yo era la reina de las evasivas.

—No, es que esta tarde he quedado en acompañar a mi tío a las viñas.

—Ah, bueno, ¿un café entonces mañana?

—No sé... No creo que pueda. —La simple idea de empezar una relación o de enfrentarme a una charla personal me ponía contra las cuerdas.

Por último, fue directo al grano.

—Oye, tranquila —me dijo—. No sé qué mosca te ha picado. Pero si no quieres que hablemos de ello, podemos hacer como que la otra noche no ha pasado nada entre nosotros —lo dijo sin acritud, con calma, sin el menor indicio de resentimiento detectable en la voz.

Me quedé en silencio con el móvil en la mano sin saber qué contestar. Fue su franqueza lo que me desarmó. Su manera de decir lo que tenía que decir limpiamente, sin ruido ni dramas.

—Lo siento —dije, y era verdad—. Hay algo en mi cabeza que no funciona como debiera. Creo que... No sé... A lo mejor me está sobrepasando todo esto.

—Es culpa mía —dijo él—. No debí haberte pedido que vinieras.

—Al contrario —contesté—. Me alegro de haber venido. Es sólo que me he pasado la vida metida hasta el cuello en el fango de los demás sin darme cuenta de lo que realmente sucedía a mi alrededor. Ni siquiera fui capaz de ver lo que sucedía en mi propia casa. Ni en la casa de mis amigos. —Fue entonces cuando le conté que en una ocasión Manuel Cadavid le había roto el dedo meñique a Hugo—. No me refiero a un accidente —le expliqué—, sino a una fractura premeditada por la base de la articulación. Quiero decir que le cogió el dedo meñique y se lo dobló hacia atrás hasta que el hueso hizo crac. —Callé.

Él también calló. Lo oí respirar por la nariz con fuerza al otro lado de la línea, y pasados un par de segundos dijo:

—Sabía que era un alcohólico, no pensaba que fuese también un hijo de puta. —Y le oí encender un cigarrillo. Imaginé el gesto mecánico que le había visto hacer en otras ocasiones, la cabeza inclinada hacia el lado izquierdo, el móvil sujeto entre el hombro y la oreja, mientras accionaba el mechero con la mano. Luego, cambiando de tercio, añadió—: He acabado con las grabaciones. Las he repasado varias veces. Hay algo que no me termina de cuadrar. Me gustaría que las escuchases. A ver qué opinas.

—De acuerdo.

Al colgar, dejé que mis pensamientos vagaran a su antojo. Había cosas que había tardado años de mi vida en saber. Me preguntaba qué clase de mecanismo podía hacer que un crío de doce años se levantara cada mañana con su mejor sonrisa y se echara a jugar a las calles sabiendo como sabía que su padre era tan capaz de matarlo como cualquiera.

Pensaba en la caja con los recortes de niños desaparecidos de las revistas *Pronto* y *Diez minutos*. Eran reportajes escabrosos y amarillistas, pero transmitían un mensaje claro. Ser niño era un peligro en sí mismo. Una bomba de relojería. Ser niño era no verlas venir. Era ser pequeño, insignificante. El último eslabón de la cadena alimentaria. La base misma del ecosistema depredador. Cualquiera debería saberlo.

Hugo lo sabía. Yo misma se lo había dicho. Yo le enseñé la colección de recortes de niños desaparecidos.

Saberlo era el motivo de que a los niños les temblaran las manos.

Saberlo era el motivo de que los niños, en medio de un juego, soltaran el aire muy despacito, como un suspiro, y se fueran detrás del cobertizo a estar solos.

Saberlo era el motivo de que los niños hicieran listas.

19

- Anzuelos
- Linterna
- Cantimplora
- Gafas de buceo
- Calcetines
- Cepillo y pasta de dientes
- Mercromina...

No era una lista cualquiera. Era la lista de alguien que, con doce años, estaba buscando ya la salida de emergencia. Si Hugo tenía algún plan, no nos lo contó. Su sentido práctico era lo que me resultaba más conmovedor al repasar su cuaderno. El esfuerzo con el que intentaba mantener el control sobre los pequeños detalles. Había reparado, por ejemplo, en la importancia de tener a mano calcetines secos, de lavarse los dientes, de llevar mercromina. Mi vista se había quedado detenida en ese renglón. Mercromina. Apenas me veía capaz de continuar. Sólo la letra cuidadosa y el trazo fino de la caligrafía me ponían un nudo en la garganta. Sólo los puntitos redondos de las íes me partían el alma. Sólo la palabra «mercromina» era un golpe en plena línea de flotación.

La libreta olía a lápices recién afilados. Podía notarse la presión de la punta y el trazo en los signos abstractos que recordaban una escritura cuneiforme. Pero también había dibujos en color muy expresivos: la silueta del fuerte de Insua, por ejemplo, aparecía sombreada en distintos tonos de grafito y azul con las garitas de los cañones perfectamente perfiladas como el castillo de If en la edición ilustrada de *El conde de Montecristo.* El Espolón del Portugués también era reconocible por sus dos jorobas de camello en el centro, una más alta que la otra. Había además mapas imaginarios, animales fantásticos, monstruos marinos de color verde y villanos terrestres. Uno de ellos, en particular, tenía el aspecto de un visir oriental. Una mezcla entre Jafar, el malo de *Aladdín,* y el pantocrátor de Sant Climent de Taüll, aunque no creo que Hugo hubiera visto en su vida las pinturas románicas de la iglesia pirenaica. Tenía las mismas cejas puntiagudas, una túnica azul y un látigo en la mano con el que aterrorizar al mundo. En la viñeta no estaba flanqueado por el clásico tetramorfos, sino por un perro con el lomo negro y las patas de color rojizo que le tenía bien trincada una mano entre los dientes. No hacía falta un doctorado en psicología infantil para establecer la relación entre los hechos y su representación.

En algunos casos los dibujos iban acompañados de expresiones tomadas de sus lecturas favoritas: «Por las barbas de Neptuno», «templar las escotas», «todo a estribor», «picar el ancla», «diablo malayo»... Me di cuenta de que la imaginación lo había mantenido a flote cuando todo se había hundido a su alrededor. En su cabeza la realidad era sólo uno de los muchos mundos que podían existir simultáneamente. Junto a la Puerta del Infierno, con su cartel de prohibido el paso, pavorosamente real, existía otro estrato permeable en el que habitaban buzos con escafandra caminando por el fondo del mar, islas perdidas que no figuraban en ningún mapa, globos aerostáticos y cohetes espaciales cuya base estaba decorada con cuadrículas blancas y negras como un tablero de ajedrez. El cuaderno era el lugar en el que convivían la realidad y los sueños. Comprendí que dibujar había sido para él un refugio donde guarecerse cuando fuera arreciaba la tormenta y caían chuzos de punta. Allí estaba a salvo del hombre del látigo. Allí tenía su propia banda de amigos dispuestos a defenderlo como el perro Tizón de patas rojas, la niña Blanca de pies ligeros, el enano Nabucodonosor, el grumete Sindo, el mago Flipp que podía adormecer a los monstruos marinos soplando por una caracola. Pero también estaba Jim Hawkins, Colmillo Blanco, Simbad el Marino, Gulliver, Miguel Strogoff, el capitán Haddock... Compañeros de aventuras de su colección de clásicos juveniles que en los peores momentos permanecieron a su lado y lo ayudaron a capear el temporal. ¡Qué gran dibujante de cómics habría sido!

Mientras pasaba las páginas, una y otra vez, sentía que estaba haciendo un ejercicio de arqueología. Buscaba algún detalle que pudiera haberme pasado desapercibido. Los dibujos eran como un portal de entrada, me mandaban señales. Creía que me encontraba ya muy cerca del giro que iban a tomar los acontecimientos en el momento en que Hugo se tiró de cabeza por la borda y se zambulló en el agua dejando alrededor unas ondas concéntricas.

Aguantaba más que nadie bajo el agua, podía escurrirse entre las grutas como una anguila.

No lo pensé mucho. Decidí que antes de irme de As Covas debería darme una vuelta por nuestros antiguos territorios conquistados. Tampoco es que tuviera un propósito claro. Sólo pretendía echar un vistazo. Por si el paisaje me refrescaba la memoria. Me pareció una idea vagamente romántica e impetuosa, propia de Emily Brontë.

Me puse un impermeable amarillo que mi tío Fran usaba para ir de pesca y cogí la bicicleta del cobertizo. Tuve que inflar las ruedas y limpiarle un poco el polvo. Debía de hacer bastante tiempo que nadie la utilizaba. El ejercicio al aire libre me infunde ánimo, como ver bandadas de pájaros. Levanté la nariz y eché una ojeada al cielo. Algunas nubes deshilachadas se desfilaban en varias direcciones. Estaba nublado, pero de momento no parecía que fuese a llover. En vez de bajar por la carretera, seguí el atajo que tomábamos siempre, por detrás del portillo de Antas. Teníamos nuestros recorridos habituales y raramente nos apartábamos. Seguir el mismo camino era importante. Formaba parte del ritual. Un perro empezó a ladrar con insistencia cuando crucé delante de la finca de Andrés de Lourido. No cesó hasta que pasé de largo y me alejé por el sendero lleno de baches que bajaba hasta las marinas. La playa se alargaba hacia el oeste haciendo un recodo. El mar estaba tranquilo. Una pareja paseaba por la orilla. El viento soplaba levemente del sur. Marea baja. Frené con los pies en el suelo y aspiré el aire salobre sin apartar los ojos del horizonte con las manos apoyadas en el manillar. Todo estaba allí, a la vista, perfectamente claro, como un dibujo infantil. Me encontraba ante el saliente rocoso y hermético cuyo perfil tantas veces había trazado Hugo en su cuaderno con las dos inconfundibles jorobas de camello.

El Espolón del Portugués se hallaba muy cerca de las antiguas salinas de los romanos. Era un roquedal escarpado de apenas cinco kilómetros de largo, estancado en el tiempo como un libro de aventuras. Había una turbulencia azul verdosa a su alrededor que quizá tuviera que ver con la cantidad de grutas y recovecos que lo bordeaban. Sabíamos que en ocasiones hacían allí descargas de mercancía furtiva porque se podía esconder fácilmente en las cuevas. Sindo nos lo había dicho. La mayor parte del tiempo el Espolón permanecía aislado y sólo se podía llegar hasta él en barca, pero cuando bajaba la marea, durante unas horas, se abría un estrecho pasillo de arena que lo comunicaba con la orilla, igual que en la abadía del Mont-Saint-Michel. Eso lo hacía especial. Hugo había encontrado por los alrededores cuellos de ánforas y monedas de la Edad del Bronce. A veces del fondo marino brotaban armónicas y hasta acordeones, por eso los días de viento soplaba una música espectral. El mar tenía su propia orquesta.

El Espolón era uno de esos lugares a los que siempre volvíamos para ponernos a prueba, para buscar algo que nos faltaba y que no sabíamos exactamente qué era, para perdernos, para encontrarnos, para regresar. En la vida todos tenemos sitios así. Si uniéramos esos lugares con una línea de puntos, obtendríamos el mapa de nuestra infancia. Aquél había sido durante todo un verano el lugar señalado.

Hugo tenía la suficiente imaginación y las suficientes agallas para planear algo grande él solito. Sabía encender una hoguera frotando dos palos, el holandés le había enseñado a hacerlo. Conocía el terreno. Sabía preparar un *pack* de provisiones para una semana con jamón york y galletas en la mochila. Era capaz de imitar toda clase de sonidos, de pescar con tanza y con arpón de gomas, de guardar secretos y de convertir cualquier lugar en un reino. Ese conocimiento le venía a él de la estrechez de la realidad, aunque yo entonces no lo sabía.

Dejé la bicicleta candada junto al muro y empecé a caminar hacia el istmo. Conforme me iba acercando, una idea comenzó a rondarme. No era algo que supiera a ciencia cierta. Era sólo un zumbido incómodo. Un moscón revoloteando a mi alrededor.

Caminaba a paso rápido a través de la estrecha lengua de arena con la capucha del impermeable amarillo calada y las manos en los bolsillos. Las olas rompían al bies casi sin hacer espuma, silenciosas. Tenía la sensación de haberme colado en un coto privado. Mis pasos sonaban amortiguados y furtivos. Notaba en la cabeza unos golpecitos rítmicos, como de un código morse. Reconocía el terreno: la alfombra mullida de algas que bordeaba la orilla, el pequeño matorral donde siempre nos parábamos a coger moras silvestres, las piedras grises, ramas enmarañadas, rocas resbaladizas cubiertas de musgo, raíces... Todo estaba igual, pero más pequeño, porque todos los lugares encogen con los años, salvo los océanos. Según me adentraba, mi ritmo cardíaco se aceleraba. Yo lo percibía como una frecuencia de ondas que iba en aumento. Hasta que de pronto las vibraciones cesaron por completo. Se paró la brisa del mar y volví a verme en la entrada de la cueva a los ocho años, con el pelo recogido en una cola de caballo y un bañador de topos de color pistacho. Hugo y Nico estaban a mi lado, de pie, en silencio, mirando al suelo, con una expresión que yo no les había visto nunca y que ya no iba a volver a verles jamás en la vida.

Tirado allí mismo, a nuestros pies, había un amasijo amoratado de sangre, huesos y arena. Un bicho muerto, violáceo, grande, un cachalote o algo así. No estaba muerto del todo porque respiraba entre ronquidos y silbidos suaves. Di por hecho que sería un animal de las profundidades. Hugo lo movió despacito, le dio la vuelta con un palo y entonces le vimos la cara aplastada, la boca rota sin dientes. Estaba metido dentro de un saco y tenía las manos atadas a la espalda. Pero Hugo lo reconoció.

En ese momento oímos algo. Una jocosidad bruta que era al mismo tiempo violenta y suave. O tal vez era precisamente la suavidad lo que hacía que sonase tan amenazante. Las voces venían del fondo de la gruta con un retumbe de eco. Hablaban español, pero con un acento tan marcado que resultaba difícil de entender.

—Se va a morir como la Bestia manda.

Recordé de pronto esas palabras crudas, sin interferencias, con una claridad radiante de puro pánico virgen que en mi cabeza se fundían extrañamente con la voz del cíclope cuando me susurraba desde el hueco de la despensa: «Hola, Blanquita, ¿te quieres venir conmigo?».

Ese miedo.

Ni me moví. Ni respiré. Pero entonces algo se cayó al suelo.

Después todo se volvió zumbido y crujir de arena. Una estampida de potros salvajes. Nuestros pasos a la carrera retumbaban, chas, chas, chas, chas, con un avasallar de ramas. El batir de la sangre en el corazón, el zumbido en los oídos, la boca seca, más crujidos de ramas rotas, pasos corriendo por detrás, a la espalda, derrapar por un terraplén, ramas de pino atravesadas. Fogonazos, estampidos que rompían los tímpanos, un dolor en los pulmones. La marea aún no había bajado del todo, pero se veía muy cerca la otra orilla, apenas a unas pocas brazadas de distancia del Espolón. Pero algo pasó. Hubo una sacudida, un chapoteo. Entonces fue como saltar al vacío. El ruido de la rompiente me golpeaba en la cabeza. Una gaviota enorme con el pico anaranjado se posó en la roca. Tenía las alas plegadas y la cabeza doblada hacia un lado, como si se le hubiera atragantado un pez gordo en el buche.

Recordaba imágenes sueltas, pero no el orden de la secuencia. De pronto estaba dentro del agua. No sabía cómo había llegado hasta allí. Me tapé la nariz con los dedos y volví a sumergirme. Cada vez que sacaba la cabeza, veía un remolino de copos brillantes de espuma, la orilla se alejaba centímetro a centímetro. Salía a la superficie apenas un segundo para tomar aire y volvía a hundirme. Braceando se me agotaban las fuerzas. Cada minuto me costaba más mantenerme a flote. Todo estaba inclinado, los sonidos estaban inclinados, llegaban como golpes de aire, como cohetes o disparos de escopeta. A veces muy agudos y después más amortiguados. Dentro y fuera. Dentro y fuera.

El agua me entraba por la nariz a toda presión como cientos de pinchazos de aguja diminutos. La luz se estaba yendo muy rápido por el mar, en un borrón oscuro por donde desapareció también la niña de ocho años que una vez fui.

Una hoya mala.
Una mala corriente.

Volví al presente cuando me di cuenta de que estaba temblando debajo del chubasquero amarillo. Tropecé contra el tronco de un árbol y me di tan fuerte que por un instante me quedé sin respiración. Tenía las deportivas empapadas y los vaqueros mojados hasta la altura de las rodillas. No podía correr lo bastante deprisa. Sentía una rigidez pesada en las piernas que me dificultaba avanzar. Los síntomas no eran nuevos. Frío y calor al mismo tiempo, palpitaciones, vértigo, visión borrosa... Podía reconocerlos. Pero nunca los había percibido tan intensamente. Conseguí llegar a la orilla con dificultad, los últimos metros los hice cayéndome a cada paso, como si alguien o algo siguiera persiguiéndome al cabo de tantos años. Metí la mano en el bolsillo del chubasquero, la tenía tan acalambrada que me costó sacar el móvil. Por fin acerté a marcar.

—Hola —dijo Lobo al otro lado, sorprendido de que lo llamara.

Quería hablarle, pero no me salía la voz. Intentaba respirar despacio.

—¿Estás bien? —se extrañó él.

Seguía sin poder articular palabra.

—Oye, ¿pasa algo?, ¿dónde estás?

—En el Espolón —conseguí decir después de tragar saliva, con la mayor serenidad que fui capaz de aparentar.

—¿En el Espolón? ¿Qué haces ahí? —Hubo una pausa mínima, esa fracción de segundo necesaria para que las ideas se reordenen solas. Luego, con un tono distinto y cauto añadió—: ¿Quieres que vaya?

—Sí.

—Vale, ahora salgo. Estoy en el periódico. Lo que me cueste llegar. —Y colgó.

Seguían temblándome las manos. Pero sabía lo que tenía que hacer. Estaba esforzándome para que no se me fuera nada de la cabeza, como se van a veces los sueños y las cosas que tenemos prendidas con alfileres. En algún momento de aquella noche lejana, antes de perder el conocimiento, me pareció ver un rostro que me observaba desde arriba con pesar y preocupación, un semblante vagamente familiar, que sin embargo no supe identificar. El rostro aún estaba allí cuando recobré el conocimiento por primera vez. Pero después ya no. Intentaba agarrarme a aquel hilo de la memoria con todas mis fuerzas, igual que agarré la mano de mi madre una mañana cuando cruzamos la calle Curros Enríquez y un coche frenó a escasos centímetros del paso de cebra. Sabía que, si soltaba el hilo, nunca encontraría el camino de vuelta.

Aquellas voces que salían de la gruta, aquel animal moribundo, aquel hombre que iba a morir «como la Bestia manda»... ¿Quién era? Me senté en la arena al resguardo del muro de piedra, al lado de la bicicleta, un poco mareada, con la cabeza apoyada en las rodillas.

20

—Se llamaba Víctor Sasieta. Un pájaro de cuidado. Fue capataz del campo de concentración en la Puerta del Infierno desde mayo de 1938 hasta, por lo menos, finales de 1941. Lo mataron con el método de la raña, después de hostiarlo a base de bien. El mismo procedimiento que él había utilizado con algunos presos del campo. Lo tiraron al mar atado a una rueda de moler. La tortura previa fue obra de profesionales. Tenía muchas cuentas pendientes. De esas que no se olvidan. Se ve que alguien quiso que probara su propia medicina. Quién hizo el encargo, no se sabe. Su cuerpo apareció el 24 de agosto, dos semanas después de la desaparición de los niños. Lo encontraron unos pescadores de Tui que andaban a la *rapeta.* Pero en aquel momento a nadie se le ocurrió relacionar los dos hechos.

Lobo había resumido la información esencial a su manera. De forma escueta y precisa como un teletipo de prensa.

—¿Más café? —preguntó al acabar.

Negué con la cabeza. Él se sirvió otra taza de la cafetera italiana que tenía delante. Vivía sin lujos. Un sofá tapizado en gris, una alfombra portuguesa, estanterías de pino llenas de libros desordenados, una mesa de caballete con carpetas apiladas a un lado, un bote con rotuladores, una grabadora Sony, un portátil Toshiba y la bandeja del desayuno. Austeridad espartana. No sobraba nada, pero tampoco parecía que faltase demasiado.

Lo miré de frente, esperando que prosiguiera. Me sostuvo la mirada sin decir nada. Cuando me recogió la tarde anterior en el Espolón también me miró de la misma manera en silencio. Se limitó a plegar la bici y guardarla en el maletero del Fiat. La gente cree que para conocer a alguien hay que acribillarlo a preguntas, y no es así. Para conocer a alguien sólo hay que saber esperar. Cuando llegamos a su apartamento en el barrio de Teis, mis deportivas fueron dejando por el pasillo un reguerito de arena.

—No me vendría mal una ducha —dije.

—Claro. —Me mostró el baño al fondo.

Al verme en el espejo del lavabo, casi no me reconocí. El pelo revuelto, la piel apagada, dos círculos violáceos debajo de los ojos, pinta de delincuente avasallada por un tren de mercancías, fuera de juego. Recuerdo el momento de meterme en la ducha. El efecto instantáneo de estar bajo el chorro del agua caliente me reconfortó. El vapor me subía venas arriba y se me condensaba en un temblor involuntario a ambos lados de la nariz, entre los ojos, dentro del pecho. De pequeña me gustaba escribir mi nombre en aquella neblina. Estuve mucho rato así, inmersa en el vaho, con las manos apoyadas contra los azulejos y el agua caliente resbalando por mi espalda sin pensar en nada. Recobrando sólo las ganas de estar viva.

Hay ocasiones en las que únicamente los sentidos pueden sacarnos del atolladero: la presión del agua, el olor a jabón, el pelo limpio, el tacto mullido de una toalla de algodón. Cuando era pequeña, Blanch solía lavarme el pelo con un champú que olía a albaricoque. El más vago rastro de ese aroma podía colapsar mis conexiones neuronales durante horas. Me acordé de aquella cita de Paul Valéry. «Lo más profundo que hay en el hombre es la piel.» Me gustaba ese aforismo limpio, breve, de andar por casa sin hacer ruido. Salí del baño como de una sauna, con la tensión baja y cierta sensación de irrealidad.

Luego estuvimos hablando hasta tarde o, mejor dicho, hablé yo y Lobo permaneció callado en el otro extremo del sofá, dejando que me explayara, intercalando sólo algún monosílabo. Pidió unos bocadillos de jamón al bodegón de abajo con un par de cervezas. No sé ni lo que dije, ni si fui capaz de explicarme con un mínimo de coherencia. Supongo que tiré del hilo que había encontrado en el Espolón todo lo que pude, hasta que no supe por dónde seguir o hasta que me empezaron a doler las cervicales y levanté los codos hacia atrás girando un poco el cuello hacia un lado y hacia otro. Fue entonces cuando él sugirió que tal vez debería descansar un poco y yo asentí con la cabeza porque realmente nunca en mi vida me había sentido tan derrotada. Se movía por su casa como un marino por la cubierta de un barco, lo vi abrir un armario empotrado que había en el pasillo, coger un saco de dormir y echarlo sobre el sofá. Luego me condujo a su habitación, dejó unas sábanas limpias a rayas azules y blancas dobladas a los pies de la cama y me dio las buenas noches antes de retirarse y cerrar la puerta como un buen chico.

Dormí toda la noche y parte de la mañana siguiente de una tacada, profundamente, como no recordaba haberlo hecho desde hacía siglos. El sueño había tenido el efecto de un bálsamo que me mantenía a buen recaudo, lejos de los callejones traseros mal iluminados donde una tiene las citas consigo misma. Apenas me desperté, el olor a café me tranquilizó. Antes siquiera de recordar dónde me encontraba, supe o intuí que, estuviera donde estuviese, no parecía correr ningún peligro inminente. Ahora, mientras Lobo me sostenía la mirada al otro lado de la mesa y apuraba la taza de café, pensaba lo mismo. Había una chispa de algo allá dentro, no sabía exactamente qué, ese brillo infantil y cómplice que desprenden los ojos de algunos hombres cuando te tienen reservada alguna sorpresa.

—Hoy ya tienes mejor pinta. —Sonrió cuando me vio asomar la nariz por la puerta—. Pareces Kate Moss —dijo con cara de guasa como si se burlara.

Se burlaba. Mi ropa todavía estaba secándose en el tendedero. Llevaba puesta una camisa blanca de algodón que él me había prestado y una especie de pantalones de Alí Babá con grandes bolsillos que me quedaban como para emprender una carrera de sacos.

—Te ha estado sonando el móvil —añadió.

Era verdad. Tenía varias llamadas perdidas de mi tío Fran. Supongo que estaría preocupado al ver que me había llevado la bici y aún no había vuelto a casa. Pensé en llamarlo, pero no me apetecía mucho dar explicaciones, así que opté por enviarle un mensaje de texto tranquilizador. La letra escrita permite mayor margen.

Lobo dejó pasar un breve silencio, dio un sorbo de café.

Sobre la mesa de caballete había una cajetilla de Winston al lado de un cenicero limpio con forma de concha de vieira, dos carpetas y varios montones de fotocopias de recortes de prensa clasificados con su fecha correspondiente.

—¿Por dónde empezamos? —dijo.

—Por el principio.

El principio era Víctor Sasieta.

Pasaron muchas cosas aquel 12 de agosto de 1979. No todas lógicas ni previsibles.

Alguna vez había escuchado leyendas en torno a fenómenos extraños, más o menos fantásticos, que a veces concurren en la desembocadura de los grandes ríos. Altas presiones, vientos tormentosos, remolinos, triángulos de las Bermudas... Esa clase de historias que acostumbran a contarse en los puertos de mar y que suelen tener tanto de invención como de quimera o delirio.

Sin embargo, hay algo de cierto en todas esas leyendas, algo constatado científicamente, y es que, en determinadas condiciones atmosféricas, una combinación de circunstancias dispares puede producir un suceso de violencia inesperada. Digamos que una sinergia de fuerzas es capaz de liberar una potencia mayor que la suma de las fuerzas individuales. Cuando varios de esos elementos confluyen y chocan entre sí, se produce lo que los meteorólogos llaman una «tormenta perfecta». No afecta sólo a los barcos que están en alta mar, también puede suceder en una pequeña carretera comarcal, en la barra de un bar de alterne o alrededor de la mesa del comedor donde una familia normal con la televisión encendida se dispone a comer unas milanesas y entonces, de pronto, alguien tira del mantel y todo salta por los aires.

La segunda semana de agosto de 1979 una o varias circunstancias de ese tipo golpearon con fuerza la costa suroeste de Galicia en las coordenadas 41° 53´N, 8° 52' O, a la altura del estuario del río Miño, en el Atlántico Norte.

Lois Lobo fue sacando las fotocopias y desplegándolas encima de la mesa, ocupando gran parte del tablero, en una alineación a la que yo en principio no le encontraba ningún sentido. Había noticias, breves, editoriales y teletipos de prensa, algunos bastante antiguos, publicados con anterioridad a los hechos, aunque supuse que debían mantener alguna relación entre sí. El más reciente era la página de local del *Faro de Vigo* con la foto de las excavaciones arqueológicas y el titular a cuatro columnas que daba cuenta del hallazgo de los esqueletos de los niños en el yacimiento prehistórico.

La primera fotocopia que Lobo señaló reproducía una escena muy borrosa de dos hombres saliendo de un Mercedes aparcado frente a un jardín.

—Mira —dijo—, aquí está Sasieta junto a Mayoral el viejo delante de su casa en la playa de A Lamiña meses antes del incendio. Eran compinches de francachelas. Hay varias fotos de ellos dos juntos saliendo de clubes de alterne de Vigo: la Boite Atlantis, El Gallo, La Cubana..., los típicos garitos de los años sesenta. A los dos les gustaba la carne tierna. No se cortaban un pelo. Tenían total impunidad. La gente del Régimen era intocable, pero nadie escapa a su destino. —Hizo un gesto amplio con las manos.

Volví a fijarme en ellas. Manos rudas, morenas, de obrero metalúrgico o de campesino tenaz, manos hechas para templar el acero o para permanecer firme en su surco, sin que de ahí lo moviera ni Dios.

—A Mayoral, como te dije, se lo llevó por delante una camioneta de reparto de gas en el año 75. El incendio del chalé podía haber sido casual, pero después del accidente, Sasieta captó el mensaje y desapareció del mapa por la vía rápida. Debió de meterse debajo de las piedras. Tardaron en dar con él casi cuatro años, pero lo encontraron. Antes de hacerle la raña, lo tuvieron dos días metido en una de las cuevas del Espolón.

Lobo hizo una pausa, como si pretendiera darme tiempo para calcular el alcance de la información. Volví a observar la foto con más detenimiento. No tenía mucha nitidez. Dos hombres gruesos, medio atortugados. Ninguno de aquellos rostros me sonaba lo más mínimo, pero entendía adónde quería apuntar.

—¿Cuál de los dos es Sasieta?

—Éste —dijo señalando al más bajo. El que estaba apoyado en la puerta del copiloto.

—¿El hombre del saco que vimos en el Espolón?

—El mismo. ¿Lo reconoces?

Negué con la cabeza. Lo que yo recordaba era apenas un amasijo violáceo de sangre y arena, sin relieve.

—¿Y de ese asunto se supo algo más?

Lobo tomó aire y luego lo soltó despacio.

—Poca cosa. Interrogaron a un tipo, un sicario mexicano de Tamaulipas, de un clan conocido como la Bestia.

Eso me cuadraba con el acento latino que yo recordaba y, sobre todo, con aquel apelativo, la Bestia, que había pasado a formar parte de mi catálogo personal de los terrores.

—Él detenido nunca mencionó de quién procedía el encargo, por la cuenta que le tenía. Probablemente hubiera más de un intermediario, como suele ocurrir. Y cualquiera pudo ser. No hay familia en As Covas que no tenga algún muerto que lleve su firma: Sindo, el Faneca, la familia del maestro Brasilino, la nieta pequeña de Purifica, a cuya hermana dejó morir de tuberculosis en la Puerta del Infierno con cinco años, los Garaboa, que después de que degollaran al hermano mayor huyeron a México, como todos los que tuvieron un poco de suerte y ya no volvieron por aquí. Cualquiera pudo tomarse la justicia por su mano. No es fácil demostrar la responsabilidad cuando se trata de un brazo ejecutor a distancia.

—¿Entonces crees que fue una venganza?

—Parece una hipótesis bastante razonable.

Era evidente que aquella historia presentaba varias derivadas, pero a mí sólo me importaba una. De lo ocurrido en el Espolón, lo único que quería saber era si mis amigos llegaron a salir vivos de allí. Algunas veces, a lo largo de los años, había intentado librarme de aquel sábado por múltiples desvíos y no hubo manera. Siempre estaba ahí, como el final de una tarde eterna. Me quedé con eso dentro como una dureza, una manera extraña de gestionar la ausencia. No sólo la ausencia de mis amigos, sino todas las ausencias habidas y por haber que aún me tenía que deparar la vida. En mi imaginación los veía de espaldas, dos cabecitas menudas alejándose del mundo a toda prisa.

—¿Qué les hicieron a Hugo y Nico?

—Calma, Blanca —dijo Lobo. Pronunció mi nombre mirándome con cautela—. Es algo más complicado. Según el atestado, el incidente del Espolón no pudo ocurrir el 12 de agosto como tú crees, sino dos o tres días antes, probablemente el miércoles 9. Puede que tengas cierta confusión temporal de lo que ocurrió aquella semana, que mezcles los recuerdos. Es normal. Nadie puede tener un recuerdo preciso de lo que sucedió en un momento de pánico. Déjame ir por partes. Para poder llegar ahí, tengo que contarte todos los elementos que intervienen en la historia. Me ha costado mucho reunir las piezas y me ha costado más aún establecer la relación entre ellas. Tengo algunos datos, he atado cabos, he llegado a una hipótesis, pero carezco de la información necesaria para confirmarla. Por eso necesito tu ayuda. Sólo te pido que me prestes atención hasta el final y que después me digas si algo de todo esto te encaja. ¿De acuerdo?

—De acuerdo.

—Bien, vamos allá —dijo—. Fíjate en esta otra noticia.

Lobo señalaba una información a cuatro columnas en la que se informaba de una descarga de droga realizada la noche del viernes 11 de agosto, víspera de la festividad del Castro, en el pinar de las Pías.

—Conoces el sitio, ¿verdad? —Tuve la impresión de que en aquel momento me estaba observando con una curiosidad muy específica, como si yo fuese una *rara avis* desconocida hasta la fecha que él debiera clasificar.

Asentí. Claro que lo conocía. Era el pinar que se extendía a lo largo de medio kilómetro enfrente del Espolón entre dunas de arena, muy cerca del muro de contención donde había dejado candada la bici el día anterior.

—La operación se saldó con un hombre muerto —continuó—, un camionero de la localidad de Goián, y tres detenidos, uno de ellos de aquí, de As Covas, Benito Fraguas Agulló, conocido como el Badanas.

—¿El Badanas? —Levanté la cabeza. Sentí como cuando ves a alguien muy lejano a través de la mirilla de una puerta y de pronto te das cuenta de que lo tienes sólo a un palmo de narices. No tenía la más remota idea de lo que podía significar aquello.

De pronto me vino a la cabeza un estribillo lejano *Chiquitita, dime por qué...*, como el eco de un día con viento, y la imagen de una pelea en el monte, el Badanas sentado a horcajadas sobre la espalda de Lucho de Sueiro, a puñetazo limpio, sudando. Tenía un águila tatuada en el bíceps. Lo había visto en el entierro vestido de traje, casi calvo, con una papada gruesa que le sobresalía por el cuello de la camisa. Había adquirido un aspecto formal de representante de seguros. El Badanas.

Lois Lobo se sirvió otra taza de café y volvió a ofrecerme manteniendo la cafetera en alto. Esta vez sí acepté.

—Cuántas coincidencias —dije.

—Eso mismo pensé yo —respondió él mientras se pinzaba con dos dedos el puente de la nariz—. Pero eso no fue todo. —Entonces señaló el tercer recorte y me lo puso delante—. A las 19:20 del 12 de agosto, o sea el día de autos, se produjo un aparatoso accidente de coche en la PO-552 a la altura de Os Ánxeles. A tres kilómetros escasos de la desviación hacia la pista forestal que atraviesa el bosque de eucaliptos donde meses después apareció la mochila de Nico. Una furgoneta que transportaba fertilizantes químicos derrapó al intentar esquivar a otro vehículo que venía en sentido contrario. La furgoneta quedó atravesada en diagonal con gran parte de la carga esparcida por el asfalto. El ocupante murió en el acto.

—¿Y el otro coche?

—Ni rastro. Se dio a la fuga.

—¿Y tú cómo lo interpretas?

—Hombre, pues que un alma caritativa no debía de ser —respondió como si se tratase de la mayor obviedad.

—Ya... —dije intentando no parecer estúpida del todo—. Me refería a la relación que puede tener el accidente con lo demás.

—No lo sé. A lo mejor ninguna —contestó—. Pero me mosquea que tres sucesos tan aparatosos ocurrieran en la misma área, en un radio de apenas diez kilómetros, con muy pocos días de diferencia.

Se levantó, fue a la estantería y volvió con un mapa de carreteras Michelín de la provincia de Pontevedra. Lo observé a contraluz mientras unía los puntos y trazaba con un rotulador de color naranja un triángulo pequeño en torno a la desembocadura del Miño en la frontera con Portugal. Lo hizo con tanta concentración como si estuviera marcando el rumbo sobre una carta náutica.

—Es como si aquí hubiera un socavón, un triángulo de las Bermudas —dijo dejando la frase en el aire a punto de ser engullida por un remolino.

Me quedé mirando aquellos tres trazos anaranjados. A veces no acababa de pillarle el punto a Lobo. Era algo que me sucedía desde el principio con él. A ratos me quedaba un poco fuera, como si su pensamiento transitara al margen del carril. De niña tenía un juego educativo de esos que le gustaban a Magnus. Estaba formado por figuras geométricas de madera que había que encajar para formar una arquitectura. Cubos, rombos, trapecios, cilindros... El problema es que al final siempre faltaba alguna pieza que se había extraviado en algún cajón, o en el doble fondo del armario o vete a saber dónde, y el edificio se quedaba a medio hacer. En la vida también pasa lo mismo. Faltan piezas.

—Esto es lo que tenemos —dijo—: un ajuste de cuentas, una descarga de droga, un accidente de tráfico y tres niños desaparecidos.

Al otro lado de la ventana se perfilaba una amalgama de edificios altos, azoteas grises de cemento, salidas de humo y antenas parabólicas. Desde arriba, la ciudad de Vigo se veía plateada como el lomo de un pescado vivo. Estaba medio nublado, pero el cuarto se hallaba envuelto en esa luz acristalada que tienen los pisos altos.

—¿Cómo se come todo eso? —pregunté.

—No sé cómo se come —dijo rascándose la sien con un gesto mecánico, y entonces me di cuenta de que había algo que no me estaba queriendo contar. O tal vez estaba esperando el momento adecuado para hacerlo.

Llevaba una camiseta de algodón gris remangada por los codos y unos vaqueros desgastados de color rojo desvaído que le caían por encima de las botas. Me gustaba su manera de vestir intemporal y precisa, sin estridencias, fiel a alguna imagen que él debía de tener de sí mismo. Estaba inclinado hacia delante, deshizo minuciosamente el envoltorio del paquete de Winston. Hizo saltar los cigarrillos en la abertura como los tubos de un órgano a modo de ofrecimiento. Negué con un gesto.

Entonces inclinó un poco la cabeza hacia un lado con

el pitillo apretado entre los labios y lo encendió con un mechero Bic.

—El Triángulo de las Bermudas —repitió mientras mantenía el pulsador presionado. La llamita azul bailando en el aire.

De nuevo vi aquella chispa dentro de sus ojos, muy al fondo, algo íntimo y cómplice, un destello vivo e intermitente como la señal de un faro. Ahora es cuando viene la sorpresa, pensé.

21

Lo ignoraba todo sobre él. Pero me gustaba su manera de quedarse un poco lejos, como si quisiera limitar los daños.

Durante un homenaje a dos cabos del Seprona celebrado en septiembre de 2002 en el cuartel de la Guardia Civil de Vigo, el sargento Venancio Ortega se acercó a Lois Lobo y le confesó el motivo de su desazón. Llevaba veinte años obsesionado, tratando de esclarecer la desaparición de los hermanos Cadavid, y se iba a jubilar sin haberlo conseguido. Cada 12 de agosto el guardia civil seguía la tradición personal de echar al mar un saquito de pétalos blancos. Al principio, porque creía como todo el mundo que los niños habían muerto ahogados, después ya no pensaba eso, pero siguió haciéndolo igual porque le partía el alma que los chiquillos no tuvieran una mísera tumba adonde llevarles flores.

—Hay casos que se te atrancan dentro como una espina de bacalao —le dijo.

La entrega de medallas había coincidido con la inauguración de las nuevas dependencias del cuartel. El concejal de Urbanismo pronunció un discurso sobre las mejoras que se habían llevado a cabo en las instalaciones del edificio y las ventajas que supondrían los avances informáticos en la lucha contra la delincuencia organizada. Ortega estaba convencido de que, con el desarrollo de las bases de ADN, el asunto de los niños acabaría saliendo a la luz. «Pero yo ya no sé si lo veré.»

El sargento conocía a Lois Lobo desde que era un adolescente con acné que practicaba piragüismo en el equipo del instituto San Paio. Se había fijado en él porque andaba siempre en una motocicleta antigua, de las que aún tenían el cambio de marchas al lado del depósito de gasolina. Una Montesa. Solía llevar detrás a una jovencita de pelo largo. Algunas veces se los tropezaba por las tascas del casco viejo con los libros bajo el brazo y daba por seguro que los dos estaban faltando a sus clases. Caminaban de la mano por calles empinadas de piedra con balcones de hierro forjado y galerías acristaladas, en las que siempre había alguna mujer cosiendo que los miraba por encima de las gafas cuando se daban un arrumaco. Una noche hasta lo había visto improvisar un fado con la guitarra en la plaza de la Estrella, frente al Miño, y lo que más le llamó la atención fue que no lo hacía mal del todo.

—Nos salió poeta el remero. —Sonrió.

El primer encontronazo lo habían tenido estando fuera de servicio. El entonces cabo Ortega le dio el alto cuando lo vio bajar dando tumbos con la motocicleta por los escalones del callejón de las Benedictinas, a un paso de romperse la crisma contra un zaguán. Cuando lo cogió por banda, se dio cuenta de que trasudaba ginebra y que estaba más pálido que un muerto. Pero la reprimenda acabó derivando en una charla paterno-filial cuando entendió que el chaval tenía el corazón roto. Se lo llevo al bar Frómista, donde lo invitó a un café muy cargado y le soltó una filípica melancólica sobre el amor y otros inconvenientes.

A partir de entonces el guardia civil acabó adoptándolo como una oveja descarriada y se veían a veces. Más tarde, cuando Lobo volvió de Madrid, al acabar sus estudios de Periodismo, iba a visitarlo con frecuencia a su casa de O Rosal. Sin embargo, el guardia civil retirado nunca le había hablado del caso de los niños de As Covas hasta que ambos coincidieron en el acto de entrega de medallas en Vigo. De eso hacía aproximadamente un año y medio. Fue entonces cuando a Lobo también se le atrancó dentro la espina de bacalao.

Esta parte de la historia la fui reconstruyendo en parte con lo que Lobo me contó y en parte con lo que pude ir hilando por mi cuenta a partir de lo que dijo el propio guardia civil cuando fuimos a visitarlo para contrastar con él una serie de descubrimientos que se sucedieron en los dos días siguientes. Pero para eso faltaban aún algunas horas y unas cuantas incógnitas por despejar. Entonces yo aún estaba en las nubes, en el séptimo piso del bloque de viviendas de la avenida de circunvalación donde Lobo tenía su apartamento. Confiaba en descubrir toda la verdad, como si la verdad fuera un sello recortable por la línea de puntos. Creía en la posibilidad del conocimiento absoluto. No sabía que en la vida, a diferencia de las novelas, las certezas suelen ser cartas lacradas que tienen en su interior otras misivas, que a su vez encierran dentro otros mensajes, como las muñecas rusas. No imaginaba que saberlo todo era estar muerta.

Miraba por la ventana con el antebrazo apoyado contra el borde del alféizar: las vías de ferrocarril con sus trazados herrumbrosos, el monte Guía a un lado, las azoteas mojadas, los techos, las antenas, un pedazo húmedo de mar asomando entre los edificios mazacotes del extrarradio... Me sentía un poquito vapuleada por dentro, peleada conmigo misma, todavía aturdida por la excursión del día anterior al Espolón. Pero había recuperado el resuello y cierta autoestima, junto a mi camisa y mis vaqueros limpios rescatados del tendedero. Mantenía el empuje. En algún momento Lois Lobo había alentado en el hueco de su mano una llamita azul y me agarré a esa esperanza.

—Yo conocía el caso de oídas —dijo como si se dispusiera a hacer una confesión—. Cuando sucedió, aún no había cumplido los diecisiete y a esa edad sólo me interesaban las motos y las chicas, por ese orden —hizo un gesto de abanico con las manos—, pero es difícil no estar al tanto de las desgracias ajenas. Sobre todo si han ocurrido a pocos kilómetros de donde vives. A la gente de aquí le gusta saber que, por mal que le haya ido en la vida, siempre podía haber sido peor. Ya te habrás dado cuenta. Es una especie de filosofía autóctona. —Sonrió y aspiró una calada profunda mientras se le marcaban mucho los pómulos.

En ese preciso momento, al hacer ese gesto, tuve la impresión puramente física de conocerlo. De haberme tropezado con él antes, hacía mucho tiempo, en alguna de esas puertas de paso donde se cruzan las niñas pequeñas con los adolescentes guapos que ni siquiera las miran porque lo único que desean es salir al mundo a ver qué hay allá afuera. Lobo iba vestido como por la mañana, con los vaqueros rojos desvaídos. Se detuvo mientras expulsaba el humo como si recordara algo.

—Había un programa de Radio Tui, *La Brújula,* que cubrió el caso de forma extensa y bastante escabrosa. Cada cierto tiempo, el tema de la desaparición de los hermanos volvía a ponerse de actualidad porque alguien aseguraba haber visto a los niños en Portugal, o en una gasolinera de Porriño o en el *camping* de Samil... Es un patrón común en todas las desapariciones de menores. Me acuerdo de que en *El Correo de Tui* se llegaron a publicar retratos robot con el aspecto que podrían tener los dos hermanos con el paso del tiempo —dijo.

Era la primera vez que lo oía hablar tanto rato seguido. No era habitual en él. Pensé que tal vez estaba haciendo un esfuerzo para explicarme algo que no sabía decir de otro modo.

—Entonces, cuando encontraron los huesos en la excavación, ya llevabas mucho tiempo detrás del caso, ¿no es así?

—No creas —contestó—. No demasiado tiempo.

Alcé las cejas interrogante.

—En la facultad teníamos una asignatura en la que analizamos la cobertura mediática de algunos casos, el amarillismo de los tabloides, el sensacionalismo, la carnaza, toda esa mierda. Pero en aquella época el tema no me interesaba lo más mínimo. Andaba preocupado por el periodismo de altura y los grandes asuntos de mi generación: el asesinato de Olof Palme, la Perestroika, la caída del Muro, esa clase de cosas... No me fijaba en la letra pequeña. —Sonrió entornando un ojo como si le hubiera entrado un poco de humo—. Pero cuando el año pasado Ortega me contó algunos pormenores de la investigación, ya no pude dejar de pensar en ello. Ortega dijo algo que me hizo clic en el cerebro. Algo sobre una pescadilla que se muerde la cola. Él creía que en el pueblo todo el mundo sabía dónde estaban los niños. Al principio no entendí bien qué quería decir. Creo que se refería a la negación colectiva. Cuando hay una cosa que no acabo de entender, se me queda dando vueltas en la cabeza como el jodido *Bolero* de Ravel —dijo tocándose la frente—. Me obsesioné.

Había una nota de sinceridad o tal vez de justificación en sus palabras. Tras decir aquello se quedó absorto, como si tuviera algo entre ceja y ceja que no acababa de írsele del todo. Después apagó el cigarrillo en la concha de vieira que hacía de cenicero. Lo hizo a conciencia, hasta que la última brasa quedó totalmente extinguida.

—¿Lo entiendes?

Asentí para mis adentros. Aquello explicaba un par de cosas. Recordé en una ráfaga de segundo una mañana no tan lejana en la que de pronto me vi expulsada de mi paraíso provisional en el 57 de Larsbjørnsstræde, a miles de kilómetros, por la llamada telefónica de un desconocido a las ocho de la mañana de un miércoles de enero. Un día cualquiera en mitad de la semana con la radio sonando de fondo y nieve en la ventana. Parecía que hubieran transcurrido meses desde entonces. Las obsesiones.

Un caso que no se resuelve es una herida que nunca

acaba de cicatrizar. Se queda supurando dentro, en algún lugar de la conciencia, haciendo labor de zapa. Muchos policías reconocen haber tenido esa experiencia con algún suceso que les ha marcado. Algunos periodistas, por lo visto, también.

Lois Lobo abrió un cajón y sacó de su interior una caja metálica con llave que puso encima de la mesa. Contenía ocho cintas de microcasete. Y yo fui a sentarme donde él me indicó, en un extremo del sofá. Me apoyé sobre el reposabrazos, con las rodillas flexionadas hacia un lado, y me dispuse a escuchar.

La historia de las cintas tenía su miga. Antes siquiera de que aparecieran los cuerpos de los niños, Lois Lobo en sus horas libres ya había recorrido decenas de kilómetros por carreteras secundarias, municipios rurales y cofradías de pescadores para entrevistar a la gente. Muchos no accedieron. Otros en cambio sí lo hicieron. Empleados de gasolinera, curas, repartidores de correos, agricultores, mariscadoras... A eso lo llamaba él «pararse en una esquina a escuchar el viento».

El planteamiento era sencillo, según me explicó: «Cuénteme lo que haya oído, lo que sepa sobre la desaparición de los niños Cadavid. No tema comprometerse porque, transcurridos veinticinco años, el caso ha prescrito. Se trata simplemente de una acción humanitaria, localizar los cuerpos de los niños para darles una sepultura cristiana». Aquello la gente lo entendía. El que más y el que menos había pasado por algún naufragio en su familia y conocía la angustia que se vivía hasta que por fin aparecían los cuerpos. A veces tenían que trasladarlos desde alta mar o desde las costas de Irlanda hasta

Galicia para que descansaran en paz en el cementerio del pueblo.

Lobo no había ordenado las grabaciones cronológicamente, sino por secuencias narrativas. Luego había hecho una selección de las más determinantes y se había tomado el trabajo de transcribirlas y ordenarlas en un dosier. Cada transcripción tenía una extensión aproximada de seis o siete folios a doble espacio, y correspondían a una media de entre veinte minutos y media hora de conversación. Había grabaciones que no aportaban nada nuevo. Otras, sin embargo, me dejaron perpleja.

La más reciente estaba grabada hacía apenas veinticuatro horas. Cuando introdujo la cinta en el aparato y le dio al botón de reproducción, oí una especie de balbuceo ininteligible, pero al instante reconocí la voz de Sindo. Mi sorpresa inicial fue porque, cuando yo había quedado con él en el bar Tres Cantos, me había dejado muy claro que accedía a entrevistarse conmigo por los viejos tiempos, pero en ningún caso pensaba hablar con la prensa.

—Cambió de opinión —dijo Lobo encogiéndose de hombros.

No fue la única sorpresa que me esperaba. Lobo le dio al avance hasta encontrar el fragmento concreto que le parecía relevante.

La gente me miraba por encima del hombro como si fuera sospechoso de algo, sólo porque éramos amigos. Eso era lo que más me jodía. No me gusta recordarlo, porque sería como darles la razón a los hijos de puta. Yo sabía lo que pensaba Hugo. Con doce años, había aguantado más palos que todos nosotros juntos. Aquella tarde no podía volver a casa, ¿lo entiende? No podía y se acabó.

Lobo le preguntó por qué razón no podía volver. Y Sindo continuó:

Su padre había estado desbrozando una finca que tenía en el Xestal, a él le encantaba subirse al tractor. Había aprendido a manejarlo en secreto. Se le daba bien la mecánica. Pero el terreno estaba inclinado y el tractor se quedó atrancado. Intentó cambiar de marcha varias veces y aquello no se movía ni para delante ni para atrás. Se partió el eje del brazo hidráulico que atraviesa la caja de cambios. Hugo sabía que, cuando se enterase su padre, lo mataría. Fue entonces cuando lo decidió. Dijo que se largaba. No creo que pensara irse para siempre, sólo unos días hasta que se olvidara el asunto. Sus tíos tenían una casa en Caneira. Puede que pensara refugiarse allí. No lo sé.

Yo escuchaba la cinta con un clavo en el diafragma. Imaginaba a Sindo hablando con Lobo tal como lo había hecho conmigo, con los mismos gestos. Sus rasgos de adolescente se mezclaban con los del adulto que era ahora, con el flequillo entrecano, la pequeña calva rosada en la coronilla. Yo no recordaba que Hugo pensara irse de casa. ¿Cómo era posible que hubiera olvidado algo así? Volví a concentrarme en la grabación.

Cuando le conté a Hugo que iba a haber una descarga cerca del Espolón, vio el cielo abierto. Yo creo que pensó que, si participaba, podía conseguir lo suficiente para arreglar el tractor. Así que fuimos todos juntos en la chalupa de mi abuelo. Pero a mí algo me sonó raro desde el principio. Cuando llegamos al Espolón, tuve un mal presentimiento. ¿Que por qué me dio mala espina? No lo sé. Son cosas que se huelen, como cuando cambia el viento. Estaba todo demasiado tranquilo. Me pareció que había gato encerrado. Ya había pasado alguna vez que una operación funcionaba sólo como cebo. Alguien daba un aviso al servicio de vigilancia aduanera para que se presentara en el lugar. Era una forma de saldar cuentas que tenían los hombres de Mayoral júnior con los advenedizos que venían a meter baza en el negocio. Una manera de quitarse de encima a gente que le molestaba por alguna razón. Yo estaba con un pie fuera. Había visto a Paco Rinchas medio muerto cuando lo tuvieron que ingresar en el hospital. Quería dejarlo. Le dije a Hugo que nos largáramos de allí. ¿Que si me hizo caso? Pues no. No me lo hizo. Cuando se le metía una cosa en la cabeza, no había quien lo sacara de sus trece. Discutimos. Yo me largué y él se quedó. Fin de la historia. Dijo que ya volverían andando al bajar la marea. Y esa fue la última vez que los vi.

Lois Lobo intervino entonces para recordarle que a mí sí me había vuelto a ver hace poco. Lo hizo como de pasada.

Sí, a ella la vi después del entierro. Estuvimos hablando en el bar Tres Cantos. Dice que no recuerda nada. Es verdad que era muy pequeña, pero me cuesta creer que no estuviera al tanto. Ella y Hugo eran inseparables. Hay recuerdos que hacen daño y entonces la mente los borra. No la culpo por ello, pero que no venga ahora a juzgar a los demás.

En aquel momento Lobo me miró con una mirada fija que no supe interpretar y le dio al *pause*. No dije nada. Tragué saliva. En el fondo, Sindo tenía razón.

¿Y si mi cabeza hubiese borrado algunas imágenes? ¿Y si estuviese mezclando recuerdos ocurridos en días distintos? ¿Y si confundía los tiempos? ¿Y si todo hubiera ocurrido de otra manera? Era posible que las sensaciones que yo recordaba de aquel verano fueran engañosas. Aunque las conservaba con una enorme nitidez. Vivir a un paso de la playa, los helados de la tarde, el olor a crema protectora en los hombros, las toallas tendidas en la barandilla de la escalera, el viento en el pelo, el misterio del barco hundido, la misma idea eufórica de lanzarse a errar por el mundo y ducharnos al llegar a casa en la manguera del porche, todavía con el sol en la piel y la impresión de que durante todo el día habíamos sido felices. Tal vez lo fuimos. Yo lo fui. Y quizá Hugo y Nico también lo fueron a su manera. Al menos, en los períodos de calma, cuando la caja de los truenos permanecía cerrada y el sol rebotaba en el agua arrancando destellos puros de alegría. La felicidad era un helado de vainilla y duraba lo que duraba, hasta que de repente un balonazo rozaba en el tejado la antena de televisión, o se estropeaba la palanca del tractor, o el viento soplaba atravesado y las voces resonaban con más fuerza de la debida en la cocina. Y eso quería decir que alguien había vuelto a las andadas.

Me levanté del sofá y me acerqué a la ventana.

—Ya está acabando —dijo Lobo, como si me pidiera que aguantara un poco más.

Volvió a darle al *play* y la voz de Sindo sonó ahora más suavizada, con menos aristas. Casi dulce.

Mi abuelo siempre decía: la característica más sorprendente de la madera no es que arda, sino que flote. Con los recuerdos pasa lo mismo. Tú puedes hundirlos en lo más profundo del río, pero tarde o temprano acaban saliendo a la superficie.

22

Eché una ojeada por los anaqueles de la estantería. Fue un acto reflejo. Lo hago cada vez que pongo un pie en casa ajena. Mi manera de tantear el terreno. Algunos libros de historia. Varios clásicos del periodismo y el ensayo: Manu Leguineche, Kapuscinski, Susan Sontag... Poca narrativa de ficción: unos cuantos títulos de género negro y una colección entera de novelitas del Oeste que me sacó una sonrisa tierna. No le imaginaba a Lobo esas aficiones. Silver Kane, Donald Curtis, Edward Goodman, Marcial Lafuente Estefanía... Portadas con vaqueros y caballos al galope en paisajes áridos del Gran Cañón del Colorado, de aquellas que se compraban en los quioscos por cinco duros. Había también autores desconocidos para mí, un tal Jean Ray, una tal Annie Ernaux, un tal A. Rabinad y un montón de títulos descatalogados. Faltaba Proust. Faltaba Kafka. Faltaba Joyce. No era la biblioteca de un intelectual. Eso me gustó.

En una balda lateral de la estantería, detrás de un grueso volumen de *Grandes viajeros* colocado en horizontal, había una fotografía en la que se veía a Lobo de adolescente subido a una motocicleta, como recostado en ella indolentemente, los ojos mirando en una dirección diferente a la cámara, los antebrazos morenos de jinete de rodeo y algo en los ojos. Si nos fijamos bien, todo está ya en esas fotos de cuando empezamos a vivir: la curiosidad, la timidez, la determinación o la cabezonería, el amor propio. No son cosas que se puedan fingir. Están o no están. Sin amor propio, una persona está vendida al mejor postor. La verdad de Lobo estaba ya en aquella mirada a los dieciséis años subido en una Montesa. La mía se hallaba todavía en paradero desconocido.

—El secreto de la madera... —dije como si hablara para mí.

Lois Lobo había cruzado los brazos en el borde de la mesa y seguía observándome con la misma mirada reflexiva y fija de antes. Pero ahora también un poco indulgente, o eso me pareció, como si quisiera hacerme más llevadero aquel trago.

—No va a resultar fácil —dijo—. Si quieres, podemos dejarlo para otro día.

Negué con la cabeza. Llegados a aquel punto, ni se me pasaba por la mente una tregua. Veinticinco años de espera habían sido suficientes.

—De acuerdo —asintió con un gesto del mentón—. Entonces nos vendrá bien una copa. Tengo ginebra y whisky. ¿Qué prefieres?

—Un gintónic me vale.

Trajo las bebidas en una bandejita mínima de madera.

Todas las cintas estaban clasificadas con una pegatina en la carátula indicando el nombre y la profesión del entrevistado y una fecha.

Cinta n.º 2. Amelia Cortizo. Mariscadora. Septiembre de 2003.

Mira, *filliño,* lo de los nenos de Trasaugas es un cantar que viene de viejo. Donde hay un río, siempre hay chiquillos ahogados. Pero lo que pasó fue otra cosa bien distinta. Aquí había una manera muy fácil de saber quién andaba metido en líos, sobre todo entre la mocedad. No tenías más que fijarte en las motos o en los coches. Parecían indianos recién llegados todos de la Argentina. Veías a unos chavales de veintipocos con caras de mendrugos conduciendo uno de ésos y ya estaba. A ver de dónde iban a sacar el capital. De la herencia de un pazo no iba a ser. Una vez pregunté: ¿Y luego estos galopines dónde trabajan? *Pois andan ao mexilón na Lamiña.* Ahí lo tienes. Más claro, agua. Y si además los ves dándose una mariscada en el restaurante de Hixinio Mayoral, *pois que máis queres saber, meu fillo.* La cosa no tiene mucho misterio.

Cinta n.º 3. José Pintos Ramírez. Chapista. Octubre de 2003.

Un día volvíamos de El Corte Inglés de Vigo mi mujer y yo, y encontramos al hijo de Rinchas a la entrada del pueblo tirado en la calle. Pero tirado tirado. Atravesado en la acera. Medio muerto. Lo metimos en el coche para acercarlo a su casa. El chaval nos iba guiando como podía. Vivía por la cuesta de la Corticeira. Nosotros no sabíamos bien qué le pasaba. Todo estaba empezando. Cuando llegamos, la madre nos ayudó a tumbarlo en el sofá y llamó corriendo por teléfono a la farmacia de Santiso. La pobre mujer estaba destrozada. No hacía más que secarse las lágrimas con un pañuelo. El chaval no quería ir al hospital ni a rastras. Ella se acercó a la ventana y señaló con el dedo un coche blanco matrícula de Madrid y un Audi azul marino. Ése y aquél, dijo. Los que estaban matando a su hijo aparcaban delante de su propia puerta. Eso lo presencié yo. No me lo tuvo que contar nadie. Ahora usted saque las conclusiones que le parezca, que para eso es periodista.

Cinta n.º 4. Diotina Cadavid. Ama de casa. Noviembre de 2003.

Pues claro que era un alcohólico. Todo el mundo lo sabía. Bebía con los de un lado y con los de otro, porque así eran las cosas. Pero como tantos otros. No es que mi hermano Manuel fuera peor que los demás. No le gustaban las habladurías, eso no. Y en los pueblos, ya sabe... Tenía su genio. Ahora ya no lo tiene. Ni genio ni otra cosa. No tiene nada. Sólo está esperando a que le cante la lechuza.

Cinta n.º 5. Benito Fraguas Agulló, el Badanas. Taxista. Enero de 2004.

Lo raro es que no les pasara algo antes. Siempre andaban por el medio, *carallo.* Aparecían por donde menos debían. Si íbamos al pinar con las chicas, allí los teníamos pegados como lapas, dando la murga. Cuando andábamos en algún encargo, igual. Les gustaba rondar por el caserón de los jesuitas. Un día les dimos un susto, a ver si los espantábamos, pero ni por ésas. Eran una gota malaya. Yo estaba hasta las narices de los putos críos. Pero nunca les toqué un pelo, ¿eh? Eso no. A ver si se cree que en este pueblo somos animales, veas tú. Iban los tres juntos a todas partes, como la Santísima Trinidad. Siempre por medio estaban. Alguna lata de cerveza les tiramos a la cabeza, pero nunca les hicimos nada. Yo me limitaba a cumplir con mi trabajo. A mí me decían recoge a fulanito en tal sitio, y yo lo recogía. Me decían hay que deshacerse de unos fardos en tal otro, y yo cavaba un agujero donde me indicaban y punto. Muchos *buratos* cavé en esta vida. No preguntaba ni por qué ni para qué. Eso lo sabían otros. Cuando se hacía la descarga, los hoyos ya estaban abiertos desde un día antes lo menos para que los porteadores sólo tuvieran que depositar la carga y salir pitando. El curro, en fin. Participé en descargas ilegales de tabaco y de lo que se terciara. Eso no es ningún secreto. Ya pagué por ello. Estuve tres años en el trullo, por si no lo sabe. Pero que ahora me vengan con éstas, no lo aguanto, rediós. Que vengan ahora con esos cuentos... El padre de Mayoral sería lo que fuese, pero su hijo nunca anduvo en cosas de chiquillos, que yo sepa. Le gustaban las mujeres como a cualquiera. Veas tú. Todas eran mayores de edad y sabían lo que hacían. Lo que pasó, pasó. Alguien tendrá que saberlo. Yo nunca voy a subir a un estrado para delatar a nadie porque no soy ningún soplón. Pero lo que tampoco voy a hacer es cargar con culpas de otros, como hice antes. Hace tiempo que me quité de todo eso. A los veinte años, lo que quería era ganar dinero, reventarlo con mujeres, tener una Ducati, volar a ciento ochenta por hora... A ver quién no. Veas tú. Pero luego te das cuenta de que eso no es para nosotros, somos gente de abajo, venimos del común. Esa vida no nos sale. Ahora trabajo con el taxi, cumplo mi horario y, cuando acabo, me vuelvo a casa con la familia. Tengo un crío de tres años y los domingos lo llevo al parque de Castrelos. No me sobra el dinero, pero vivo tranquilo y no le tengo que rendir cuentas a nadie. Yo ya le dije lo que sé. Pero eso que me pregunta no se lo puedo confirmar, ni en un sentido ni en otro. Si quiere saber más de lo que pasó, tendrá que ir a preguntar a otro lado. A ver qué le dicen.

Cinta n.º 6. Miguel Taboada Fraguas. Agricultor jubilado. Enero de 2004.

Mire, yo lo que tenía que decir ya lo dije en el cuartelillo de la Guardia Civil. No sé qué hago aquí con usted, la verdad. Debe de ser porque ya voy para viejo y los viejos no sabemos decir que no. Quién iba a pensar que después de tanto tiempo iba a estar hablando con un periodista de lo que pasó. Yo los periódicos no los leo porque no tengo vista para una letra tan pequeña. La radio sí que la escuchamos en casa de siempre. Dice usted que la gente calla sobre aquello. ¿Y qué pensaba? ¿Que la gente no tiene otra cosa que hacer más que amargarse y amargarse y no dejar nunca de amargarse? Aquello fue una desgracia. Y las desgracias son cosas de Dios, o del demonio, que muchas veces pescan juntos en la misma charca. Yo estaba quemando unos rastrojos en la Boullosa. Ya sé que está prohibido. No vaya a pensar que soy ningún pirómano, llevo quemando rastrojos desde que nací y algo de cómo hay que hacerlo aprendí. Al ser festivo, pensé que no vendría nadie a fisgonear. Serían más de las siete, pero todavía había luz para rato.

Estaba apagando ya los rescoldos con unas *xestas* cuando vi a los dos chiquillos caminando por el arcén de la carretera vieja de Caneira. Aquí la gente tiene la costumbre de pasear por el arcén como si fuera por una acera. Me acuerdo que pensé que cualquier día íbamos a tener una desgracia. Aunque no es una carretera muy transitada por turismos porque siempre hay vehículos agrícolas que entorpecen el tráfico y la gente prefiere ir por la general. A la altura de la fábrica de Cuétara vi que paró un coche y se subieron los dos. ¿Que si estoy seguro de que eran dos? Pues claro que estoy seguro, hombre. Que ciego no estaba. Eran dos críos, uno espigado y el otro bajito. Dos niños normales y corrientes, como tantos de por aquí. No había niña ninguna. Ya se lo dije. No veo por qué iba a parecerme raro que subieran al coche. Aquí las fincas están dispersas y acostumbramos a ir andando de una a otra por el arcén de la carretera, como le contaba. Cuando te ve algún vecino con coche, lo normal es que pare y te acerque. El coche me pareció un Seat 127 blanco, pero de eso no estoy muy seguro. Entonces había muchos de esa marca. Quién iba a pensar nada. Ni siquiera cuando desaparecieron los niños de As Covas relacioné una cosa con la otra, porque todo el mundo dio por hecho que las criaturas se habían ahogado. No fue hasta mucho después, cuando apareció la mochila de uno de ellos en la pista forestal, cuando ese guardia civil empezó a preguntar por el coche blanco.

Una lluvia muy fina punteaba la ventana y difuminaba a lo lejos las luces de las casas que empezaban a brillar. Estaba oscureciendo. Yo recorría de un extremo a otro el cuarto como un puma con el corazón acorralado. Lobo encendió una lámpara de pie y el flexo que iluminaba la mesa de caballete. Oí el tintineo del hielo rozándole los dientes cuando se llevó el vaso de whisky a la boca.

—¿Crees que es el mismo coche que tuvo que ver con el accidente que hubo después? —pregunté como si hablara del argumento de una novela que nada tenía que ver con mi vida. Tenía la impresión de que la vida era una obra que transcurría fuera, en la que yo no representaba ningún papel. En la que no me jugaba nada.

—Podría ser. Hay otro testimonio que sitúa el coche en las inmediaciones.

Lobo introdujo el siguiente casete en la grabadora.

Cinta n.º 7. Eladio Contreras. Guardia forestal. Enero de 2004.

Sí. Era un Seat 127 blanco. Parecía que andaba inspeccionando el terreno. Pensé que sería un empleado de la cooperativa, porque me pareció que el conductor llevaba un mono de faena y una gorra azul de visera que le tapaba parte de la cara. Iba un hombre solo. Yo por lo menos no vi a nadie más en el coche. Paró en dos ocasiones y volvió a tirar monte arriba. Estuvo un buen rato entre los eucaliptos. Pasaría casi una hora. Luego dio la vuelta cuesta abajo, dejando una polvareda de mil demonios. Iba a demasiada velocidad teniendo en cuenta que era una pista estrecha. Al día siguiente me enteré del accidente de la furgoneta de Agrocan. Por la hora, podía tratarse del mismo coche que dice. No lo sé. Dicen que se dio a la fuga. Si lo llego a saber, me habría fijado...

—Que yo sepa, el padre de Hugo no tenía coche, ni blanco ni de ningún otro color —dije.

—Lo sé.

Lobo tensó la mandíbula como si estuviera a punto de añadir algo más, pero no lo hizo. Sólo dejo el vaso a un lado, cambió el casete y le dio a la tecla de reproducción.

Cinta n.º 8. Manuel Arias Corbacho. Párroco de As Covas. Enero de 2004.

Como comprenderá, no voy a dar nombres que están amparados por el secreto de confesión. Pero de la misma manera que le digo que supe del enterramiento, también le digo que no sé de nadie que tuviera que ver directamente con la muerte de los niños, que Dios los tenga en su gloria. Para mí fue un accidente. Lo que le puedo contar es que una noche, de eso hace como veinticinco años, se me presentó en casa un hombre. Yo no lo conocía, pero venía de parte de un vecino principal de la parroquia. Era un hombre bien trajeado, educado, no parecía ningún delincuente, desde luego. Me pidió que lo acompañara. Se trataba de bendecir un terreno en una zona arbolada cercana, me dijo. Yo le expliqué que ya no había costumbre de hacer eso con las tierras, ni siquiera se hacía ya con el ganado. Pero el hombre parecía decidido. Lo acompañé en el coche. Llevaba conmigo el hisopo y el rosario. Llegamos al sitio con día. Yo seguí el ritual litúrgico mientras el hombre permaneció en pie a mi lado con la cabeza inclinada en señal de respeto: «Te pedimos señor que el agua bendita que vamos a derramar bendiga esta tierra y reavive nuestro bautismo en la muerte y resurrección de Cristo y con ello la promesa del perdón de nuestros pecados. Amén». Se preguntará por qué no dije nada del asunto ni lo denuncié a la Guardia Civil. ¿Y qué iba a denunciar? Que yo sepa, no es un delito bendecir la tierra. Luego fui sabiendo más cosas, como todo el mundo en el pueblo. O si no, como todo el mundo, al menos como algunos. Los había que iban por allí y dejaban flores. Nada de coronas ni ramos que llamaran la atención, flores sencillas de la tierra: mimosas, campanillas, margaritas, plumachos... Es lo que suele hacerse en los accidentes de carretera o en los sitios donde alguien encontró una mala muerte. Las mismas flores se pueden ver en la finca de los jesuitas, donde murieron cientos según dicen. ¿Quién las deja? Ah, eso no se sabe. Cualquiera. Aparecen como por milagro. Ahí fue cuando empecé a barruntar yo que podía haber algún cristiano enterrado en el monte. Luego, de buenas a primeras, dejaron de hacerlo. Por miedo, a lo mejor. Aunque si quiere saber mi opinión, yo creo que un día alguien cambió los restos de sitio. Los trasladó desde la pista forestal al monte de Santa Tecla, donde aparecieron finalmente. El porqué no lo sé, aunque me lo puedo imaginar. Hay muchas santeras por aquí, ¿sabe? En esta zona tienen el castro por un lugar sagrado, la gente del mar es supersticiosa y andan a vueltas con los dioses de un lado y de otro sin saber a cuál quedarse. Para ellos los muertos no son propiedad de nadie, pertenecen al monte, a la costumbre y a las creencias del lugar. Aquí los antiguos cultos paganos nunca acabaron de desaparecer del todo. Falta mucha catequesis aún por hacer. Algunos feligreses cogieron la costumbre de santiguarse antes de llegar a las ruinas celtas. Eso ya le puede dar una idea. Según tengo entendido, en el enterramiento fueron apareciendo también otras cosas: canicas, pelotas de pimpón, trozos de tiza... Cosas de críos. Son las tradiciones antiguas, supercherías, ya le digo. Ahora bien, de la misma manera que le digo eso, también le digo que a la Virgen del Carmen se le tiene aquí mucha devoción. Una cosa no quita la otra. Pueden ser infieles, pero desalmados no son. Yo creo que, cuando dieron la licencia para iniciar las excavaciones arqueológicas, lo que quería todo el mundo era que encontrasen de una santa vez los restos de los chiquillos y los enterrasen como Dios manda en el camposanto de la iglesia, como luego ocurrió, gracias a Dios. Así que, visto lo visto, no creo que hiciera mal ninguno. Hubiera sido mucho mejor haberlo descubierto antes, claro está. Pero quién sabía nada entonces. No se equivoque, éste no es el pueblo de Herodes. Aquí, como mucho, la gente intenta tapar grietas, reparar como puede los males del mundo.

—Manda cojones con el cura —dijo Lobo echándose hacia atrás en el respaldo de la silla, como si acabara de regresar de un viaje a un país muy lejano.

Yo lo miraba con atención, interrogante. No había tenido tiempo de asimilar toda la información. Necesitaba oírle decir a él lo que pensaba, quería escuchar un veredicto. A veces ocurre que hasta que una idea no se verbaliza, es como si aún no existiera. A mí me pasaba eso. Estaba como ralentizada, sin voz. Sentía cómo tantos años después de ser arrojados en un hoyo solitario de un bosque de eucaliptos, en algún lugar del Baixo Miño, el recuerdo de los niños seguía reclamándome algo. Iba a servirme un poco más de ginebra, pero él me disuadió con un gesto.

—Nos vendría bien comer algo antes de continuar —dijo—. ¿Qué te parece si bajamos a tomar algo por el barrio?

23

No tenía hambre, pero me pareció bien. Necesitaba salir, que me diera el aire húmedo en la cara. Anduvimos callados por la acera, Lobo caminaba a mi izquierda, a ratos lo sorprendía mirándome a hurtadillas de perfil. Algunos locales estaban bajando las persianas metálicas. Se oía el fluir lejano de la autovía como un zumbido de fondo. Era un barrio singular. Una mezcla de rural e industrial urbano. Con algunas casas bajas y huertas en medio de edificios de diez plantas, con talleres en bajos desconchados y paredes grafiteadas, algún descampado con grúas de construcción y patios de ropa tendida. Un sitio real con socavones, donde la gente se saludaba con una sonrisa o una palmada en el hombro al pasar. Camaradería antigua de barrio obrero. A Lobo le pegaba ese ambiente. Había muchos mundos dentro de una ciudad, y aquél en concreto era el suyo.

Me señaló el restaurante desde la esquina. Un local sencillo. No se habían roto la cabeza buscándole el nombre. Pizzería de Teis, y punto. Mantel de cuadros rojos y blancos, sillas de madera y un horno de leña ardiendo. No había mucha gente, la habitual entre semana. El encargado saludó a Lobo con cercanía y luego me miró a mí con esa curiosidad precavida que se dedica a los forasteros en los salones del Oeste. Nos señaló una mesa lateral con taburetes altos al lado de la ventana, junto a una columna cuadrada. Pedimos dos cervezas, una ensalada Caprese y una pizza napolitana. Allí al calor de las brasas, mientras la masa se iba horneando, seguimos la conversación.

—Ya tienes tu reportaje... —dije.

—Casi —contestó él, y se rascó inconscientemente la nuca.

—¿Cuánto de todo esto sabías cuando me llamaste a Copenhague?

—Algo. Más bien poco.

—Ya..., ¿y ahora qué sabes?, si puedo preguntártelo.

—Algo más sabemos. Todos los testimonios apuntan en la misma dirección —dijo, y dio un trago largo a la cerveza antes de seguir—: Si un asunto me interesa como periodista es el de la negación colectiva. Lo que late detrás de esta historia en el fondo es el hecho de que algunos individuos, por no decir una comunidad entera, llegaron a normalizar una tragedia que se veía venir de lejos y miraron para otro lado.

—Los testimonios no constituyen un dictamen ni equivalen a una presentación de pruebas —dije.

—No, pero abren la puerta a las comprobaciones. El testimonio más directo que tenemos es el de Miguel Taboada, que sitúa a los niños el 12 de agosto subiendo a un coche a la altura de la fábrica de Cuétara sobre las siete de la tarde.

—¿La Guardia Civil no intentó rastrear el Seat 127?

—Lo hizo, aunque demasiado tarde. Ten en cuenta que al principio la única hipótesis que se barajaba era que a los niños los hubiera arrastrado la corriente. Pasaron meses antes de que se contemplaran otras alternativas. Tiempo más que suficiente para borrar cualquier rastro.

—Hasta que apareció la mochila de Nico...

—Sí. Eso cambió las cosas. Exploraron el terreno palmo a palmo. Aparte de la mochila, encontraron todo tipo de objetos entre los eucaliptos: zapatos, botones, latas de cerveza, una horquilla del pelo... Pero no se pudo establecer ninguna relación de esos objetos con lo sucedido. Prácticamente se expurgó el bosque con picos, palas y rastrillos sin que apareciera nada de los niños, y al final la búsqueda se dio por terminada. Fue entonces cuando Rosalía Freire perdió la cabeza. Había días que salía a la puerta y llamaba a los niños para que fueran a merendar, o iba a buscarlos a casa de algún vecino. Ortega empezó a considerar el caso bajo otro prisma.

—¿Otro prisma?

—El punto de vista es la clave de cualquier investigación. —Lobo me devolvió la mirada con una ceja más elevada que la otra y un destello de la luz del techo bailándole en el iris—. La primera consideración es que el contrabando estaba empezando a producir resultados económicos enormes e inmediatos. Entre los que se repartían el pastel, puede que tuvieran sus más y sus menos, como insinúa Sindo en la entrevista. Pero para unos y otros estaba claro que la presencia de unos niños en su zona de operaciones podía complicar mucho las cosas.

Ladeé la cabeza y miré por la ventana. La acera brillaba con un reflejo azulado por la lluvia. Trataba de colocar en su sitio los trozos sueltos que conservaba acerca de lo ocurrido. Mi pensamiento me llevó de vuelta al Espolón del Portugués, a la arena húmeda y reluciente de las cuevas donde la resaca era especialmente peligrosa porque el oleaje cambiaba con rapidez y ejercía mucha succión entre las rocas. Fue allí donde Hugo me dijo que los esperase. Pero tardaban mucho. A lo lejos había un resplandor tan fuerte que sólo verlo contraía la garganta. Tal vez me cansé de esperar. Quizá tuve miedo e intenté volver por mis medios. No sabía qué hora era. Sólo sabía que estaba sola y tan cansada que realmente pensaba que ya estaba muerta. Bebí un trago largo de cerveza y miré a Lobo. A veces me daba la impresión de que sabía más cosas de mí de las que yo misma sabía.

—¿No crees que existan otras explicaciones?

—Claro que existen. Las posibilidades son infinitas: venganza, trata, extorsión... En las semanas siguientes, la Guardia Civil intentó encontrar algún móvil y se puso a buscarlo entre los libros de contabilidad. Ortega hizo un seguimiento exhaustivo de los movimientos bancarios de Cadavid, por si tuviera alguna cuenta pendiente. Y ahí encontró algunas cosas interesantes.

—¿Qué cosas?

—La familia pasó a estar en el punto de mira. Según las estadísticas, la mayoría de los niños asesinados mueren a manos de sus parientes más cercanos. —Lobo miró hacia el exterior, donde se adensaba la noche, una ávida oscuridad—. La teoría de Ortega es que Cadavid se llevaba a matar con la familia de su mujer.

Lo miré con extrañeza, pero de pronto, no sé por qué,

se me aceleró el pulso, como si mi cuerpo hubiera reaccionado por anticipado ante algo que mi mente aún no había tenido tiempo de procesar. El problema familiar en sí mismo no quería decir nada, ni resultaba un dato ni más ni menos significativo que cualquier otro para entender lo ocurrido, pero tenía a favor esa clase de crudeza que aparece en los lugares comunes de la vida en el momento más inesperado.

A continuación Lobo empezó a describir detalles, indicios y conjeturas que le había confiado el teniente Ortega para poner a prueba su hipótesis respecto al cómo y el porqué. Dicha teoría por supuesto no se correspondía con la visión que podía tener una niña de ocho años. Sin embargo, encajaba más o menos en la composición de lugar de una mujer de treinta y tres.

Conforme él iba hablando, empecé a vislumbrar la atmósfera cargada de un pueblo con una carretera oscura, un pasado envenenado, perros ladrando, días de viento, peluquerías baratas, puestas de sol agotadoras y una generación entera asomada al futuro del dinero fácil y las motos de gran cilindrada.

La composición de lugar.

Intentaba darle un sentido narrativo a todo lo que Lobo contaba porque ésa era la única manera en la que yo podía acercarme a entender algo. Se me había vuelto todo demasiado complejo y no alcanzaba a ver el fondo del bosque. Necesitaba convertir lo sucedido en un relato al uso, con planteamiento, nudo y desenlace. Necesitaba una voz narrativa que me permitiera observar los hechos desde fuera, como en las viejas historias contadas como siempre se han contado. Escuchar era un intento de abarcar con la imaginación o con el recuerdo el paisaje en el que habían ocurrido los hechos.

Algunos días el aire se condensaba en la barrera de eucaliptos con un olor especialmente denso que embotaba los sentidos. Los problemas del matrimonio empezaron desde el mismo momento de la boda. Las parejas infelices se parecen tanto que no hace falta saber gran cosa sobre ese particular. Puede que hubiera problemas económicos por medio o puede que no los hubiera. Puede que Cadavid tuviera sus tratos con Hixinio Mayoral júnior. Parece probado que los tenía. Puede que la pérdida del trabajo en el taller lo llevara a una depresión. El verano no era buena época para estar hundido. Sobrellevaba la situación haciendo trabajos ocasionales en la cetárea. Parece que pidió un crédito en el Banco Pastor y se lo denegaron. Más tarde volvió a intentarlo en la Caja de Ahorros y esa vez se lo concedieron con un aval de Hixinio Mayoral. Compró un tractor, le regaló a su mujer un reloj y empezó a frecuentar un puticlub de carretera en Os Ánxeles. Resultó ser un verano agobiante. En mayo había estado hospitalizado brevemente por una úlcera sangrante. En el mes de julio las tensiones convencionales domésticas y de liquidez llegaron a un punto crítico. Fue entonces cuando Cadavid le compró a Andrés de Lourido una partida de pinos que en realidad no eran propiedad del brasileño, sino de un hermano de éste. El asunto dio lugar a una disputa con lesiones en la que acabó por intervenir la Guardia Civil, aunque finalmente se llegó a un acuerdo entre las partes. Sin embargo, la racha de problemas no acabó ahí.

El 12 de agosto empezó como un sábado de lo más

ordinario, uno de esos días que le hacen a uno crujir los nudillos con sus pequeñas desidias. A Manuel Cadavid le habían rechinado los dientes toda la noche y se levantó con dolor de muelas. Los días festivos, con la banda de música, el pasacalle y todo el mundo de punta en blanco, le resultaban particularmente desagradables. A las 12 del mediodía la temperatura llegó a 33° a la sombra, lo que para una localidad con una media anual de 13,2° podía considerarse una perturbación importante. A la hora de comer, la familia almorzó unas milanesas con patatas fritas. Después de la sobremesa, Rosalía Freire se dio cuenta de que el horno no estaba para bollos y mandó a los niños a jugar a la calle. Ella se quedó adormilada un rato delante de la tele. Él intentó aplacar el dolor de muelas a sorbitos de anís. A las cinco de la tarde Cadavid salió rumbo a la finca del Xestal donde tenía el tractor y ahí descubrió un problema en el eje hidráulico de la caja de cambios. Debía treinta mil pesetas, sin contar la hipoteca de la casa. Del Xestal se fue directamente a la taberna porque no quería perder los estribos antes de tiempo. Su hijo mayor siempre había sido un problema, parecía que su madre se fiase más de él que de nadie. Tenía muchos humos y él sabía cómo bajárselos, pero debía proceder con cautela si no quería que su mujer cogiera a los niños de la mano y se fuera a Caneira delante de sus narices, como había hecho otras veces. No iba a permitir que se marchara de casa cuando a ella le diese la real gana, y menos en plena fiesta patronal. Lo único que Cadavid no estaba dispuesto a tolerar era que los vecinos lo tomaran por un manso. Fue en el bar Tres Cantos donde oyó aquella frase a su paso: *Que contas, Manuel?, seique che bo-*

*tou a parenta...** Después una oleada de risas recorrió la barra atizando el fuego a su espalda. No era la primera vez que oía este tipo de chanzas, estaba más bien harto de oírlas. Le invadió un sudor frío, aunque tenía la boca seca. Pidió un coñac, encendió un Ducados y lanzó el humo hacia arriba, ignorando el comentario, como si tuviera ganas de pensar en sus cosas. Las deudas le provocaban ardor de estómago, pero los chascarrillos le hacían hervir la sangre por dentro como un tanque de gasoil. Regresó del bar con la cabeza caliente y preguntó por los niños a voces desde la puerta. Su mujer no respondió. Entonces él dio un portazo y supo adónde tenía que ir a buscarlos.

Más que la avería del tractor, lo que le encolerizaba era que su familia política anduviera metiendo siempre la nariz en sus asuntos. Por haberle sacado alguna vez de un apuro, no tenían derecho a inmiscuirse. Esas cosas le nublaban la vista. Le hacían crujir los nudillos. Cadavid aún conservaba la llave del taller en el que trabajaba hasta hacía pocas semanas y se las arregló para tomar prestado uno de los coches aparcados en la nave trasera que ya había pasado la revisión. Salió del pueblo por la carretera vieja. A los diez minutos se encontró a los dos niños caminando por el arcén a la altura de la fábrica de galletas. El pequeño llevaba en la mochila sus cosas y la merienda. Los hizo subir en el asiento trasero de buenos modos. Nadie sabe lo que pasó dentro. Es probable que el mayor se revolviera. Es probable que a él se le fuera la mano. En algún momento, inexplicablemente, debió de

* ¿Qué cuentas, Manuel?, parece que te echó de casa la parienta...

hacer que los niños se desnudaran, ya que la ropa de éstos apareció perfectamente doblada al pie de un muro, en una zona de fuertes corrientes no apta para el baño. Y éste era uno de los puntos más confusos para la investigación, lo que llevó al teniente Ortega a pensar en otras hipótesis, como un plan fallido. De acuerdo con su teoría, algo se había torcido en aquel terraplén y es posible que entonces Cadavid hubiera entrado en pánico. No es fácil averiguar qué pudo llevar a un padre de familia que todavía confiaba en salir adelante a meterse en un coche con el capó recalentado por el sol y planear cómo deshacerse de sus hijos.

La escena principal pudo tener lugar en el interior del automóvil o en la pista forestal, eso nadie puede asegurarlo con certeza. Tal vez les suministró algún fármaco de los que le recetaba el médico, como si todo lo que iba a suceder no hubiera sucedido aún. Quizá no pensó en nada. Hora y media más tarde el coche circulaba a ciento cincuenta kilómetros por hora cuando se encontró de frente con una furgoneta de Agrocan. Consiguió esquivarla como pudo, sin sufrir ningún desperfecto. Después aparcó el coche en la nave del taller, colgó las llaves en el tablero de la entrada y se fue para su casa andando despacio. A las 21:30 su mujer le dijo que los niños aún no habían vuelto a casa. A partir de ese momento Manuel Cadavid volvió a comportarse como el padre de familia que era, cogió el teléfono y dio parte a la Guardia Civil.

Sentí un vértigo distinto al habitual, como si algo se estuviera desprendiendo de mi memoria, igual que la telaraña de un sueño, y de pronto algunos retazos de recuerdos que flotaban inconexos empezaron a encajar a toda velocidad dentro de una misma secuencia. La puerta del cobertizo abierta, el sol cayendo a plomo, Amelia Cortizo apilando unos canastos detrás de su casa, el vértigo al saltar la cerca de Andrés de Lourido, mi voz llamando a Hugo y a Nico a gritos por la tarde, con un sonido de eco, como si viniera del fondo de los tiempos. Dejamos la ropa doblada junto al muro. Las sandalias bien alineadas. Chapoteamos en el agua, salpicándonos entre risas mientras esperábamos para cruzar al Espolón. Teníamos una misión allí, de eso estaba casi segura, y debíamos aguardar el momento indicado. Ni antes ni después. Pero entonces ocurrió una cosa. Una cosa que lo cambió todo, que acortó por así decirlo el horizonte, aunque sigo sin saber por qué sucedió.

Alguien se acercó a Hugo por el camino de tablas que había entre las dunas, una mujer alta, con el pelo castaño, vestida de luto, que le dijo unas palabras al oído. Podía ser una vecina o alguien de la familia, aunque yo nunca la había visto antes. O igual sí. De algo me sonaba. La nariz pequeña y picuda, como de ave. Naturalmente, también cabía la posibilidad de que aquella presencia fuera sólo la figuración que una niña de ocho años había elaborado por su cuenta. Andaba de un modo raro, sin apoyar apenas los talones en el suelo. Tenía ese recuerdo claro. La forma en que Hugo bajó la cabeza ante ella y se puso a mirarse la punta de los pies como si se le hubiese caído una moneda al suelo. Ahí se acabaron los juegos. Nico y él se fueron tras aquella mujer descalzos por la arena, sin hablar, caminando deprisa los tres en fila india. Antes Hugo le ordenó a su hermano que recogiera la mochila del muro. A mí sólo me dijeron que tenían que irse, que no sabían si iban a volver, no estaban seguros. Pero no me preocupé. Pensé que sería como cuando su madre los llamaba para que llevaran a reparar una nasa al taller de María Codesal o a hacer cualquier otro recado. Me quedé esperándolos. Siempre volvían. Además, se habían dejado las toallas y la ropa en el muro, sólo se llevaron la mochila de Scooby-Doo. Mientras los esperaba, me puse a hacer un castillo en la arena. No sé cuánto tiempo pasó, ya no quedaba casi nadie a aquella hora tardía: una señora recogiendo una sombrilla a lo lejos, un nenito vaciando un cubo en un pozal, una pareja jugando a las palas más allá de las dunas. Empecé a pensar que a lo mejor me habían contado una mentira para librarse de mí, como si yo fuera una niña pequeña con la que no se pudiera contar, o como si no me creyeran capaz de nadar tan lejos como ellos, igual que cuando Hugo me decía que me fuese a jugar con las gemelas Quintillán. Me entró tanta rabia que le di una patada al castillo de arena y me quedé enfurruñada en la orilla, mirando el horizonte con una mano a modo de visera.

Entonces vi el rastro blanco del primer cohete de la fiesta en el cielo. Quizá en ese momento Hugo y Nico estuvieran ya en el interior de un 127 blanco en la carretera de Caneira, o acaso en una zanja de la pista forestal. La marea estaba subiendo, aunque el agua no estaba tan fría como por la mañana, cuando habíamos ido con Sindo en la chalupa antes de que él y Hugo se pelearan como dos gallitos. Unas ideas me iban y otras me venían. Lo pensé para mí durante un minuto, quizá dos. La arena estaba volviéndose gris. Al final me atreví a cruzar sola, asustadísima. Tenía que demostrar que podía hacerlo.

No me gustaba el sonido pavoroso que hacía la resaca del mar al retirarse, pero menos me gustaba que mis amigos me dejaran fuera de sus planes. Algo tenía que pasar aquella tarde en el Espolón, estaba segura y no quería perdérmelo. Entonces empecé a nadar con todas mis fuerzas hacia el final de aquel verano que ya no nos pertenecía.

—Todavía quedan muchas lagunas —dijo Lobo.

Ya me había dado cuenta de que la hipótesis no explicaba todas las circunstancias, ni mucho menos. Pero tenía más solidez que ninguna de las versiones que se habían barajado desde el principio y estaba reforzada por algunos de los testimonios recientes.

—Nada está claro del todo —continuó. Hablaba como si se hubiera resignado a pensar que la verdad íntegra quizá nunca llegaría a ser del dominio público y que las pocas personas que la conocían de primera mano se la habrían llevado consigo al otro mundo, dejando sólo entrever ángulos sesgados—. Pero así son las cosas con la verdad —dijo mirando de nuevo hacia la calle—. La verdad nunca está en la misma habitación en la que tú estás. Nunca viaja en el mismo tren. Nunca puedes contar con ella cuando la necesitas.

Algo en mi interior se estremeció, pero no supe por qué.

Pensaba en el testimonio del párroco. La idea de que Cadavid hubiera depositado los cuerpos en una fosa de la pista forestal desmentía la impulsividad del acto y demostraba la existencia de cálculo y premeditación.

—Una zanja no se cava en un abrir y cerrar de ojos —dije.

Lobo terminó de un trago la cerveza y asintió con un gesto.

—Es posible que Cadavid tuviera constancia de que había un hoyo ya abierto entre los eucaliptos desde días antes con algún fin, probablemente para ocultar un alijo reciente. Tal vez incluso lo cavó él mismo por encargo, o quizá lo hizo otro. Por lo que dijo el Badanas, parece que era una práctica habitual entre contrabandistas. Lo único que tuvo que hacer fue depositar allí los cuerpos y cubrirlos con tierra y ramas. Lo que está claro es que había demasiada gente interesada en no llamar la atención.

En cierto modo, la explicación resultaba previsible. Pero por algún motivo no me convencía. Esperaba algo más complejo, más irrevocable.

—¿Y cómo te explicas que los restos no aparecieran hasta ahora y que lo hicieran a varios kilómetros de ese lugar, en el yacimiento arqueológico? ¿Cómo te explicas eso?

La atmósfera dentro de la pizzería era de una suave calidez, con olores básicos y reconfortantes a masa madre, a albahaca y a brasas de leña. Lobo aspiró fuerte por la nariz sin cambiar la expresión. Levantó la jarra vacía mirando al camarero hasta que captó su atención.

—Bueno, ya oíste al cura —dijo mientras el camarero le servía la segunda cerveza rebosante de espuma—. Existía y todavía existe una tradición de encubrimiento, «tapar grietas». Alguien que estuviera al tanto de lo ocurrido pudo trasladar los cuerpos de los niños tiempo después. Desde luego, cuando apareció la mochila en la pista forestal, los cuerpos ya no estaban allí. De eso no hay duda. El motivo de llevarlos a las ruinas no lo sé, pudo ser el miedo. El temor a que el fantasma de los niños se apareciese de noche por los caminos, yo qué sé... La Santa Compaña y todo eso. —Hizo una pausa momentánea—. Esas creencias están muy arraigadas en el subconsciente popular. Si rascas un poco, por debajo de los santos cristianos están los ritos antiguos, ya oíste lo que dijo el cura —repitió con un tono más categórico.

Desde luego que lo había oído. Y recordaba también lo que había dicho el arqueólogo. Del Real opinaba que el sincretismo era la única religión del mundo. Él creía que los cuerpos habían sido depositados allí *a posteriori*, «con pompa y circunstancia», había dicho. No había olvidado esas palabras.

—Lo que resulta evidente —continuó Lobo con leve insistencia— es que en el pueblo más de uno tenía conocimiento de lo ocurrido.

—Eso explicaría que les buscaran una sepultura —dije—. Supongo que en el fondo nadie querría dejar los cuerpos de los chiquillos enterrados de mala manera.

—Supongo —concedió Lobo—. Aunque puede que pesaran también otros motivos. Al ser enterramientos anónimos, quizá la razón fuera justamente conseguir que quedaran disimulados en el entorno. Camuflados. Para los de fuera, quiero decir. Para los de dentro no hacía falta. Una prueba de que muchos conocían el lugar exacto de la sepultura son las ofrendas, por ejemplo. Para mí la cuestión de fondo es ésa —Lobo había adoptado un aire ausente, como si hubiera perdido el hilo o no supiera muy bien qué iba a decir a continuación.

—¿Te refieres a la complicidad de los vecinos?

—Algo así.

—¿Algo así?

—Es que no sé de qué otra forma explicarlo —dijo, y calló—. Me refiero a esas historias o versiones que la gente se cuenta a sí misma y cuenta a otros para exculparse, con el fin de poder digerir un crimen o cualquier acontecimiento trágico sucedido a la puerta de su casa sin que ellos movieran un dedo para evitarlo.

Lo miré con los ojos expectantes.

—¿Sabes lo que hacen los caballos en el monte ante la presencia de cualquier depredador? —preguntó—. Se ponen en círculo con las ancas hacia fuera, dejando a los potros dentro, a buen recaudo. Es un mecanismo ancestral. —Lobo contuvo un instante la respiración y luego soltó un suspiro hastiado—. Cualquier especie animal desarrolla unos mecanismos de seguridad para proteger a sus crías. Cualquiera. Pues bien, esa barrera de protección social o colectiva o como quieras llamarla no funcionó entre seres humanos. Los niños quedaron fuera del círculo de seguridad, expulsados de la manada. Expuestos.

—Expuestos —repetí como si estuviera clarísimo, aunque lo cierto es que no estaba entendiendo muy bien adónde quería ir a parar.

—Quiero decir que todo esto ocurrió a la luz del día, alguien tuvo que ver algo. La gente sabía. ¿Cómo es posible que nadie hiciera nada? —Una mirada tensa y reconcentrada le asomó a los ojos—. ¿Sabes la respuesta? Yo te la diré. Porque no era asunto suyo. Porque un padre tenía la última palabra. Así era como debía ser. Algo normal, tan asumido que nadie se metía. Cadavid podía hacer lo que le pareciese en lo que se refería a su familia.

Los niños eran suyos. Eran parte de su patrimonio, como un vaso que se puede hacer añicos contra el suelo en un momento de furia. Los niños tenían que apañárselas solos. Eran los ejemplares vulnerables de la manada que el depredador observa unas veces a distancia, y otras desde muy cerca. —Mientras Lobo hablaba, me di cuenta de que algo se estaba tensando en su interior como la cuerda de un arco. Nunca me había contado nada de su infancia—. A ese crío durante toda su vida lo molieron a palos, joder. Tenía el esqueleto fracturado por trece puntos distintos. —Calló de nuevo y se llevó una mano a la nuca—. Nadie intervino. Quiero decir que... No sé qué quiero decir, la verdad.

Por un momento creí que Lobo iba a levantarse y salir del local. Pensé que necesitaba que le diese el aire, pero no lo hizo. Yo tan sólo levanté la vista para mirarlo a los ojos.

—¿Estás bien? —pregunté.

—Sí —dijo en un tono apagado, apenas audible. Al cabo de unos segundos, continuó—: El propio Cadavid fue a la Guardia Civil y les hizo prometer que llevarían la búsqueda hasta el final, como si el paradero de los niños supusiera para él algún misterio. —Lobo recordó las palabras que nos había dicho a nosotros cuando fuimos a su casa—: «Lo único que queremos es acabar con esto, enterrar a los chicos como Dios manda, tener un lugar al que poder llevarles flores», ¿te acuerdas? ¡Y ahora dime tú cuál es la moraleja de todo esto!

El énfasis que Lobo estaba poniendo me hizo considerar por un segundo que quizá también él había sido un ejemplar vulnerable de la manada, un niño que había tenido que apañárselas.

—¿Ésa es la tesis que vas a exponer en tu reportaje?

Meditó unos instantes y al cabo asintió mirándome en silencio. Ya no había tensión en sus ojos. Era una mirada sensible, reflexiva, un poco desangelada. Como si por debajo del periodista de Local asomara el hombre cansado que no creía en puertos francos ni en respuestas fáciles. Luego desvió la vista al exterior. Por la ventana llegaban tenues las luces de la calle, verdes y grises, el sonido de un claxon.

—Teniendo en cuenta el tiempo transcurrido y la naturaleza de los hechos, será muy difícil esclarecer toda la verdad —añadió—. Pero si quieres saber mi opinión, para mí está claro. Se trata de una historia colectiva de violencia y encubrimiento, empezando por la familia y acabando por el cura.

Lobo tenía razón. Ser niño era un peligro en sí mismo. Era ser el último eslabón de la cadena. Darío Otero, que se cayó en una hoya cuando volvía de la antigua escuela unitaria de Goián por un atajo que solía tomar bordeando la ribera. María de los Ángeles Malvar, que fue vista por última vez junto al secadero de pescado del puerto de A Guarda un día de septiembre de 1974. Jorge Touriño y Blas Andrade, que salieron a pescar a la playa de A Lamiña en el verano de 1976 y se los tragó una marea viva, o eso es lo que dicen. Rocío Aller, que volvía a su casa por el camino del arenal paralelo a la carretera de la costa, el que acostumbraba a tomar, pero nunca llegó. Recordaba sus caras en recortes de las revistas *Pronto* y *Diez Minutos* donde se veía la foto de los niños sonrientes o vestidos de primera comunión.

Ejemplares vulnerables de la manada que el depredador observa a distancia o a la vista de todos. Niños que no morían del todo porque no conocían la maldad.

Allá cada quien.

Mi caso, sin embargo, era algo distinto. ¿Qué papel jugaba yo en aquella historia? Ésa era la pregunta que deseaba formular, aunque no me atrevía a hacerlo. Me preguntaba qué parte de verdad había podido sobrevivir en mí al cabo de tantos años, entre fragmentos de imágenes que eran como fotografías quemadas o esquirlas de un espejo roto. Alguien, una cara sin nombre, una sombra, una figura a contraluz, me había recogido entre las gaviotas que temblaban ante la retracción de la marea y me había trasladado con sumo cuidado a la otra orilla, poniéndome a salvo en una canastilla entre los juncos, como a Moisés salvado de las aguas.

¿Quién? ¿Por qué? De repente la respuesta a esas preguntas me dio pánico.

24

> Y la hija del faraón descendió a lavarse al río y, paseándose por la ribera, encontró el arquilla en el carrizal entre los papiros; y al abrirla, vio a la criatura que lloraba y habiendo compasión de ella, la prohijó y púsole por nombre Moyien o Moisés diciendo: porque de las aguas la saqué.
>
> ÉXODO 2, 5-10

Cuando alguien te salva, contraes una especie de deuda, creo yo. No tenía ni idea de quién me había rescatado de las aguas, pero la necesidad de saberlo me hacía creer que la verdad a ratos venía a soplarme al oído.

Hay un tiempo para todo, dice el Eclesiastés. El mío en As Covas se estaba acabando. Mientras daba vueltas por la casa recogiendo mis cosas, me vino a la cabeza la banda sonora de *Flashdance* sonando en un radiocasete Philips en los vestuarios del gimnasio del colegio. Allí estaba yo con una camiseta blanca de algodón y pantalones cortos azul marino ensayando con Mar Sandoval y Elena Salgueiro para la última función escolar. *In a world made of steel, / made of stone / [...]. What a feeling, beings believing...*

Se me metió en la cabeza ese estribillo de cuando queríamos ser mayores, de cuando queríamos ser obreras metalúrgicas de día y bailarinas de noche, en los años ochenta.

Estaba desayunando cuando leí en la prensa la noticia de que el Juzgado número 2 de A Guarda había citado a declarar a Manuel Cadavid.

> Después de veinticinco años, el juez Ángel Cerviño acaba de dictar un auto, al que ha tenido acceso el *Faro de Vigo,* en el que ve indicios suficientes para reabrir la investigación penal por la desaparición y muerte de los niños Hugo y Nicolás Cadavid Freire ocurrida el 12 de agosto de 1979. El caso, conocido como «los niños de Trasaugas», todavía encierra numerosos enigmas y sobre el proceso planea además la sombra de la prescripción. A pesar de ello, el guardia civil retirado Venancio Ortega, que llevó las diligencias en sus inicios, se muestra satisfecho de que la justicia reabra una causa archivada que siempre le obsesionó.

Me daba perfecta cuenta de que era un caso complicado, con demasiadas incógnitas, y que para hacer valer sus argumentos la acusación iba a necesitar un golpe de suerte.

Cuando fui con Lobo a despedirme de Ortega a su finca de O Rosal, nos ofreció un vaso de albariño de su propia cosecha. A pesar de mi intolerancia a los vinos locales, esa vez no fui capaz de rechazar la invitación. Cuando Lobo le preguntó al guardia civil si esperaba que hubiese una confesión del imputado, Venancio Ortega levantó los hombros y respondió con uno de esos silencios que son el balance de una vida.

La actividad me fue sacando del brete como me ha ocurrido siempre. No podía estarme quieta, como una bicicleta que, si no pedalea, se cae. Si me paraba, me rompía la crisma.

Salir adelante.

Contesté los mensajes atrasados del móvil. Escribí *e-mails* en el portátil desde una mesa del café Orozco porque en casa de mis abuelos no había wifi. Hablé por teléfono con Anna Bosch. Le debía una excusa. A cambio le conté parte de la historia. No toda la historia. Sólo los titulares a grandes rasgos. No podía creerlo, claro.

—¿En serio? Pero ¿cómo no me habías dicho nada? Es brutal la historia.

—Sí —respondí tímidamente, sin estar yo misma muy segura de nada.

—La tienes que escribir. —Esa frase era muy de Anna. Pertenecía a una estirpe de agentes catalanas que cree a pie juntillas en el poder totémico de la narrativa. Quería convencerme.

—No puedo —le dije—. No tengo el final.

—Por favor, Blanca, no seas anticuada. Los finales ya no se llevan. Déjate de tonterías y ponte a escribir de inmediato. Me debes una. *No tens res a perdre.**

Y allí me quedé yo, dándole vueltas al café con la cucharilla. Había perdido ya algunas cosas importantes, un

* No tienes nada que perder.

lugar propio, algunas certezas hermosas, la calma, las llaves de la puerta de casa tantas veces, la inocencia, un reino que me había pertenecido... «El arte de perder no es difícil —decía la poeta Elizabeth Bishop—. Perdemos cosas cada día: lugares, tiempo, personas amadas...» Hay que acostumbrarse.

Antes de levantarme, saqué por Internet el billete de vuelta a Copenhague en el vuelo de Iberia del sábado. Faltaban sólo tres días.

Por otra parte, tener ya la fecha de regreso le daba a todo un aire medio conmemorativo. Mi maleta estaba en el hueco de la escalera. En el mismo sitio en que la dejábamos cuando íbamos a pasar el verano a As Covas, oculta por los escalones. No se veía, pero todo el tiempo sabíamos que estaba ahí. La vida es estar marchándose siempre de algún sitio.

Le pedí a mi tío Fran un par de fotos de Blanch. Una en la que estaba de espaldas caminando por las dunas con el pelo suelto y el capazo en bandolera, y otra en los jardines de Méndez Núñez llevándome en la mochilita roja. Quería tenerlas conmigo, aquellas dos en concreto, guardarlas para una tarde de lluvia, qué sé yo... Hice dos copias de diez por quince en un bazar de la Rúa Nova que tenía una máquina de revelado digital y le devolví los originales. Él andaba a sus cosas, cabizbajo, furtivo, barruntando para dentro, tal vez escuchando en su cabeza a Silvio Rodríguez, como yo escuchaba a Jennifer Beals. Me acordaba de cuando me levantaba volando por los aires, de cuando me enseñaba el contorno de las nubes: cúmulos, cirros, nimbos... Les poníamos nombres según la forma que adoptaban en el horizonte: pluma de ángel, cabeza de león, caballito de mar... No es que estuviéramos peleados, pero se había instalado entre nosotros cierta tirantez, una especie de azoramiento. Yo intuía que no me lo había contado todo. Algunas cosas necesitan su tiempo.

Aquella tarde cerré la puerta y fui en busca de las partes de aquel lugar que eran mías. La calle del lavadero, el colegio de los jesuitas frente al embarcadero, que fue el germen de las universidades de Deusto y de Comillas, con sus tres torres almenadas. Seguía habiendo allí algunas flores frescas anudadas a la verja de hierro con una pequeña cinta tricolor. Caminaba con las manos en los bolsillos del chubasquero amarillo a mi aire, despidiéndome no de un lugar, sino de una parte de mi vida. Me fijaba en todo como si tuviera miedo a que se me escapase el menor detalle: el rótulo de la oficina de Correos, el roble sin hojas de la plaza del Ayuntamiento, al que nos subíamos como a una torre vigía, poniendo los pies en tres hendiduras del tronco a modo de escalera, el portal donde estuvo el quiosco de Chiño, el antiguo salón de peluquería de Sarita de Tomás, que ahora era un videoclub, el huerto de nísperos de Andrés de Lourido, que había pasado a pertenecer a una sobrina suya que se llamaba Luisa Silva. Me acordaba de todo.

El día que Hugo me dio la moneda.

El día que Nico bajó del autobús de línea con un suéter blanco con dos rayitas azul marino ribeteando el cuello.

El día que nos subimos a la escalera para ver la serpiente de cascabel.

La foto enmarcada con las gallinas y el globo rojo y el perro Tizón.

Caminé por los muelles, sin rumbo, congelándome de

frío a pesar del impermeable aislante y del jersey de nudo grueso y del gorro de lana. Al pasar por delante de la casa de Sindo, encontré abierta la puerta de la calle. Lo llamé. Estaba en la azotea con un mono de pintor arreglando unos desperfectos del palomar. Cuando me vio, hizo el mismo saludo marinero que hacía siempre su abuelo, llevándose dos dedos a la sien.

—Entonces, ¿es verdad que te vas?

—Sí —dije.

Había decenas de palomas con las alas pintadas.

—¿Sabes una cosa? En los peores momentos, cuando estaba más muerto que vivo, las palomas me salvaron —dijo, y cogió un pichón acariciándole el pescuezo. Tenía las plumas de color pizarra, con destellos magenta irisados—. Aquí donde las ves, son bravas las palomas. Defienden a sus crías hasta la muerte. Y además pueden recorrer grandes distancias, son capaces de volar muy lejos, pero siempre regresan a casa. Es su instinto.

Sonreí. Fue su manera de despedirse.

Pasé de largo por las urbanizaciones nuevas junto al campo de fútbol. Subí el primer recodo del monte y me paré ante la teja sagrada del bosque con todos aquellos signos inscritos: la espiral, el trisquel, la omega, los círculos concéntricos que representan la continuidad del tiempo. Allí estaba también la «y» invertida cuyo significado ignoraba. Hugo aseguraba que se trataba de un alfabeto secreto de hacía miles de años y que en los tiempos antiguos los marineros dejaban allí su marca antes de zarpar.

—Te lo estás inventando —le dije burlona.

—Bueno, pues no te lo creas.

—¿Y tú cómo lo sabes? —pregunté al rato.

—Flipp me lo dijo. Él entiende de esas cosas.

De pronto aquella frase resonó en mi cabeza con la magnitud de una revelación. Ya mencioné el altarcito que el holandés tenía en el escondite donde se refugiaba en invierno. Allí recogía, como un trapero, tablones, conchas marinas, esqueletos de peces, bidones, cornamusas, objetos naufragados, como él mismo, arrojados por el mar a la orilla, y los ponía a salvo. El lugar estaba señalado con un extraño garabato hecho con brea de calafatear. Acaso la inscripción equivaliera a un ritual de defensa contra toda fuerza nociva. Fue un reconocimiento tan natural que me sorprendí de no haberlo pensado antes. «Claro», murmuré para mí. En ese momento entendí que tal vez la «y» invertida representase el simbolismo que los antiguos lugares sagrados habían perdido.

Hacía más de tres mil años que aquel territorio había estado habitado, como probaba la cantidad de petroglifos inscritos en las rocas que había por todas partes.

En un contraluz fugaz me pareció reconocer una camiseta blanca con un sol en el centro, un rostro que no pude identificar, unos brazos que tiraban de mí hacia arriba como si yo fuera una especie marina en peligro de extinción, casi al final de sus fuerzas, boqueando para poder respirar. El brillo de la arena de la bajamar, el olor a brea de una canasta de almacenar pescado, la tibieza de las hojas de maíz, un rumor como de cascabeles agitados... Tenía sentido. Flipp vivía como un pez, a su modo, era un ser del río. No actuaba según las normas de la civilización, sino según sus propios principios tántricos, buscando en su conciencia el equilibrio entre aquellos símbolos primordiales y el ciclo de las mareas. Su rostro ya no estaba allí cuando recobré el conocimiento, pero la oscuridad era distinta, más suave, menos hostil, flotante. Entonces me acordé de algo que había leído en un libro. «Quizá aun cuando con el paso del tiempo lo hayamos olvidado todo, quede en nosotros el recuerdo de la piedra, del pájaro, de la mano...»

Sentí que algo se estaba abriendo camino dentro de mí, como cuando respiras vapor al asomarte a una olla en la que hierve agua y los pulmones se ensanchan poco a poco. Continué ascendiendo hasta el mirador protegido por una barandilla de madera claveteada y contemplé el mismo paisaje milenario que desde el Neolítico habían visto los pobladores de aquel lugar.

Había un punto exacto donde las aguas dulces del río se mezclaban con las aguas espumosas y bravas del océano, como hay un punto en el que se acaba la infancia y empieza otra cosa más complicada. Al otro lado estaba Portugal.

No iba a ser fácil contarlo todo. Por un momento me vi escribiendo la historia desde el principio, porque tal vez son los sueños los que inventan el futuro o lo que quiera que sea que viene después. Percibí exactamente el aroma de la taza del café jamaicano que solía comprar en el Gourmet Market de la calle Frederiksborggade, la inclinación del flexo encima de la mesa de mi apartamento, el pequeño crujido que hacían los cristales por la noche con el peso de la nieve en el invierno danés, la luz de la pantalla donde iban emergiendo las palabras, una por una, con el sonido leve de las teclas del ordenador.

Entendí que Hugo y Nico iban a estar siempre en mi vida, porque la amistad es un reino que se conquista en la infancia y es entonces cuando alcanza su cenit con el vuelo elegante y ligero de un pájaro exótico. Ellos me regalaron las ganas de descubrir el mundo, la risa loca, la alegría de nadar, la afición por los cómics de Astérix, por las galletas de chocolate, por los enigmas. El coraje para enfrentar los miedos, la curiosidad por todo. Podía pensar, para consolarme, que ahora estaban en un lugar mejor, pero no era así, porque no había nada que a ellos pudiera gustarles más que estar vivos. Sabía que podría pasar meses sin pensar en ellos y, de pronto, ver aparecer a Nico para gastarme una broma, o ver a Hugo tirándose al agua de cabeza y emerger varios metros más allá sacudiéndose el pelo, sonriendo como un delfín, saludando con la mano. Quizá algún día podría pensar en ellos sin sentir un peso sobre los hombros. De hecho, ya estaba empezando a respirar mejor y algunas veces sentía una levedad en el recuerdo como si volara una pluma. No ocurría siempre, claro, sólo en contadas ocasiones. Pero era un comienzo.

Me quedé un buen rato con los codos apoyados en la barandilla mirando hacia el oeste, hasta que el móvil empezó a vibrar insistentemente dentro del bolsillo y comenzó a lloviznar. Entonces me puse la capucha, di media vuelta y emprendí el camino de regreso.

25

No tenía la sensación de hallarme en la terminal de un aeropuerto, sino más bien en una estación de autobuses con una cafetería y un pequeño quiosco de prensa. Todo a escala reducida. Comprobé que llevaba conmigo el pasaporte y la tarjeta de embarque en el bolsillo exterior del bolso de cuero. Todo en orden. Al pasar, me miré de refilón en la cristalera del vestíbulo. Es una cosa que suelo hacer mucho. Manías mías. Me enrollé al cuello el *foulard* rojo de cachemir que había comprado a toda prisa en el viaje de ida. Un día estamos enfrascados en comprar un *foulard,* en coger aviones, en bregar, y otro día estamos de vuelta de todo. Mirar nuestro reflejo en los espejos o en las cristaleras no es un gesto de coquetería. A veces realmente necesitamos reconocernos como quien vuelve a casa después de mucho tiempo.

Es bueno mantener una relación cordial con la niña que fuimos en el pasado. De otra manera, esa niña pesada puede aparecer sin avisar en el momento menos pensado y ponerse a aporrear la puerta dispuesta a no dejarnos dormir. Durante aquel viaje al pasado, yo había recuperado el contacto con una niña de ocho años que siempre me causó infinidad de problemas con su miedo casi insultante al abandono, con su imaginación partida, con su confusión general y su incapacidad enfermiza para llorar en cualquier situación. Restablecer la conexión con ella no fue tarea fácil. Llevaba perdida casi veinticinco años. Era una niña difícil pero tenaz. Sospechaba que reaparecería cuando menos la quisiera ver, pero al menos ahora la conocía mejor.

Pensaba en ese pequeño acto de reconciliación privada mientras esperaba sentada delante del panel de horarios en una hilera con apenas diez asientos de plástico, la mayoría vacíos. Entonces, entre los borrosos pasajeros que entraban y salían, vi aparecer a Lobo atravesando el vestíbulo con sus botas y sus andares rudos, sonriendo en el último minuto. Las manos hundidas en los bolsillos del chaquetón naval y el periódico bajo el brazo. Recordé lo poco que me había gustado la primera vez. Le hice una señal con la mano y sonrió mientras venía hacia mí tranquilamente, como cualquier otro día. Tenía una sonrisa peculiar en la que apenas intervenía su boca, sino sobre todo sus ojos. Nunca había conocido a nadie que sonriera tan lejos. Notaba en su rostro el cansancio de haber estado trabajando hasta muy tarde en la redacción y el alivio de haber conseguido llegar a tiempo con el periódico caliente como una barra de pan recién hecha. Lo repasamos juntos allí sentados, en la sala de espera, frente a la cristalera que daba a las pistas.

El reportaje ocupaba tres páginas del suplemento y no saldría a los quioscos hasta el día siguiente en la edición dominical. Me gustó verlo en primicia. Pensé que me había ganado ese derecho. La forma que Lobo eligió para redactarlo no buscaba una aproximación emocional al caso. Pocos adjetivos y menos adverbios. Se limitaba a reconstruir los hechos ocurridos en el verano del 79 y la exhumación de los cuerpos en enero de 2004 sin efectismo ni aditamentos. En la entradilla apuntaba los caminos seguidos por la investigación, citando fuentes de la Guardia Civil y del Juzgado n.º 2 de instrucción de A Guarda. Intentó acercarse a la verdad hasta donde pudo, presentando directamente los testimonios de los entrevistados para que el lector sacase sus propias conclusiones. La información iba ilustrada con fotografías: tomas del pueblo, el caserón de los jesuitas, las excavaciones arqueológicas, el cortejo fúnebre... En cabeza de la procesión, bajo la lluvia, delante de los dos féretros blancos, una niña pelirroja tocaba la gaita. La imagen de Sara Freire con su *piercing* y su uniforme escolar cerraba la crónica.

Me resultaba raro ver allí condensadas tantas cosas. No me emocionaba la tristeza. Era otra cosa lo que me conmovía. El recuerdo de aquella tarde oscura y lluviosa entre paraguas, la perfecta fusión entre las imágenes y el texto. Naturalmente, lo que no decía ocupaba más que lo que decía. Pero lo que faltaba debía aportarlo el lector, como en cualquier historia. Mientras yo pasaba de una página a otra con avidez, Lobo apartaba la mirada del periódico, con el ceño fruncido como si tuviese que dedicar toda su atención a cualquier otro asunto que ocurriese en alguna parte, lejos. Aquel gesto lo definía, la timidez, la determinación. Uno vive haciendo cosas que no tiene un especial deseo de hacer, pero las hace igualmente, dispuesto a invertir una parte de sí mismo en esa tarea y a acabar lo que ha empezado. Quizá uno se siente a ratos fatigado o vencido como cualquiera, pero no deserta de su puesto. Si alguien tiene ese amor propio, puede decirse que, en esencia, no le falta nada más. Lois Lobo lo tenía. Allí estaba con su chaquetón naval oliendo a perro mojado y con su reportaje recién salido del horno.

Entonces, entre los ojos, justo encima de la nariz, noté una especie de oquedad, apenas un levísimo temblor que intenté mantener a raya. Era una sensación novedosa para mí, a medias liberadora en la tarde de invierno.

—¿Estás llorando?

—Bueno, ¿y qué? —Me encogí de hombros.

—Me habías dicho que nunca llorabas.

—Pues ya ves...

—Me alegro.

—Ah, te alegras de que llore, muy bonito.

Lo miré y me eché a reír. Llorar un poco estaba bien y tal vez fuera reconfortante. Pero sin pasarse, porque la pena distrae y en la vida siempre hay que estar alerta.

Cuando los altavoces anunciaron mi vuelo, los dos nos levantamos al mismo tiempo. Nos quedamos de pie uno frente a otro en la sala de espera casi vacía, sin saber qué decir. Treinta segundos de silencio. Entonces Lobo me dio un pequeño empujoncito de lado con el hombro. Sólo eso.

Guardé el periódico en el bolso de cuero donde llevaba la documentación y me dirigí al control de seguridad. Se había despejado la niebla, y con la luz de la tarde, el cielo tenía un azul irreal. Apareció una estrella como el morro distante de un avión.

AGRADECIMIENTOS

Todas las novelas tienen algo de travesía. Detrás de estas páginas hay un viento impulsado por las personas que me alentaron y han hecho posible la escritura en un año especialmente difícil. Mi agradecimiento a todas ellas:

A mi abuela Nina, por las historias que nos contaba de críos en las escaleras de Lapamán. A mi madre, por sus recuerdos de Tui y A Guarda. A mi padre, por adiestrarme en la resistencia. A mis hermanos, por los veranos comanches y el viaje compartido por la frontera del Miño.

A las amigas de Copenhague, por el amor que nos une a las ciudades con «h» intercalada.

A mi amigo, el escritor Alfons Cervera, que me cedió la cita de Lorca, por la complicidad dentro y fuera de los libros, por el último concierto de Aute en el Palau y el misterioso principio de la amistad.

Y quiero dar las gracias especialmente a Anna Soler-Pont, que es mi agente desde hace veinticinco años, por su energía inagotable, por ayudarme a ver los caminos ocultos dentro del bosque, por creer en mí y llevarme siempre más lejos. Que lo sepa también Ricard, ¿vale?

Mi gratitud a Puri Plaza, por su instinto para corregir

con ojos de lince cada pequeño detalle y aguzarme el espíritu crítico, y a todo el equipo de Editorial Planeta. Sin ellos este libro no existiría.

A Rosa Marín, por su esfuerzo titánico para mantener vivo su club de lectura nómada, y a esos bibliotecarios y libreros que se las ingenian como pueden cuando pintan bastos. Ellos saben quiénes son. Gracias a todos y cada uno de mis lectores, por acompañarme hasta aquí.